anyanbaman

# 巻頭言

アメリカ軍による直接的統治時代の一九五〇年代、激動する「現実政治」の衝迫音に呼応するように、いわば「政治」と地続きの地点からなされた〈魂の叫び〉＝〈抵抗〉は、その無防備、かつ即自的なかたちで〈文学のリアリティ〉を保障するかに見えた。

ところが、生《ナマ》の〈魂の叫び〉は、「現実政治」の過度性の侵犯をもまた、必然的に招き寄せざるを得なかったがゆえに、文学する者たちの組織的危機、あるいは文学方法上の幾多の限界と問題点を露わなものにした。そこで、一九六〇年代、清田政信をはじめとするいくたりかの青年たちは、「政治」の〈騒音〉のさなかを生きつつ、しかしその〈騒音〉を厳しく拒絶し、ひたすら内面における〈情念〉の、武装せる言語としての〈文学の自律性〉の実現をめざしたのだった。それは、本土における六〇年反安保闘争の空前の高揚とその敗北、そしてこのことによって、急速に露わとなり促進されていった、これまで世界を呪縛し、抑圧してきたあらゆる擬制的観念・感性・秩序・思想などの瓦解と変容など、これらの過程と深く連動したものでもあった。この体験を通じて、彼らは本土の六〇年代の少数の青年たちとも呼応しつつ、「共同性」にまつわるあらゆる行動・言語規範へ疑問を提示し批判しながら、「〈個の思想〉」に立脚して、ありうべき〈なにもの〉かの創出へ向かったのだった。しかし、こうした文学方法・思想上の志向性は、一九七〇年代以後今日にいたるまで、共通の創造的文脈の波涛とはならずに、むしろ、数少ない者たちが細々と受け継ぐばかりの傍系の位置へ押しのけられ、そして同時に、清田政信ら六〇年代の青年たちが伝説的に語られる割には、まともに批評（批判）の俎上にのぼることの少ない現状にある。

しかし近年、井上間従文、松田潤、佐喜眞彩などの若い研究者たちが、清田政信に関する研究論文を書いたり、関心を示すようになってきた。そこで、傍系の位置で忸怩たる思いに沈んでいたものは、さらに永遠の無冠の傍系を深化すべく、あるいは清田政信に批判的なものは、おのが根拠を明証すべく、「清田政信研究会」を組織し（二〇一七・三）、その活動の発表の場として、本誌――『あんやんばまん』を創刊することにした。

当初は、誌名を「清田政信研究」とする予定であったが、あまりに「清田政信」に特化・固定しすぎると、今後の自分たちの作業が窮屈なものになりはしないかという配慮と反省から、もう少し幅の広い内容の網羅可能な雑誌を期待して、漠然とした名称にかえた。さすれば、ある程度幅広い領域を渉猟しつつ、清田政信の核心、あるいは六〇年代の青年たちが目指したものへ漸次的に接近しつつ、戦後沖縄の文学（文化領域全般）の根底的な読みかえが出来ればと願っている。本誌を手にする読者の皆さんの末長い支援を切に願うものである。（S）

# 目次

P002… 巻頭言

P005… 【座談会】
清田政信をいま読み直すために　安里 昌夫
井上 間従文
佐喜真 彩
新城 兵一
仲本 瑩
西銘 郁和
松田 潤
松原敏夫

P037… 【論考】
朝を待つ動物たちのテロル
―清田政信の詩的言語における時間性について　松田 潤

P059… 詩集『光と風の対話』論
―新たなる方法的模索の転換点―　新城 兵一

P083… 『造形の彼方』の映画編と後期三部作　仲本 瑩

P089… 清田政信における「であい」の思想　佐喜真 彩

P111… 「であい」のマテリアリズム
－清田政信におけるオブジェの落差　井上 間従文

P135… 詩集『南瞑』に顕れる生の内的風景　松原 敏夫

P141… 裂けた言語、不在の音楽
－清田政信におけるシュールレアル　阿部 小涼

P158… 清田政信～関連初出誌年表（簡易版）

P166… 執筆者紹介

P167… 編集後記

# 清田政信をいま読み直すために

座談会

二〇一八年 四月二一日
於沖縄教員塾

## 清田政信との様々な出会い

**松田潤**　それでは始めていきたいと思います。よろしくお願いします。

**全員**　よろしくお願いします。

**松田**　まず座談会の初めに自己紹介をしつつ、清田政信との出会いについて語っていただきたいと思います。皆さんがいつ清田と出会ったのか、その当時の時代状況や出会いのきっかけとなったことなどを話してもらいつつ、清田のどこに興味、関心を持ったのか、清田をどんなふうに読んできたのか、あるいは読み損ねた（読んでこなかった）等も含めてですね、まずは自己紹介と一緒に始めてもらいたいと思います。

**松原敏夫**　松原敏夫（一九四八年）です。今個人誌『アブ』というものをやっております。清田政信との出会いと言う事なんだけれども、僕は一九六六年に琉大に入ったわけなんだよね。僕は出身が宮古なので、島を離れて首里にある琉大に来て、専攻が経済学科だったわけね。経済学と言うと伝統的な経済学、近代経済学とかマルクス経済学とかあったわけね。最初は経済学という学問そのものをあまり認識していなかったけれども、マルクスという人がいて、その人が書いたものがあるとかを知ったわけね。

松原敏夫氏

僕と同期で琉大に入った友人のお姉さんが琉大の学生運動をやっていたわけよ。彼はそのお姉さんの影響を受けていたと思うんだけれども、彼と一緒に身分不相応にも学生運動らしきものをやるというか、いつの間にか彼と付き合っていくうちに入っちゃっていたわけよ。入ったと言うのは、すぐに学生運動をやったというわけではなくて、唯物論研究会っていうサークルがあってマルクス経済学とかマルクス哲学をやっていた。彼と一緒にその唯物論研究会に入ってそこでマルクスを読み始めた。当時の学生運動というのはサークルを通して自治会とつながっていく側面があった。僕は意識というかそういうものがまだ固まらないというか、ヨタヨタしているうちに自治会活動いわゆる学生運動に入っていったわけね。

学生運動をやっていて、その間にもマルクスを読むんだけれども、もう一つ僕の関心というものは文学だったわけね。島にいた頃から文学を読んでいたからね。いろいろな文学を読んで自己形成を図るということをやっていたわけね。学生運動をやっているといろんな人と話をして聞いたりするわけ。そうすると政治と文学という、なんかね、当時の誰もが、おそらく文学に意識を持っている人は誰でも関わる政治と文学というテーマをやるわけね。こういう作家がいるとか、こういう詩人がいるんだとか。僕はランボーというフランスの詩人が好きになって、彼についてのものをよく読んだりしていていたんだが、学生運動をやっている人たちと話をしていくと、清田政信という人の名前が出てくるわけよ。清田政信というのは誰なんだということで、聞いていくと、琉大の先輩としての詩人であるということがわかった。清田とはどういう詩人なのかということを、友人とかサークルのメンバーと話をして、清田についての話を聞いたり、あるいは清田について書いたものを借りて読んだりした。その時にすでに詩集を出していると聞いたわけよ。僕は田舎者のせいなのか、詩集を出す人というか本を出すという人は凄い人だなぁという偏見があったわけね。清田の初期の詩集『遠い朝・眼の歩み』はもうすでに六二年に出されたということがわかった。これを持ってる人に借りて読み始めると、さっぱりわからないわけ（笑）。詩というものはこんな風に書くものなのかということで、それで清田というのはすごい言葉を使う詩人だなということで、それから関心を持ちつつ、やがて琉大文学に入っていった。僕は唯物論研究会というサークルに入っていたと言ったけれども、だんだんとマルクスを読む意欲が失せてきて、それでそこをやめて琉大文学に入るわけ。またそこにもいろんな人たちがいるんだよな、琉大文学にも。彼らも清田を知っていて、彼らと一緒に清田を読んで話をするとか、そんなことをしてきたということなんだよね。

僕自身は政治活動というか自治会活動をやりつつ、文学というものをやりながら、政治の限界というか、当時は革命だからね、政治と言ったら、革命をするという意味が何なのかということにぶち当たって、政治では人間は変われないというか、革命はできないな、文学がいいんじゃないかということで僕は政治をやめて文学に行ったわけ。そんななかで清田を読んだわけ。清田は政治と文学という問題を追求していて、当時は社会主義リアリズム文学というものが強かったわけね、それは政治に奉仕する文学ということだったけれども、清田が盛んに言っていた事は内界と文学の自律性という事ね。内界と文学の自律性という視点から書いている詩人だということで感化されたというか彼を読み始めてきたという事ですね。文学の自律性ということに賛同したというか、心動かされて自分自身も自律した文学を目指すという視点を持ちつつやろうとしてきたという事ですね。

**松田**　ありがとうございます。

**新城兵一**　新城兵一（一九四三年）です。僕も同じく政治の渦の中で、学生運動をしていましたから、そういう運動の中で清田に出会ったわけですけどね。どういう風にして出会ったかというとちょっと記憶が薄れてはっきりした事は言えないんだけれど。噂でね、清田はすごく、「清田、清田」と皆が言うから、僕もそうなのかということで読んだりして。あの頃はですね、時代的には本土では六〇年代安保があって、僕が琉大に入ったのは六二年ですからね、もう政治的な激動がおさまって、沖縄は静かだったんですよね。のんびりと。なんかね、守礼の坂を登っていて、うしろをちょっと振り返ってみると慶良間島が見えるんですよ。で、波も見えてね。そこで光に反射してね、波風立たないで、なんかのん

新城兵一氏

びりしているんだけれどもそれに対する不満というか、僕の中で、何か暴動を起こしたいということとか、内部のイライラというかそういうものがあったりして、政治の方へ走った動機というものがあると思うんですよ。政治青年でありながら文学もやっていたわけですよ。当時の青年と言うのは時代感覚、時代に対する鋭い感覚を持つ青年たちは、沖縄の現実の中でどう生きるかという問いを必然的に持たざるを得ないそういう状況の中ですから。それと同時に内面的な問題を抱えるわけですよね。どう生きるかとか。政治をしながらも文学を読んでいるというような状況の中で、いわばさっき松原が言いましたように、政治と文学の議論があるわけですよ。状況的に。それに巻き込まれつつ僕は学生運動をしているわけですから。清田もまた読まざるを得ないという風になっていて、次第次第に清田を読んでいたわけです。そういうわけでさっきの慶良間ののんびりした鈍い銀の光の反射を浴びて気だるい感じの中で、絶望と言うかな、気分的に変なのんびりした絶望的な感じの中で、また内部の中で何かこうイライラしている暴動のイメージを駆っているというかな、そういうものがあったりしていて。そういう中で清田に出会っていて。詩を読んで一番僕がびっくりしたのは、六〇年安保後の沖縄でもそれはあるわけですよね、何故か絶望感に浸されてのんびりしているというような、それに青年たちはイライラしているというか、そういう状況の中で清田に出会ってそこで一番ピーンときたのはやっぱり「ザリ蟹といわれる男の詩編」でした。これを読んで当時僕は政治運動をしながら『橋』という個人誌を作ってやっていましたから、それに「ザリ蟹といわれる男の詩編論」というエッセイを書いたんですよね。まぁそのあたりが清田との出会いかな。で、どんどんと読んでいくことになるわけですけれども。

**安里昌夫**　『脈』の会に属しています、安里（一九四六年）と申します。私も新城さんや松原さんと同じく琉大です。僕はもともと詩とか文学とかはあまりやっていなくて、もともとは柳田國男の方が、彼の農政学の方があれだったわけですよ。僕も松原さんと一緒で、学生自治会の尻尾の方にちょろちょろといる人間で、これではまずいということでいろいろやりましたけれども、ほとんど失敗ばかりで、どうにか競り上がってこようという思いが強いです。亡くなった上原生男さん達と一緒に現代思想研究会というものを作って、そこで柳田國男とか丸山とか吉本隆明そのへんをやったんですけれども、それも卒業と同時にしりきれとんぼになって。じゃあ清田さんにどうして近づいていったかというと、僕が大学に入ったときに新城さん達は四年生だったのですが、卒業間近で、新城さんたちが卒業してからは松原さん達が琉大文学をやっていたと思うのですが、あの時政治の方が渦が大きくて、ちょうどそれは沖縄が七〇年代安保とか沖縄返還とか中身はどうであれ、そうした時代だったんですよ。私が卒業したのは七一年ですから、どうですか松原さん、運動の中身というのは相当考えなければいけない時代でしたよね。ところがそれを振り返る余裕も無かったですね。振り返る余裕はなかったけれども新城さんが言っていたように。

**新城**　七〇年代安保だな。あの頃は政治的に沸騰していたからな。

**安里**　中身はわからないです。ただもうB52が墜落したり、いろいろありましたから、それではまずいと、もっと何かこの自分自身の空白感というか虚無感というんですか、それを意識したときに僕は清田さんというのを琉大文学でしたね、それから比嘉さんが出している『発想』。僕はもう清田さんの詩はわからなかったです。なんでこんな言葉が出てくるんだろう。そうするとわからないと空白感もありますから、ますます好奇心だけは湧いてきたわけですよね。それを辿っていけば新城さんに出会った。そういう風な出会いだったんじゃないですかね。具体的にこういうことをやったからこういう風に清田さんに出会ったという事は私の場合はちょっとあんまりないですね。

安里昌夫氏

**新城**　あの頃は伝説化されていたんだよね、清田はね。卒業して大学にはいないからね。「清田清田」とよくみんな言うんですよね。ただどんな人かなぁと思って。

**西銘郁和**　西銘郁和です。最近は「いくわ」と言ってますね。どこに行くかわからないけれども。本名は「いくかず」と言います。

　本当は、今日は傍観者として、勉強しようと思ってきました。清田さんの事はいろいろ新城さんなど先輩方が言っているように、私は一九五二年三月生まれで、ちょうど七〇年の四月に琉大に入りましたので、私もまた琉大入学が知るきっかけです。いわゆる一九七〇年も沖縄は政治の季節だったんだという記憶があります。大学に入ったときには首里のキャンパスの土木ビルが中核派によって閉鎖されたということで、入学早々休講から始まるという、一ヶ月ぐらい授業がなかった状況でした。

　個人的には、高校時代は文学というようなものには全然無縁でした。琉大に行くには家庭の事情もありまして、浪人が許されないという事情がありまして、第一志望に行けなくて、教育学科という小さな学科を選んで現役で入れた。教育学科に入りましたので、入学直後は僻地教育研究会というところに入りました。夏休みの時に僻地教育研究会の合宿で、慶良間諸島の慶留間島というところで、新城さんがイライラしていたという慶良間諸島の方で合宿を経験しました。その後、合宿から帰ってきてどうも教育畑だけで一生終わりたくないという、衝迫するものがありましてね。その夏休み期間の内に、琉大文芸部の一室を訪ねて、入部したいと思いたったんですね。

ところが、夏休みなので当然誰もいないわけですよ。酒ビンが散乱していてタバコの吸いがらが散らかっているような部室を確認した。そんな琉大文芸部に入ったわけですが、部室が荒れ果てているのに、なんとなく落ち着くんですよね。そういうようなところを求めていたんだなと思いました。つまり、綺麗な感じの生き方よりも何と言うかな、垢まみれというか、あるいは埃まみれっていうか、そういうふうな生き方ということが多分自分の求めている生き方なんだということで、琉大文芸部に入るということになったんです。

自分が入るときには何名かの先輩がいましたけれども、先輩たちは既にもう「清田さん清田さん」という感じでした。酒を飲んで文学の話をすればすぐに清田さんの話が出てきて、清田を知らなければもう文学はやるなという感じがあって。自分は現代文学はまったくの門外漢から入りましたが、清田さんの評論などを読むと雰囲気だけはすごく共感するんですよ。「あ、文学というものはこんなにも暗いものなんだ、苦しいものなんだ」と。そこがなぜか惹きつけるんだよね。全体的に深いところはわからないんだけれども、言葉の端端の雰囲気につかまっていくような感じのことだったと思います。

**新城**　苦悩、苦悩だな。

**西銘**　清田さんとの出会いは、一九七〇年に琉大の文芸部に入ってからの関わりが始まりです。本人を知るのはもっと後ですけどもね。

西銘郁和氏

**仲本螢**　仲本螢です。私はだいぶ遅れてきたものだから。

**新城**　異色だね彼は。

**仲本**　一九四九年生まれなんですが、あの頃（一九六五～一九六八）のコザ高校は、先輩に幸喜良秀さんとか、中里友豪さん達と一緒に劇団「創造」を中心に頑張っていたメンバーがいるんですが、高校文芸誌『緑丘』というのは純文学的な雰囲気で、ただ文学好きな連中が集まっていた。『緑丘』のバックナンバーを読むと、「なんで先輩は暗い事しか書かないのかな」と思っていました。それで清田さんとの出会いというと、私は今現在まだまだ十分出会えてないと思っています。というのは、清田さんの名前を初めて意識させられたのは多分勝連敏男さんとコザの飲み屋で飲んだ時だったと思いますね。それから後は復帰闘争の中で、屋良政権の2・4のゼネスト回避によって、屋良革新政権と復帰幻想は捨てようと思いました。それから地域住民闘争の構築をどうするのかということで平良川教会を中心に集まったメンバーがあって、実際の闘争そのものから入っていった。その中で、清田さんの名前は出なかったと記憶しています。というのは、清田さんが政治に関わりがあると言っても実際の地域運動構築での関わりでは彼の存在は薄かった気がするのですが……どうでしょう。七〇年代の中で私の周辺では出てこなかった。

**新城**　もうそれは出ないね。彼は政治から離れてるからね。

**仲本**　だからそういう意味で勝連敏男さんに対して清田さんはきついことをいつも言っていた印象で、勝連さんの口を通して、「彼はこう言っていた、こう言っていた」と聞かされ、「そうですか」と聞き役で「ああ清田さんというのはこういう方なのか」と思ったのが最初ですね。だから私の詩の世界では勝連敏男さんの詩の方が凄いんじゃないかとずっと思ってました。今では二人の詩はすごいなと思っています。どちらが優れているとか良いとかではなくて、やっぱり二人の詩は並び評価されるべきだと今でも思っています。そこに、幸喜孤洋さんが加わり、三名で飲んでいたのを覚えています。ただ飲んで楽しく騒いで、幸喜さんがいつも森田童子の歌を歌っていて、「ああすごい歌詞だね」と感心して聴いていた覚えがあります。

仲本螢氏

　高校時代には詩とか小説とか評論めいた事は書いていました。私たちのコザ高校文芸クラブの中で私が一番関心を持っていたのは慶良間の集団自決だった。文芸クラブのメンバーを連れて、慶良間（渡嘉敷島）に取材に行きました。この戦争責任というのをどう考えどう捉えるのかということをみんなで議論しました。天皇制と戦時体制の責任追及とともに、内なる一つの視点として沖縄教職員会が、教え子を戦争にかりだした自らの戦争責任を告白しない限りはダメだ、自分たちの内なる戦争責任を問わないのであればこの問題は片手落ちなんだと思いました。命令を下した赤松太尉だけを責めるだけでは片手落ちなんだ。なんで戦争へ、集団自決に持っていかれたのかという自己切開をやるというのが、私たちの慶良間取材の結論でしたね。ただあの時惹かれた作家は椎名麟三とドフトエフスキーだったという事はよく覚えている。椎名さんの文体と言うのは一から十まで書き写して勉強はしていましたね。あの頃私たちの間を席巻していたのは実存主義だったんです。ハイデッカー、ヤスパース、サルトル、カミュ含めてですね、実存哲学の全盛期ですから。それと同時に私たちの高校のサークルの中ではアインシュタインの相対性理論をどう読むかだとか、マルクスの『資本論』をどう読むかとかサークルの関わり合いはあったのですが。就職すると私は即、組合運動を中心に動いています。これまで細々と又吉洋士、伊芸悦美さんたちと進めていた平敷屋朝敏研究会というものがあって、ちょうど西銘郁和グループ、比嘉加津夫さんから声がかかって、今やっていることを何か書かないかと言われたのが、また文学に戻ったきっかけです。この過程の中で、やっぱり清田政信の事は研究されていそうでむしろ研究されていないと感じました。清田政信をややともすると伝説化するような事は聞いたりしますけど。彼の何が凄いのか、彼の詩の何が凄いのかという事は、まだまだ位置づけられていないというのが、この間の気持ちです。いまだかつて清田政信について研究され尽くされているとは私は思っていません。全体像がまだ掴みきれないのです。私はまだ全体をつかんでいないんだという思いがあって。清田政信の研究史すら見えないです。年譜もまだあやふやなところが多いと思っています。神谷厚輝が手掛けた清田年譜を読んでいくと疑問点がいっぱい出てきます。これも埋めていかなければいけない。書誌的なものも詰められていないものがいっぱいあります。

**松田潤**　松田潤です。一九八七年生まれです。名護市出身で、高校までは今帰仁で育ちました。二〇〇七年に琉大に入学したんですが、浪人を一年している時に初めて読んだのが新川明の『反国家の兇区』だったんですね。当時通っていた名護高等予備校の塾長に、琉大で文学を専攻したいと話したら、読みなさいとすすめられて。市立図書館で借りて読み進めていく中でとても衝撃を受けたのを覚えています。浪人中の二〇〇六年は、名護市長選で島袋吉和氏が当選して、辺野古の新基地建設の受け入れを表明したことで、いよいよ工事が本格的に始まるのかもしれないという実感がありました。そんな中で『反国家の兇区』を読んでいたのですが、現在進行形で起きていることと、「復帰」をめぐる問題が地続きであることを強く感じました。米軍占領を経て本土復帰していった沖縄の歴史と、同時に「反復帰」論という形で復帰運動への批判があったという歴史をたどり直していくことがやっぱり重要じゃないかと考えて、大学では反復帰論を研究したいと思って入学して、卒論では新川明を中心とした反復帰論に取り組んでいくんですね。最初は復帰前後の言説から遡って米軍占領史の文献を読んでいく中で『琉大文学』に出会います。当時はまだ不二出版から復刻版が出る前で、琉大図書館にも全部は揃っていなくて、コピーをみんなで回し読みしたのを覚えています。この時に初めて清田政信の詩と批評にも出会うわけです。そうすると、五十年代に『琉大文学』誌上で先駆的な批評を書いていた新川明や川満信一が、後続の世代から痛烈に批判されていたということを知って改めて衝撃を受けました。新川たちもそうだったように前の世代の批判を通して自分たちのスタイルを確立していく手法はいろんな文学集団に見られますが、やっぱり『琉大文学』も反復帰論も一枚岩ではないですし、誰かが代表しているというわけでは無いんですね。『琉大文学』からは批判的であることの重要性、その面白さを学んだ気がします。よく歴史を今の視点から断罪するのは間違っているというような批判とか批評がありますが、私は歴史に対しては批判的に向き合う以外の方法が有効だとは思えません。そして調べてみると大抵のことは直接間接を問わず同時代の言説の中で既に批判されていることが多いわけです。そう考えると、やはり同時代に反復帰論に対する批判があったということが大事だと思っていて、その批判は例えば清田だけではなくて上原生男さんなども、新川や川満の反復帰論がときに沖縄人という民族的な主体を立ち上げてしまうことに対して痛烈な批判を行っていました。琉大では反復帰論でとりあえず卒論を書いた後、清田らが六〇年世代という自己規定の下、社会主義リアリズムに依拠していた新川たち『琉大文学』第一期の人々を批判していく中で、アヴァンギャルド芸術としてのダダイズム／シュルレアリスムの再検討を通して詩と批評を書いていた、ということが見えてきて、そこをもう少し掘り下げて調べて研究したいと思うようになります。琉大卒業後は東京の大学院で反復帰論というよりはもう少し広く、「復帰」への抵抗という観点から米軍占領下の沖縄の文学と思想の営みをテーマに据え、その中で清田を読み直していくという作業を始めて、今も続けているわけです。

　清田の詩や批評を読んでいく中で最も影響受けたところは、反復帰論への批判とも重なりますが、共同体への批判意識だと思いますね。例えば清田は、「民族」や「沖縄」を決して自明のものとはせず、「不可視のコンミューン」の実現を目指した詩人でした。占領下では米軍が日本との分断統治を円滑にするために琉球アイデンティティが称揚されましたが、沖縄人意識や琉球民族としてのアイデンティティなるものは、近代以降に歴史的に作られ、そして政治的に様々な局面で利用されてきたものですから、それに無自覚にもたれかかるとその歴史性や政治性を批判的に思考することが不可能になってしまいます。清田が沖縄でも日本でもない「不可視のコンミューン」という語で切り開こうとした領域や共同なき共同性が持っている批判精神は、現在もなお有効であり続けていると思いますね。私が大学に入って学生生活をしながら研究していく時期というのは、大きくは九五年以降というような時代状況の中で語られると思いますが、忘れ去られた二〇年とか空白の二〇年と言われたような時期の只中で辺野古や高江での抵抗運動が同時代的に起きていて、一方では「琉球民族独立学会」が設立されたり「オール沖縄」と呼ばれる保革対立を超えた集合体が生まれ、沖縄の内部でナショナリズムやパトリオティズムが隆盛していった時期でもあります。そういう状況の中で、私は清田の緊張度の高い共同体や村への批判の文章に、単なる研究対象としてではなく、自らの現実への向き合い方にも示唆を与えるものとしても出会ったように感じています。

松田潤氏

**井上間従文**　井上間従文（まゆも）と申しま

す。一九七五年生まれです高校までは仙台にいて、ギターをやろうと思ってアメリカに行ったので、最初は勉強しようとあまり思っていなかったんですけど、まさに今滞在しているカリフォルニア州バークレイというところで、最終的には大学三、四年次を過ごしてました。その時点では文化人類学と詩をやりたいと思うようになっていました。文化人類学に関しては、大学生のアルバイトで、大学の寮のカフェテリアで働いていたんですけれども、いわゆる移民の労働者と呼ばれるような人が同僚でたくさんいて、その人達と仲良くしていたので、そういう人たちのいわゆるエスノグラフィーみたいなものを書けないのかなあと思っていたところで、それが一九九九年とか二〇〇〇年のことでした。ただ人類学のエスノグラフィーの記述そのものがやはり非常に暴力的なのではないのか、研究者が求めている他者の姿を書いているだけなのではないか、制度的に言えば人類学というものが元来イギリスの植民地主義の中で形成されたのではないか、という問題意識が片方にはあって、つまり—大袈裟な言い方であまり好きではないのですが—他者をどう記述すればいいのかみたいなトピックがその時代の自分には切実なものとしてあった感じがします。

ただ他方では、人類学者になりながらも隠れて詩を書こうかなと思っていたんですね。当時は大学の副専攻でクリエイティブ・ライティングをしていたので、詩人の教員が教える詩の創作ワークショップの授業を二、三個取っていた感じです。今思ってみると、アメリカの現代詩の主流にはは素朴な自伝的な経験を歌い上げるがゆえに、社会と主体との関係性を逸してしまうような保守的なものも多いのですが、自分はそういったものにも惹かれると同時に、オクタビオ・パスなどもとても好きでパスの表現が単純に美しいなあと思いながら、彼のエッセイや批評も読み始めました。年代は忘れましたがパスがフランスにわたってブルトン達と交流していたことも知り、同時に大学四年生の時にサンフランシスコに大岡信が来て朗読をしたので聴きにも行きました。どこかの教会で英訳付きでの朗読会でしたが、当時七〇歳に近かったであろう大岡信さんが若い頃に書いた「春のために」という詩を朗読されたときに非常に感銘を受けました。結核にかかった妻の病気が治ってほしいという思いを込めて、できるだけ力強く健康的なイメージを詰めたとおっしゃっていたように記憶しています。大岡信が独特の形でシュルレアリスムを吸収した素晴らしい詩だと今となっては思いますが、でも当時は単純にイメージの美しさとその詩を朗読するときの大岡信の生き生きとした様子、若者に戻っていくような彼の声と姿にとても感銘を受けました。

さらに端折りますが、その後日本に戻ったりいろんなところに行き仕事をした後に大学院に戻ろうと決めた時には、人類学の倫理的な手法の問題が自分には非常に苦しかったので、アメリカでいうところの比較文学という分野で植民地主義の記憶といったものを記述するときに、なぜ文学が必要なのだろうかという問いを立てて研究をしてみることにしました。例えばジャーナリズムではなくて文学、社会科学の記述ではなくて文学、なんで文学が必要なんだろうという問いを立てて。

さらに端折りますと、就職して琉球大学に二〇〇八年に来ましたが、そうすると琉大という場所そのものが、様々な権力と力の網目の中で作られて、作動していることは最初はなかなかわからなかったんですが、わかっていくわけですよね。つまりかなりの部分で米軍が関与して作られた大学だということや、私が就職した専攻は元来英文科だったところなので—単純な記述は避けたいですけれども—いわゆる「米留」エリートの方たちもいたりだとか、また今後も色々なことが明らかになってくると思いますが、ミシガン州立大学の関与があったりとかして。様々な研究者たちがアメリカに送られて、そこでトレーニングを受けて帰って来るわけですが、なぜか琉大の英文で「沖縄」を考える人には文化主義者が多いと気が付きました。例えば米須興文さんとかはいい例かと思いますが、アイデンティティーの地平みたいなもので物を考える傾向が非常に強いと感じました。関連して「土着」といった言葉を批判の対象としてではなく、記述の基盤として使用する空間がなぜか琉大英文という磁場の中で温存されていることに非常に驚きました。

こうした思考法そのものは、「中央」やアメリカ、つまりは権力を持つ側に対する抵抗の主体となり得るのではなくて、それらにとっての恰好な包摂の対象なのではないか、と一年くらい経つとある程度の言語化が自分でもできるようにもなりました。もちろん琉大という複雑な力関係の網状空間の中で、表象と権力がいかにして「土着」「ネイティブ」「沖縄」などを占領体制の一節点として構成、布置、差配してきたかを批判的に研究する他専攻の同僚や、同世代の研究者たちと出会えたことも大きな糧となりました。総じて、つまり自分の「文化」を自己表象することで、権力からの承認を得て、再分配の空間に登記されようという意図は、まさに権力がその者たちを交渉の相手とみなして、いろいろな要求を流通させていくための非常に良い手段となっていってしまうのではないか、つまりは抵抗の一つの段階ともなり得ないのではないか、という感覚でした。つまり今で言うならばネイティビィズムみたいなものでは、支配と従属の構造そのものの変形はできないだろうと考え始めたのが、琉大の一年目くらい二〇〇八〜九年位です。

でも自分はどういう詩的表現があるのかと思った時に、名前は知っていたため古本で清田政信の本を買い、読み始めました。と同時に、松田さんが今おっしゃってくださったみたいに、それ以前の『琉大文学』の人たちの存在を知っているので読んでいくわけですが、こういう言い方は失礼ですが、やっぱり新川明の詩とかを読んでいると、詩だという感じはしないわけです。自分は若い頃から詩をある程度読んできているため、詩というのはやはり読めばそれだと分かります。散文には回収され得ない言語の独特の強度があるのが詩なわけですから。イメージやメタファーや、さらには思弁的なセンテンスでも、ある種の強度がなければ詩にはならないので。「みなし児の歌」とか「有色人種（抄）」などは知っていましたが、二〇代にして占領下で書かれた詩だという事実は常に意識する必要があると思いますが、しかし詩の作品としてはとても教条的だと感じました。

その時に同時に清田を読み始めて非常に感銘を受けたという事ですね。やはり自分の職場では文化主義あるいはメソドロジカル・ナショナリズムといったものを批判せずに、依拠してしまう環境があり、それがゆえに占領体制や琉球大学の歴史にも適切な介入ができていない中で、自分が若手教員として非常に苦しかったということは事実なのですが、その時に清田政信に加えて安谷屋正義が、既存の表象としての「沖縄」ではないかたちで、日々の生活と仕事の中での感性と知性とのつながりをつなぎとめてくれる感じがありました。この二人の表現を日々を生きるために毎日見ていた時期もありましたね。ある意味では、清田が言う村の生きづらさとか、村にて告発とか密告があって、自分の生の条件が切り詰められていくといった事態は、様々なところにあるのではないかという気がしたという事でもあります。清田が組織と言ってるのも村でしょうし、そういうところから抜け出て、別なかたちでの人々の関係を作るためにはどういった表現があるのか言うことを考えさせられ、今も考えています。清田に関してはエッセイや詩論で表明される思想にも非常に好きなものは多いのですが、特に最初の二冊の詩集は僕個人的にもとても大事なものだなと感じます。

井上間従文氏

**佐喜真彩**　佐喜真彩です。一九八七年生まれで、琉球大学には二〇〇六年に入学しました。実は今、みなさんの話を聞きながら、私の話をするのは恥ずかしいなと思っています。というのは、国際言語文化学科英米文化コースというところに入ったのですが、その時まで勉強といえば受験勉強しか考えられずに大学に入学したために、その頃、英米文化という言葉から、異文化交流くらいの意味しか思い浮かびませんでした。おそらく、いわゆる沖縄ブームの文脈で語られる文化というイメージが強く影響していて、卒業後は観光産業などの領域で英語を活かせたらと考えていました。ですが、琉大で学んでいくうちに、特に大学三年生の頃に、井上さんが琉大に来たときですね、植民地主義と文化の関わり、またそれを問う文学の表現に出会い、強い衝撃を受けたことをはっきりと覚えています。とりわけ、エドワード・サイードの『オリエンタリズム』を読んだことがきっかけで、自分が生きている文化を問うようになりました。二年生の頃までは教養の授業や英米文化コースなので英語で書かれた文学のキャノンに親しむ授業に出ていて、沖縄文学を読む機会はほとんどなかったのですが、三年生の時に出たアメリカ文学の授業で、韓国系アメリカ人であるテレサ・ハッキョン・チャによる『ディクテ』という植民地主義の記憶を記述した作品に触れた時に、自分が生きる沖縄にはどんな文学作品が残されてきたのだろうか、と興味をもちました。それが沖縄文学に関心を持ち始めたきっかけです。大学に入って初期の頃まで誇りを持っていた沖縄のイメージを自己批判する形で沖縄文学を読み始めたため、文化主義だとか沖縄の土着性をそのまま肯定し表現の素材とする作品には違和感を抱いていました。なので、清田政信に出会った時は、村などの共同性を批判的に捉えると同時に、非在の共同性を希求する意志を記した彼の批評に、まずは関心を持ちました。詩に関しては、意味がわからないと思っていたのが当時の正直な感想です。しかし、先ほど西銘さんが雰囲気と言われたように、清田の詩の世界に入ってみると、暗いイメージに、けれども静かで微弱な光のようなものが背後に揺らいでいるようなイメージに包まれる独特な感覚には当初から惹かれていました。そのようなイメージと清田の難解で厳しい言葉の不思議な混ざり合いなどに出会ってからだと思いますが、卒論を書く時期に、素朴に、なぜ表現者は伝えたい言葉を直接的に明快に記述するのではなく、むしろまわりくどい比喩やイメージに頼るのだろうと疑問を持ちました。この疑問は『ディクテ』からも影響されていますが。清田が初期の評論で繰り返す、文学はコミュニケーションではない、という言葉の意味とも関連して、彼の詩や評論の言葉に導かれて、そもそも文学とは何かという初歩的な地点にようやく立ったのがその時だと今振り返って思います。

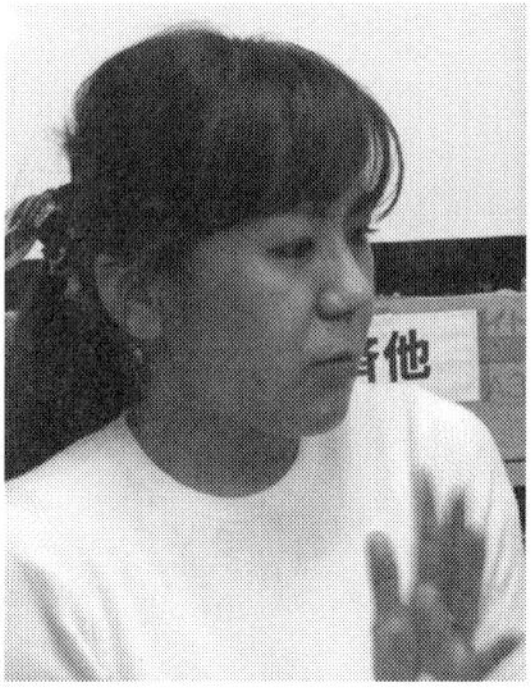

佐喜真彩氏

## 詩と政治と生活と——清田政信を読むこと

**松田**　では次に、清田に関する現在の関心領域や、今調べていること、今後調べてみたいことなどについて提示していってもらいましょうか。

**松原**　今僕の関心というのは、さっきランボーが好きだと言ったんだけど、フランス文学・思想に関心があるわけね。清田の言語表現というものも意識しながら、いかに詩的表現というか、詩を書くということ、詩を書く意識、内面、展開、そういうものに、僕は今関心があります。みなさんはそれぞれ関心があると思うんだけど、いま僕は文学主義者なんです。だから政治や状況がどうのこうのとかね、そういうことも聞くけれども。僕もそれなりに反応したりはするけれども、目下の僕の関心は、フランス文学的、フランス思想的なんだよね。だからそうすると、ランボーから始まって、ボードレールとかシュルレアリスム文学とかサルトルとかカミュとか。思想といえば、サルトルの実存主義もそうだけど、ジャック・ラカンとかデリダとかあの辺からのアプローチというかね、要するに文学は言語だから、言語を追求しないとダメだと思っているわけ。政治というよりもね。政治が先に来るんではなくて、その人の持っている言語。みんなは言語と言ったら、日本語とか英語とかウチナーグチとか言うんだけど、もっと普遍していくと、それぞれ自身の言葉を持っていると思うわけね。それぞれの個の言葉というかね、個として生まれてきて、いろんな目に合うでしょう。どういう出自であるとか、どういう環境であるとか、それぞれあると思うんだけれども、そういう中からその人の言葉、言語というのがあると思っているわけ。それを内面化するというか、内面化しながら表現していくということ。それがどういう意味を持つのかということ。こんな歳になってまで、結論もなくてせっせせっせと、まあ最近はいろんな人達が最近出てきているので、それらを読みながら僕なりの詩作というか言語表現というか、言語の思想というか、そういうものを相対的に追求しながら、その過程で清田を読む、清田が一番同じ沖縄という土台に住んでいるから。彼が出してきた言葉も読んでいくし、それ以外の人たちの言語表現もそういう風に読んでいる。僕は文学は内面の表現だと思っているところがあるので、そういう風に読んでいるというか、読んでいっている。昔読んだ清田と今読む清田とはやっぱりちょっと違う。違う読み方をしたいな。まぁ皆さんが言うように共同体の問題とか組織の問題とか、植民地主義という視点からの読み方もいいと思います。僕は文学主義者なので文学的に全てを読み込もうとしているから、政治的にやってくる人に対して僕は抵抗したい。距離を持ちたいし批判的に係わっていたい。「政治、政治」って言う人にはね。政治的では、やはりダメですと僕は思います。

**新城**　言葉尻をとらえるようですけれども、おそらく確かに政治ではダメだし。

**松原**　政治だけではダメですと言うことです。

**新城**　僕もそれは賛成だし、今僕らが立っているスタンスと言うのは文学だよね。その中で語っているんだよね。語ろうとしているわけですよ。そういう意味では、今、松原が言ったことというのは、詩の実作者としては、言葉を扱う者としては当然心得るべきことを語っているわけですよ。その時に自分の言葉、まあ模索中だと思うわけですよ。松原にしても僕にしても。自分の言葉を見つける。本当は自分の言葉があるわけではないんだよ、先験的に。自分の言葉は先験的に無いと思う。これが私の言葉だよと言うのは。むしろ今振り返ったときに、清田の言葉にもよく出てくるけれども、空白、虚無、無言なんだよね。本当は。そこから自分の言葉を掌握するときに、ここが問題だと僕は思うんですよね、そういう時に僕はどういう風にして言葉を作り上げるかという時に、当然ね、自分の出自というか生育してきた環境というか、これは大きく言えば沖縄ですよね。沖縄に今ある自分という存在のあり方を問い返さざるを得ないわけですよ。そうするとその中で清田を読んだときに、やっぱり清田と言うのは沖縄という島、風土、そういう中で生きて自分の言葉を見つけようと一生懸命頑張ってきた、格闘した者の一人であって。一部分体験的というか、現実に彼も村育ちだし、僕も村育ちだし、そういう共通する部分もあるし離反する部分もありながら、やっぱり清田の言葉に魅せられる部分があったと思うし、今もまだ魅せられているわけで。だから清田を読むと言う事は、同時に僕の言葉を見つける。そういう意味で松原と全く同じなんだよね。先験的に言葉が存在するわけじゃないんだよね。僕らの内部に。これは空虚か無言か沈黙なんだよね。それをずっと探っていくと風土に突き当たる。自分の出自に突き当たる。宿命、それをどう宿命まで高めるかということが問題なんだよ。それをやってきたのが沖縄では清田だなぁと思って。この度清田について書こうと思って、書く機会があって、僕はずっと彼の全著作を読んだわけですけれども、詩集八冊、評論集を全て読んだわけですけれども、やっぱり読んでの感想は、「ああすごい」という感じなんだよね、やっぱり僕は。これはすごい。僕の当てずっぽうの言い方というか、デタラメな言い方で言えば、一〇〇年に一度か二〇〇年に一度かの人物で、戦後詩の中で、彼は本当に優れていると言う思いがあって。もう彼一人で沖縄の詩は全部いいんじゃないかと思うくらいなんですよ。彼一人が全てを担っている。それはさっきから出ている共同体の問題、風土との格闘の問題、それと格闘しながら彼は自分の言葉を探してきたという。決してフランス文学のエリュアールとか、シュルレアリズムとかそういう外国の文学を学んでいるけれども、決してそこには行かない。そこには行かないでやっぱり自分の居る場所みたいなものをね、きちんと押さえながら、そこでの自分の言葉を探そうと苦闘した人だなぁと思っているわけで。だから彼から学ぶのは今後多いだろうし、学びの中でどういう風にして彼と出会って、さらに出会いを深めて、また別れもあるかもしれませんし、それは今後の深まりによるものだと思うけれども。だから読み返していて、僕は以前、『脈』に『遠い朝・目の歩み』論を書きましたけれども。今回はまた『光と風の対話』論を書こうと思っています。そんな風にして八冊の詩集を全部読んで、詩集についての論を書こうと思います。だからそれは学びの過程ですね。彼の詩に対する学び。そのためには彼はシュルレアリズムを勉強していますから、当然僕もシュルレアリズムを勉強しないといけないし、サルトルも読んでいますからサルトルも勉強しないといけませんし、いろいろ彼は勉強していますから僕もまた勉強しないといけないというところでね。そうこうしているうちにもう七〇過ぎてもう遅い。もう本当に大変だなぁと思いながらもがんばっていて、幸い松田さんや佐喜真さんが来たからね、僕は本当に心強いと思っていて。ついでまでに話せば、清田の研究会を立ち上げようと考えたのも井上さんや松田さんや佐喜真さんがいるからで。「おお清田に関心を持つ者がいるんだな」と。今までは僕は孤独に読んできたという感じがあって、ますます今度のような清田に関する関心の高まりの中で清田に魅入られてしまったという感じですね。今回は『光と風の対話』論を書く予定です。そしてこの二冊目の詩集というのは非常に重要な、彼にとってね、ターニングポイントになり得る詩集だと思いますね。今までなんとなく〈村〉があったとすれば、最初の詩集とか『光と風の対話』の前半部分では、村といってもあれはエロスの村みたいな、本当の村の暗部にまだ出会っていないと思う。六六年に黒田喜夫と出会ってからそれからが問題だったんだろうと。そして彼が病を深めて村に帰った。そこまでのことが『光と風の対話』にありますよね。黒田喜夫と出会ったあと、清田のあらたな詩的方法の模索があり、その詩的転換のプロセスが詩集『光と風の対話』にはあります。病気のために彼は故郷の久米島へ行くわけですけれども、でもそこで言葉の厳密な意味で〈村〉に出会っていると思うんですよ。だから詩がかけなくて三年間というもの間、「少しの雑文を書き、『死霊』を一日に一〇ページ読むのがやっとだった」と彼は言ってますけれども、そこで本当に村と出会っていると。そこから彼の本当の格闘が始まる、それから詩も難解になっていく、書くたびに。その結果が『眠りの刑苦』だろうと思います。そういう風に言うと長くなりますので、ともかく今回は『眠りの刑苦』までのことは今日は一応取っておきましょうね。ともかく清田を学ぶと言う事はまた僕の詩を発見するための旅でもあると。だが、そのモデルとするものは、詩は言葉でなければならないし言葉を重視するんだけれども、その言葉というもののモデルは西洋ではないと、フランス文学ではないんだと。そのあたりが松原と分かれるところなんですけれども。そこはそれとして良いですよね。それはそれとして良いし、僕もフランス文学を勉強しないといけないし。色々とやらないといけないけれど、絶えず自分の場所性というかなぁ、場というか、自分の出自というのは動かせないなぁというのがあって、松原はそこがね、清田は批判しているんですけれども、松原についての論考、『試練としての近代』でね。自分の出自を見なさいよと彼は言っているんですよ。松原はそれに気づいていると思うんだけれども気づいていないというか、あえてそこへおりずに、まあ自由さを求めていると思うんですよ、言葉の自由さを。そこがあんまりにも突出すると風土へのまなざしを犠牲にしてしまうことがあって、僕はそこを抱えてしまっているというのがあると思いますね。そういうことで今ともかく八冊の詩集を読み切る、評論と関わらせながら読み尽くすという感じかなと思いますね。現在はそういうところです。

**安里**　今新城さんが話していた風土という話に戻りますけれども、松原さんもフランス文学フランス思想を学びたいということですけれども、やっぱりわれわれは自分自身にかえってみてみれば結局沖縄的な風土と言うんですか、沖縄的なと言ったらアレですけれども、共同体とかね、そういうところとぶつかっていくんじゃないかな。まだ足りない部分はいっぱいありますけれども、でもやっぱりかえってくるものが、なんだろうと思うと、結局沖縄的な出自というものの特色というのか、内部の、僕らを強いる何かに帰っていくんじゃないかなぁと言う気持ちで読んでいるところです。

**新城**　言い残したけれども、さっき松原さんが自分を「文学主義者」だと言ったけれども、これは政治主義の裏返しであってね、だから言葉のあやですけれども、「私は文学主義だよ」と言わん方が良いと思うなあ。言葉を大切にするのなら。文学の自律性を追求するということには、それはそれで僕は賛成だけれども。やっぱり文学主義と言ってしまうと、これはイデオロギーだからね。だからこれは裏返しにすれば政治主義であってね。だからこれは両輪なんだよ。両輪というか対極の概念だからね。だからそういうのは言わなくてもいいんじゃないかなと思う。言葉を大切にする、言葉を追求する者としての自意識の強さというのを強調せんがために、文学主義とおっしゃったと理解していますけれども。まぁ言葉のあやですね。

**松原**　一言付け加えますけれども、文学主義と言ったのは、これは一つのカモフラージュなんです。文学主義と言う言葉があるわけじゃないので、僕が文学主義と言うのは、なぜ文学というのがあるのかという、我々の世界においてね、文学の根拠とか可能かとか、そういう問題があるわけね。これはフランス文学の思想の影響にあるかもしれないけれども。文学とはなんぞやという、そういう問いがあるわけね。政治思想というものがいろいろあるけれども、僕は政治的な思考よりも、文学的な観点から見ていく、あらゆる物を見ていく、人間や世界を見ていく、事物を見ていくという、そういう視点を持ちたい、持っているつもりなので文学主義という言葉を使ってるわけなんですよね。今のお二人の話にあるんだけれども、出自を見直せという言い方があるけれども、僕は出自を無視しているわけではないんだよ。出自を意識しつつ、その出自から経験していくいろんな様々な経験があるわけね。その島に、村に生まれたとか、あるいはどういう家系、家族のもとで生まれたとかいう地点から人間は始まっているので、そこから見ていくという視点は捨ててはいない。しかしフランス文学というのはほとんど出自を語らないんだよね。フランス哲学もそうなんだけれども、ほとんどそういう視点から語らない。その辺が欠落しているので、その辺を注意してフランス文学を読んでいます。萩原朔太郎が言うように、「フランスに行きたしと思えどもフランスはあまりに遠し」というその気持ちはよくわかるわけね。ということなので僕も共同体の経験というかそういうのは僕もいっぱいあるわけで、そういう感性を持っているから、清田を読んだときにはよくわかる。そういう部分はよくわかるなと。なおかつ、言語の問題として追求していこうかなと、言語の表現、言語の思想に持っていきたいなと思っているわけです。

**西銘**　新城さんと松原さんの難しい話を聞くと、まさに清田の子供たちがこっちにいるなという感じもするわけだけど（笑）。

さっき一九七〇年に『琉大文学』、文芸部に入ったと言いました。十八の時なので、今自分も六六になって、考えてみると五〇年近く文学文学と言ってきているなと思います。『琉大文学』にはひとつも詩らしい詩を残していない恥ずかしさもある。また、五〇年近く文学をやってきていても、まだ胸をはって一篇の詩を書いた、という手応えはないです。だから、いまもって自分は詩人だと、人前で言えたためしがないし、言えないという気持ちのままで詩をずっと書き続けています。

**新城**　同感です。

**西銘**　新城さんとちがって、自分の場合は、詩人といえる資格をいまだに持っていない、というのが偽らざる現在地です。

　琉大の文芸部に入った一九七〇年代の私たちの時代は『琉大文学』＝清田政信、詩や文学を語るのは清田政信を語ることだったといってもいい位です。そんな雰囲気だった。卒業してからも、三〇前くらいまでは清田かぶれのままで詩を書いていた気もします。琉大の学生時代に私自身は家庭を持つことになりましたので、自分が生きることと詩を書き続けることをどんな風に両立させるかは、ずっと若い頃からのテーマではあった。そして、今もって生きるということと、詩をどういうふうに書き続けるかというのは当然ながらに同時的な課題ですね。

　二〇代の初めの頃は一日だって詩について考えない日はない、と言い切って生きてきたような気がします。毎日毎日詩について考えている。そういう気負ったところで生きていた部分もあった。詩は、一時の若い頃の傾向などではなくて、一生書き続ける、文学を生涯にわたって続けるということ、が『琉大文学』から学んだ大きなものだったと思っています。だから学生時代に詩を書いてすぐに止めるのでは詩を書いたことにはならない。つまり、文学するというのは一生自分の中でそのテーマを抱え続けることだというような大それたことが、自分の生き方の根っことして横たわっていた。あるいは脅迫されながらそれと付き合ってきたという感じがしています。

　本題の清田政信ですけれども、清田政信とは実際歳も相当離れていて、継続的に広く深く読んできたと言う感じも正直持っていないです。だから今日はいわば傍観者的に、皆が言っていることを聞いて勉強しようと思ってきたんだけれども、さすがに顔見せするには全然頭が空っぽではいけないと思って、昨日うるま市の市立図書館に行きましたら、清田政信の本がたくさんありまして、詩集が七冊、『瞳詩篇』以外は全て揃えていました。評論集も『情念の力学』と『抒情の浮域』の二冊がありました。自分自身も半分以上は当然持っているつもりだけれど、どこに隠れているかすぐには出せないという状況でして。なので、詩集七冊と評論集二冊の、本人が書いた「あとがき」だけをさらっと目を通してきました。

　学生時代も、清田に付き合うということはとても苦しいことだと思っていたけれども、また振り返ってみて清田の文学行為は一九八〇年代で中断してるわけだけれども、八〇年代半ばまでの詩人の呻きみたいなものがこの詩集の「あとがき」には全部現れている。最後の詩集『碧詩篇』の「あとがき」を、勉強のために手書きで写してきました。その中で苦悶を抱えながら、こんなことが書かれているんです。「今は平静である。過去と離れて娘と二人だけで旅をしたい。」と。清田さんは人生そのものも詩だったし、でもこの地点では人生、つまり詩からどこかで裏切られるというか背反される立場に置かれている。

つまり、清田さんにとっては生活そのものも詩ですから、そこから、色んな思念から離れたいということは自分の詩の世界が崩壊することに他ならないわけね。それで、彼がやっと「平静」になった時に、肉親の娘と二人で旅したいと、最後の詩集のあとがきに書いていて、これがまたすごく苦しいんですよ。ここまで来たのに、清田さんは娘に取りすがって生きていくわけにはいかないから、結局は狂気の道に頭を突っ込んでいく。思念とともに、自分の詩の昇華の形が、自分の大きな枠の中で結局は途絶えてしまったのかな。文学的にある意味では閉じてしまう、あるいは完成してしまったというふうに言えると思います。

清田さんにいっぱい教えてもらった立場としては、清田政信という詩人を少しでも掬い取る行為はこれからも少なくとも自分なりにやらんといけないなということを、思い直したというか。清田政信は生活的なものと詩を切り離すことができなくて、行くところまで行っちゃったけれども、自分自身は二十歳で子供ができて、生活をする上でしか詩を書けなかった。清田政信とは相当のレベルの差があるけれども、その差を自覚しながら、あるいは清田の限界も含めて確認しながらいつの日か書く機会があればと思っています。

**新城**　その辺はすごく同感ですね。つまり詩を書く行為と生きるということを一元化してしまった。これを突っ走ってしまった。これは良いけれど、ある面ではああいう風に狂気にいたるわけだから、文学活動ができない。そこで行止まってしまっている。だからこれは今後僕らが解明すべき地点だと思うな。その後の僕らは、できないんですよ。俗化と言ってもいいし、生きるという現実のくだらなさを抱えながら、書くというのは別物という分離が僕らはできているわけですよ、自然に。

**松原**　僕は二四時間詩人である必要はないと思いますね。これは吉本隆明が言っていることだけれども、詩、文学は二五時限目で良いと。要するに二四時間は生活を一生懸命真面目に生きると。詩や文学は二五時限目でいいんだと。

**新城**　そうだけど、それを自認してしまってはまただめな部分があるわけで。

**松原**　清田は二四時間詩人だったから苦しかっただろうと思う。救い出すには二五時限目を持ったほうがいいよと。

**新城**　僕らもそれは持っているんですよ自然に。つまり僕らの俗化。俗化だけれどしかしその僕らの俗化をどこかで見ている僕がいて、これは許しちゃいかんぞと。これは一方で清田の側からの批判かもしれないんだよね。僕らの現実への、暮らしへの、存在への。もしこれから清田を批判するならその辺だけれども、しかしこういう芸術と現実の生活の二元論もまた怪しい。これはまたどこかでもう一回反転させていかないと僕らはダメだと言う思いは持っていますね。

**西銘**　清田の生き方に比べれば自分なんかはいつも生ぬるい。清田は極北なのよね表現者としての。

**仲本**　生活の方が政治より大きいはずなんです。私が結婚する際に問われたのが文学への幻想を捨てきれるかということでした。僕は捨ててもいいと。そのかわり私がやる政治的な活動は無条件で認めると。それはどうぞと、現実とぶつかることだから、組合活動をやるにしてもそれは現実の場面とぶつかるから、政治に対する幻想性がなくなるまでやったらいいよと。言いかえれば観念による現実の逆転というような、曖昧な甘い幻想性を持つなと。ちょうど就職した時期で、あの頃は組合闘争を通しつつ、海洋博反対闘争の構築から始めようと。周辺には反復帰論は反国家論までいかないと信用できないと言う仲間が集まった。だから新川さんなんかはその場で批判されていたし、清田さんの政治性には限界があるんだという議論があったと覚えています。その再検証も必要だと考えています。私が清田の詩をなかなか読めなかったのかと言うと、政治性の側面からみていたきらいがあります。勝連さんとは詩の叙情性、感受性それを中心に語っていたと思う。その時にそれを無視して清田さんの詩にぶつかればよかったんですが、そのチャンスを失してしまった。もうひとつ、清田さんが批判されたかと言うと、清田さんにはミシガンミッションに対してコメントできなかったというのがあります。琉大が一九五一年（〜一九六八）からのミシガンミッションのもとに構築されてきた。あるいは米国の植民地政策の一環だと。あの時私たちが高校時代やったのはＣＩＤの手先とおぼしき教員もいる中で、アメリカの文化政策の手先もいる中で、誰がその手先に染まっているかと言うことを検証しながら生きてきたもんだから、なんで清田さんが政治性と言うなら琉大そのものの否定から始めないのか。ミシガン・ミッションの本質をつかないのかというもどかしさがあった。琉大を構築したのはアメリカの文化政策ですよね。

**新城**　さっきの井上さんの話と関連するね。

**仲本**　ミシガン・ミッションと言うのは琉大で試してその後アジアに展開しますが、とりわけ南ベトナムのゴ・ディン・ジェム政権への支援は規模の大きなものであった。琉大をモデルにした、要するにそういう文化戦略・植民地化政策の一環なんです。それを琉大で試され、その蓄積でベトナムに向かわせた。清田さんはそれに食い込まんのかというのが私たちの視座にありました。というのも海洋博そのものが軍産官学民の複合体制のコングロマリットなんですよ。軍学連携のミシガン・ミッションを受けて、琉大そのものが海洋博に伴って国立大学として再編過程にあった。だから琉大の国立大学再編と言うものをミシガン・ミッションと絡めて今問うべきだというのが私たちの問題意識だった。だから、そう意味で出会いがね、清田さんがそういう場面で出てきたもんだから、彼の詩に直接触れる機会がなかったんです。

**新城**　それはいつ頃ですか？

**仲本**　七二年前後です。

**新城**　七〇年から清田さんは久米島なんですよ。病気でね。

**仲本**　伝説化された清田さんで現実の清田さんには会っていない。ああいう場で話をするといつも必ず清田さんが出されるものだから、清田とは何者なのか、どういう政治姿勢なのかという、文学とは違う政治のステージで私は入っていったものだから、それで見慣れていたものだから、清田さんの政治性には限界があるという具合に見ていた。だけど彼の詩の持っている読み方というのはまた違うだろうというのが私の今の意見。もう一つは大学の友達が、政治と思想はいつも政治に負けるというもんだから、文学は負けないように、文学が日常の生活に負けていく、その日常性の中に潰されていく、じゃあそうしないにはどうしたらいいのか。じゃあ政治とは何かということをとことん、身を持って理解しないといけないよねと。その幻想性を払拭するくらいに政治の中に飛び込んでみようというのが彼の結論でしたが、振り返ってみればすべてを抱え込まないとはじまらないと思います。それで私が文学というものを抱えていくきっかけというか、西銘郁和さん、比嘉加津夫さんとか『脈』同人との出会いだったんです。比嘉さんが同人誌『脈』を発行しないか、といったものだからそろそろいいかと思って。私がもう一つ比嘉さんに感謝したいのは、西銘さんもそうだけど、同人誌に書くにはプロ意識で書こうじゃないかというメンバーが集まったんですよ。真剣に書くということ、それが今までの持続だと思います。その過程で残念なことに清田さんの捉え方を政治的なステージから入ってしまったのは、今までの出会いの遅れだと思っています。それをもう一度取り戻して多様なステージの中で読み直したいなと。もう一つ下準備でやらないといけないのは、清田さんの詩は読み切ることはできても、あの時の清田さんの周辺にいた詩人たち、黒田喜夫や大岡信、森崎和江など、彼らの詩と比較しながら清田さんの詩をもう一度読み直してみたい。作業として済んでいないんです、まだ。これが終われば、私が考えている清田政信の叙情の質が何なのかということにコメントできるかなと考えています。以上。

## 清田を読むことの多様なアクチュアリティ

**井上**　お話を聞いてて思ったのは、カテゴリーを二項対立にしないで、どう緊張関係に置くのが一番生産的かなということです。つまり、普通「政治」と「文学」というものがあるのでしょうが、それらがどういう風に拮抗しているかというのを考えたときに、その二つが相反すると言うよりも、摩擦を作りながら磁場みたいなものを形成していて―短絡的に行ってしまえば―その中でいかに忍耐するか、という課題があるのかと思います。つまり今までの話でもいわゆる「政治」であれば世の中を良くするための目標のようなものを達成しなければなりませんが、そこでは道具的理性みたいなものがやはり必ず戻ってきてしまって、我々の決断には道具的にならざるを得ない局面局面がかならず介在すると思います。我々が生活と呼んでいる日々の連なりや、組織、仕事と呼んでいるものもそうかと思います。今は一年間海外にいますが、普段は国立大学のような組織にて労働をし、給料を得ていますので、こうした道具的な思考の枠組みに幾重にも囲まれていると思います。そのときに、今の政治が強いてくる想像力の枠組みが言えなくしてしまっていることを言えるようにしていくという形で文学の自律があるとするならば、文学の自律こそが実は逆説的に政治的な感覚を秘匿すると言えば良いのでしょうか。文学とは現在表明が困難な政治的ななにものかが潜められる場、というテーゼは立てられると思うんですよね。文学の自律における政治の枠組みへの抵抗や、それを押し広げること、それは想像力・構想力に関わることだと思います。

一方で、こうした想像力・構想力に関わる作業が、それがたとえ政治の枠組みに批判的介入を行うものであっても、そこである種の快が生じてしまって、自閉、完結してしまうリスクもつねにあると思います。文学において政治の場では言えない何かが言えるから、それこそが逆説的に政治的なのだ、という理解で終わってしまうと、今度は政治の場に何かを戻してしまう文学の力というのも削がれてしまうでしょうし、文学の自律性における逆説的な政治こそが「政治」よりも優位だとなってしまっても、それは自閉していくと思うんですよね。だから、お互い自閉しない中でどういう回路を作れるのかなというのは難しいけどやらないといけない課題だと感じます。新城さんが言っていて分かるという気がするのは、生活と文学を分ける時もあるけれど、拮抗させる時もあり、片方がもう片方を乗っ取ることがないように緊張関係を作り出す時もある、ということでしょうか。

ここからは自分の関心なんですけれども、自分はやはり一九六一年十二月の『琉大文学』に「ザリ蟹」と一緒に載った「オブジェへの転身」は大変重要なエッセイだと思います。以前にも二つくらいの論文で解釈を試みましたが、疎外の構造を元に戻そうとしてしまうと、疎外以前の人間性みたいなものを新川さんなどは希求してしまうのでしょうが、しかし疎外「以前」といった権力の外部はそもそもないではないかと清田は論じています。米軍支配の前には帝国日本と村という相互規定的な支配の形式があっただろうし、疎外以前という過去に戻ろうとする空想の営為が、過去の疎外の形式を再び措定してしまうのであれば、清田はそうした方向を取りません。

疎外の中で規定される様々な主体のリミットや輪郭に二重重ねにおぼろげに縁取りされるもう一つの疎外、つまりは疎ましくも、不気味であり、外にありながらも、自分に親しいなにものかを発見することで、人間の社会的に所与とされる主体が破産するところに行く事態や、そうした事態が多くの人たちを結ぶかたちで起きる可能性こそが解放的であると清田は論じていると思います。つまりは疎外をもう一度疎外する際に、それをアイデンティティの表象の図式内に回収することなく、主体のみならず、その図式までをも異化していく何かがあるということだと思っています。

疎外の外、疎外の図式の内部に潜む外部性のようなものが、言うなれば清田におけるオブジェなのでは、と思いますが、すると清田におけるこの第二の疎外、つまりは村や家や組織という疎外形態の内部に存在するが、詩においてまずは形態化されねばならない不気味なもの、疎ましいもの、親しくも遠いものの有効性を、現在の文脈においてさらに具体化させるためにはどうしたら良いのか、と考えます。

例えばジェンダーについてです。清田のエロティックな記述が非常に美しいのと同時に、簡単に言ってしまえば非常に男性中心主義的な傾向にもある点には批判的であり続ける必要があるのではないでしょうか。単純に言ってしまえばシュールレアリスムの悪い面を受け継いでしまっていないでしょうか。つまり男性化された「意識」が、より「無意識」に近い女にアクセスすることで―それは往々にして性行為を媒介としているのでしょうが―何かしら意識の外にこぼれていくものを獲得したり内面化できると考えている傾向にあるのではないでしょうか。で、それは女が持っているが女にはできないと言ってるような感じがすると言う事ですね。そうするととても古風かつ自他ともに対して抑圧的な男女化された二項対立ができてしまって、それは当然ジェンダーをヒエラルキーで理解している気がします。

そうした形で先程言った疎外の中にあるより外部的なものを求めるという作業がなされた場合には、清田本人が危惧していたはずの、疎外の前にあると措定される類の男らしさ女らしさに戻ってしまうような気がしています。と同時に、少なくとも六〇年代に関しては「出会い」という概念や出来事をめぐっての思考がされています。それは主流シュルレアリズムにありがちな、女性を表現の対象とするが、表現主体としてはみなさないような出会いとは異なる、より広い意味での偶発性への信念というものがあったのでは、とも思います。六二年の『琉大文学』に「出会いについての考察」というエッセイがありますが、そこでは既存の主体性をすでに与えられた人々(「男」「女」)と出会うのではないかたちで偶発的な出会いに遭遇することが、おそらく清田にとっては革命的な状況への準備としてみなされていたのではと感じます。

**新城** 〈出会い〉をそれ自体に止めるのではなくて〈出会い〉を自分の中に必然化していく内的な戦いがまた必要だよね。詩人にとってのそれを彼は強調してると思う。出会いそのものの即自性に終止してしまったらただの女たらしなんだと。これをもっと自分の生き方まで高めるときに初めて意味を持つんであってと言ってるんじゃないかな。〈出会い〉

の偶然性を宿命まで高めてそれを自分の生き方まで作り替えていくというか、それはやっぱり生きるということですよね。これが革命じゃないかと彼は考えているんじゃないかな。

**井上**　そうですね。それが六八年の「帰還と脱出」につながっていくとも考えられます。そこでは有名な箇所だと思うんですけれども、南ベトナムへのタグボートに乗ることを拒否した全軍労の人々と樺美智子、と私の命はベトナムで死ぬわけにあるのではないと言ってベトナムに行くことを拒否した米軍人スタインキなどが偶然の形で出会う可能性というのが本来はあるべきなのだが、それが今は存在しないのであれば、詩がそのための準備をすべきではないか、といった構想が表明されていると思います。

それは沖縄戦末期に日本軍から脱走してきた兵士と中国などから復員してきた久米島出身の兵士と、清田が「母達」と呼んでいる女性たちとの偶発的な出会いに見られた脱出への可能性を一九六八年の時点に二重重ねすることで着想していると思います。この脱出の可能性は復帰運動などにもこだましているにも関わらず、復帰運動は結局はそれを消し去ってしまう方向に動くのであれば、文学がこの可能性を引き取って、それを継続させることができないだろうか、との表明にも読み取れます。でもそれが文学で今度自閉するわけにはいかないじゃないですか。

あと手短にもう一点だけ述べたいのですが、清田は一九八〇年前後になると『新沖縄文学』での連載や、『造形の彼方』に出てくる絵画論などで「風土」についての思考を行います。当然清田にとっては風土が良いものであるとは決して言えず、風土という言葉にある環境決定論的な文化主義には批判的であり続けると思います。ただそうではあっても、風土の中に風土を越えていく「炎」のようなものがあるとか、「花の構図」があるとかそういう言い方で風土という構図を崩していく際に、しかしなぜ「風土」が思考のスタート地点として温存されるのか、という疑問があります。

今言ったように、風土というのは普通字義的に考えた場合には自然環境や天候などに沿ってできてきた文化という意味だと思うのですが、つまり環境決定論的な意味合いでの文化主義と考えて良いと思います。例えば久米島であれば、そこにおいて長年の間に形成された何らかの文化があって、それが非常に抑圧的な家父長制等を人々に強いるからそこから逃れ出たいというのが清田の風土論にあるのならば、諸国家やその軍隊が鹿山隊長など個別の人物を以て行使した虐殺の暴力などへの批判を、果たして「風土」を批判的出発点とすることで扱えるのだろうか、と分からなくなります。つまり八〇年代初頭に「風土」を考えることは、清田においてはなんとなく後退しているような気もするというのが率直な感想です。

ただなんとなく清田が言う風土というのは、より字義通りに「土」の上を「風」が通り抜けていくだけの、いわば物と人の通り道のような感覚も詩にはあります。『遠い朝眼の歩み』には「静かな崩壊」と言う詩がありますが、そこでは「僕の体をふるわせて突き抜ける／ものたちのひらめきに／あるいは緑と言うにはあまりに黒い／福木を渡る風の軌跡が垣間見せる／ふるさとの風土は／しののめの砂浜のサック　サックと単調な／無機質の確かさに似て／静謐に座する青年の／三角に凍る欲情のシルエットを刻んでいる」という部分があります。故郷の風土とは言いながらも、それは「軌跡」や「ひらめき」や「シルエット」といった外部から通り過ぎてき行くものの痕跡でしかない、といういわば感受性のあり方が、清田の後の「風土」をめぐる批判的思考にもつながっていると言えるのでしょうか。

**新城**　彼が風土と言っているのは単に自然とか天候とかそういう自然に規定されたものというよりはもっと人間の原初における風、光、波、ときに沖縄は島国で周辺は海で波ですよね。それとの交感における魂の原初性にまでに降りていってると思うよ。そこは人類の原初なんだよね、魂の故郷みたいなもの。そこまで降りて行っていると思うな。だから風ですよ、光ですよ、波ですよ、そういうことの奏でる音というかな、そういうことが島に生きる我々の祖先の魂を深く規定しているというか、それが本土にはない。

**井上**　もちろん『光と風の対話』という今回新城さんが評論を書かれる詩集の題名にも「風」と「光」があります。ただ、それとはまた別の意味において、一九八〇年代の『新沖縄文学』での連載にてなされる「風土」の脱構築とでも言えるような沖縄学の批判的読解と、一九六〇年代に清田が記した「疎外」の社会構造をさらに「疎外」するという事態とは、なにかが異なるような気がするのですが。

**仲本**　私たちが七二年に風土と言った時は唯一沖縄性と絡めて使っていたような気がするんです。その風土論は乗り越えられなくちゃならない。やっぱり風土論ではどうしても限界性があるなというふうに受け取っていたんですね。その背景に私たちが議論していたのは和辻の風土論をいかに乗り越えていくかという議論をやったような気がします。いつの間にか風土の中では捉え切れない、それに代わる言葉として唯一沖縄性ということ、それがまただんだん曖昧になって反国家ということに擦り寄って行くんだと思うんだけれども、唯一沖縄性と言うことも曖昧ですね。さっき話してた魂の原初的な資源的なものを指しているのかな。イメージとしては分かるんだけどそれは何なのかとよくよく考えようとするとふと分からなくなってしまう言葉ですね。風土もそれに近い。

**新城**　それは制度に対して優位だと言ってるんだね、彼は。

**仲本**　持っていかれる。

**新城**　いや制度を超えているものを目指しているんですよ、彼は。制度的なものに絡め取られないものなんだと。それは人類の幼年期への回帰なのかなと思うけれども。そこまでいってると思うね。

**仲本**　政治化されないもっと違う言葉の意味があると思うんだけど、それがなかなかこうなんだという規定が難しい。規定する必要もないかもしれない。イメージだよね完全に。

新城　そうそう、深みがあるというか漠然としているというかそこに一つの可能性を見ようとしていると言う気がする。これを一義的に定義するとおかしくなっちゃう。

**西銘**　清田の中でも風土感というのは、当然六十年代七十年代八十年代では少しずつ変わっているはず。変わっていることを多分井上さんは今指摘しているわけさあね。でも今お互いが何らかの形でまとめ上げようとしている清田の風土感は多分根底が違ってきている。少しずつ見える範囲が違って来ている。清田政信自身の風土論っていうのは、風土に対する感性というのは当然少しずつ変わってきている。だから、今井上さんが風土も文化なんだというような言い方をしてたんで、自分はこれはすごく良い視点だと思います。つまり、私たちが否定しようがしまいが風土も文化なんだと。風土から逃れる術があるのかということも含めてね。風土を受け容れるしかないという感性と、風土を拒否する感性はどこかで拮抗しているわけさあね。対立もしているかもしれない。そこで、風土も文化なんだという視点がすごく大事なんだと自分は感じましたね。

**仲本**　もう一つ、七〇年代の女性たちから宿題を出されたことがあるんです。これはまた私にもまだ解けなくて、さっき井上さんも言っていたように清田さんのあのエロスは、あれは女性に対するジェンダー的視点から見れば、あの時はジェンダーと言う言葉はなかったんだけれども、要するにウーマンリブ運動から見ればおかしいと。仲本さんはそうは思わないんですかと。清田の詩の男女の関係は一歩間違えればおかしな関係でしょうと。それについてどう思いますかと言われたんだけど、まだ私には人間ですからとしか答えきれていない。一つの宿題だなと思っています。井上さんもそれを言ったんで、そうだなぁと思っています。今一度読み直さなければわからない。彼女たちが持っていたジェンダー的な視点からすれば男性中心主義なんだ。どっかで配慮を欠いている関係性が紛れ込んでいると言うようなことをあの時言われたもんだから、聞かないふりもできないし、逃げられない問題かもしれんなあと思っています。

**松田**　今私は清田とシュルレアリスムの関係について研究したいと思っています。以前書いた論文でも少し触れましたが、清田がシュルレアリスムをどう解釈し、組み替え、作り変えていったのかを再検討したいです。さっきから名前も出ていますが、井上さんもおっしゃったようにブルトンを中心としたシュルレアリストたちの女性観、ジェンダー観の悪い側面を清田は引き継いでしまっていると私も感じます。と同時に、ブルトンがオートマティスムによって生み出そうとしたイメージのあり方とは異なったイメージを清田は求めているような気がします。ブルトンは、「シュルレアリスム宣言」である二つの項、現実と現実の「偶然の」接近からイメージがほとばしる電撃のようなものとして生まれると考えていて、この二つの現実の偶然の結び付きを半睡状態の口述や矢継ぎ早の高速な筆記によって無意識を引きずり出して記述していく実験を行っていたんですけど、最近の研究で明らかになったのは草稿を何度も書き直して意識的にテクストに介入を行なっているブルトンの姿です。偶然の接近によるオートマティスムと言いながら、実は作品の必然的な完成を欲していたわけで、ブルトンは作者としての主体性がとても強かったと言えます。一方清田は、シュルレアリスムを引き継ぎながらも、自らがシュルレアリスムの手法を再実験することはないと述べ、その方法自体の中にある「美学化への傾斜を破りでる詩意識」を求めていました。なぜなら、清田にとってシュルレアリスムは、すでに大衆文化の中で様式化され、生活の場で実用化されているからです。六〇年代前半の詩論「扼殺の美学」で清田は、イマージュとは哄笑のように溢れ出てくるもので、それを手なづけ扼殺せねばならないと述べています。その扼殺の仕方というのが、現実や生活と文学や虚構を混ぜ合わせるというもので、この混ぜ合わせることによるイマージュの扼殺は清田の意図のもとに行われています。このときイメージは、シュルレアリスムやブルトンが目指していたような迸る豊かさにおいてではなく、意識的な混ぜ合わせによる扼殺の果てに、辛うじてイメージの「不在」や「非在」として捉えられると想定されています。実用ではなく、「役立たぬこと」や、「進んで無用と化すること」が重視され、「空白の内にイマージュを誘致する」とき、詩が創生されると清田は考えます。清田の詩を実際に読むと、特に初期の詩集はシュルレアリスムからの影響が明瞭な箇所も多いですが、清田が「美学化」に抗ってシュルレアリスムの理論を組み替えながら詩作してことの意義を探っていきたいと考えています。

　また清田における言葉の問題についても関心があります。田中真人さんの論文で清田は「方言域をくぐり抜けて自らの言葉の破砕に向き合った詩人」と規定されています。私の解釈では、清田は、詩作の言葉を日本語と沖縄方言の二項対立において捉えていたのではなく、両者の共犯的な結び付きを共に破砕させていく運動として捉え、言葉に向き合っていたように思います。施政権返還前後の沖縄では、文学活動における「土着」や沖縄的なものへの傾斜が著しくなり、小説において方言が多用されるといった現象が起きていましたが、清田にとって「村のなじみ深い韻律」である方言は「不快」であって、「不可視のコンミューン」を実現するためには超えていくべきものとみなされていました。清田はまた、言葉は伝達やコミュニケーションが終わったところから始まると述べていて、もちろん詩や評論は日本語で書かれてはいますが、言葉への疑いがまずはじめにあり、意味の伝達を拒否するところから詩の言葉が始まると考えていました。この伝達や意味の拒否は、第一詩集のタイトルがまさしく『遠い朝・眼の歩み』であったように、清田においては「眼」の運動と関わっているように思えます。清田は見えることが意味を与えることになっている現実の世界を拒否し、可視性とは異なる視覚（ビジョン）をイマージュと考え、眼の動きを重視します。それは肉眼が身体を離れ、眼だけが彷徨い動いて記述してしまった詩を思わせます。

**新城**　それがずっと後になって『瞳詩篇』に

繋がるのかね。見ることそのものになるというか。あるいは明晰という言葉を使ったりもするけど、その辺りは分かるような気がするな。

**松田**　そうした可視的な視覚や言葉の意味の中断から始まる詩のイメージ論をシュルレアリスムとの関係から研究していきたいと思っているのがまず一点ですね。あとは、清田における女性観やジェンダー観についてですが、詩の中で女を白痴や狂気として描き出すことの問題があります。単純に狂気を聖化・神秘化しているように読めてしまう箇所があります。

**松原**　シュルレアリスムの悪いところはさっき井上さんも言っていたけど、女性に対する見方なんだよね。シュルレアリスムにとって女性はミューズになってほしいと思っているわけ。つまり詩的刺激を与えてほしい存在、詩的オブジェと言ってもいいけど、そうあってほしい存在と思っているわけ。そうでないと女性を替えるんだよね。ブルトンなんかは何名かの女性と付き合っていたし、エリュアールの場合もガラがミューズだったけども、一緒に生活しているとだんだんミューズ性が希薄になってくるから、次はガラはダリのところへ行ってミューズの役をしていくでしょう。清田も女性に対してはジェンダーとして見れば、やばいところもあるけれども、ミューズになってほしいと思っていたと思う。彼の後期の三部作はそういう視点が強い。妻じゃない女性がほとんど出てくるでしょう。あの辺はシュルレアリスムになりきって、エリュアールを意識しながら書いてあると本人も言っている。

**西銘**　ジェンダーの観点は新しい世代の人たちの視点ですね。新しい世代の清田のジェンダー的視点からの追求は意味のあるテーマだと思う。考えてみると清田さんなんかは案外古い世代だったのよ。昭和十二年生まれでしょ。昔ながらの女性観が息づいているところがまだあったとしてもおかしくないんだよね。新しい書き手たちが、新しい視点で論究することが清田を解くまた一つの鍵になる。

自動記述に関しては、詩集『光と風の対話』に載った「夢の記述」という有名な詩があってね一つ。散文詩なんだけれども、その夢の中に出てくるひとりの女に対する文学的意見も分かれてくるのかなと思う。自動筆記的に書いているけれども、そこもまた批判的な目で見て若い研究者たちの見解を教えてほしいですね。

**松田**　また、狂気を女性に仮託しながら神秘化してしまっているところなどは批判的に読んでいく必要があると思う一方で、清田は狂気と正気の境界線や二項対立、あるいは狂気とされてしまう者が作り上げられてしまう条件を書いていたようにも思います。沖縄に生きていることで狂気に陥ってしまうことの問題も問い直していきたいと考えています。狂いたくて狂ってしまう人はいないわけで、文学者はそうあるべきという風に清田を神格化しない形で読むということをしたいと考えていますね。

**新城**　それはいいと思うな。でももう神格化する人はいないと思うな。

**西銘**　いや、どこかで今もやっているよ。自分なんかの心の奥の方でかな・・・。

**新城**　清田の活躍した時代から五〇年も経っていて、いま僕らが清田について考えるということは、それなりに清田について距離を置いて眺められる時期に来たんだなぁという感慨の方が深くて、若い頃は憑き物みたいに清田の魔物が憑いていたけれども、ぼくは特に。それが時間が経つにしたがって、時間が洗い去っていった部分があるし、だから見方も変わって来ているし、それはあるね。

**松田**　もう一点、清田の詩と批評を今読むことのアクチュアリティについても関心があります。清田は非合法共産党を「脱党」したと言ってますけど、そうした政治的な敗北の経験をくぐり抜けた後に何を書いていくかが清田における一つの問いだったと思っています。清田や六〇年世代は、「文学の自立」を目指した非政治主義と見なされたりもしますが、清田はリアルポリティクスの次元や党派的・セクト主義的な動員によって組織された運動の局面においては縮減されてしまう別の「政治」を発明しようとしていたのではないでしょうか。また、評論でしばしば自らの戦争体験に立ち返っていますね。先ほど井上さんもおっしゃっていたように、終戦時の幼少期に復員した島の兵士と、母たちに匿われていた日本兵が相対し危うく殺し合いが起きそうになったことを目撃したことが「帰還と脱出」の執筆のモティーフになっています。母たちの行為に宿る「原情緒」や、兵士たちにとって国家や軍隊からの脱出と帰還のあて先である〈村〉は、反国家の情念を生みだす萌芽を持ちながら、結局は戦後の現実において解放は訪れません。清田が六〇年世代と言うとき、それは「土地闘争」での敗北から出発した世代であり、また大戦に不可避的に動員させられていった母たちや兵士とは異なる「爽快な責任の論理を内在化する位相」として自覚化されています。この位相こそが清田が「個人性」という語で掴み取ろうとした、「共同体の不在」の共有からはじまる新たな連帯の組織の場であり、新たな「政治」への予兆として受感されていたのだと思います。つまり清田は、幼少期の終戦時の経験を回想しながら、「敗北」や「廃墟」を出発点に据え、動員の拡張化に終始する「復帰運動」とは異なる組織論を組み立てようとしていたわけです。そこにはまた、戦後の米軍占領下の現実の中に新たな「戦争」を感受していく感性があったはずです。清田は六〇年世代について、「資本の拡張と心情の様式化の中で、にがい義務のようにあるいは、はきけの形をした希望のように戦争を具体的に行きている青年たちが生まれはじめた」とも述べていて、これはつまり、軍事主義と資本主義が結託して日常が覆い尽くされ、思考や心情といったレベルまで馴致されていく中に、これまでの戦争とは異なる現在の新たな「戦争」を発見していったのだと思われます。このような日常や生活における戦争を、詩を書くことによって抉り出し、批判的に思考していたという意味で、清田らは政治運動からは一切の距離を置いていたにもかかわらず決して脱政治化はしていなかった。こうした姿勢に、現在清田を読むことのアクチュアリティがあると感じています。

**仲本**　この米軍支配の中で清田さんが現実をどのように受け取っていたか、幼少期にはただ影絵みたいに流れていたかも知れないけど、これは反省的な理性で抱え込んでいく現実だったと思うけど、琉大に来てからか、いつそういう視点を持ったかが問題だと思う。

**新城**　つまり松田さんが言いたいのは、清田は米軍占領下への凝視が不足していたというわけではなくて？

**松田**　ではなくて、米軍占領下の現実の中で軍事と資本主義が結託していくことへの批判的視点が清田にはあったと思うんですね。

**仲本**　それは沖縄に生きて詩を書いている以上はあったはずだよ。

**新城**　それを詩の素材にはせずに切っていたというものがあると思うよ。「素材主義」と言って。彼にはそれを感じていた部分もあるとは思うけど、それには乗っからないで、これは基地風俗だとか言いながら。彼は平面化した基地風俗をすごく嫌っているから。それを切っていってそういう素材主義に陥らないで、もっと内面を凝視することでそこからイメージの噴出を目指したと。

**西銘**　ぼくはよく掴みきれないんだけど、多分松田さんが一生懸命言おうとしていることは、それはまだこれからのテーマとして抱えている部分で言葉にちゃんとでてこない部分だと思うので、これを文章にまとめてまた私たちにも勉強させてほしい。いま全部出そうとしてもたぶんに深めきれないしね。

**佐喜真**　みなさんの会話の後半の方に出てきたトピック、清田の女の表象の仕方が今の私の一番の関心事です。これは清田の出会いの思想に関わってきます。先ほどからみなさんの間で批判的に話されているように、清田の出会いの思想では、女という形象が必要不可欠な条件として用いられるように見えます。それには単純に感覚的に拒否したいのですが、けれども私が興味を持つ箇所は、不思議と、少女や母など、そういうような女の存在が出てくるところばかりだということに気づかされた経験が数年前にあったんですね。今は、なぜそこに関心を持っているのかということを言葉にしていく時期だと思っています。もちろん、思想の形成のために女という形象を必要とする男性中心主義をジェンダーの観点から批判的に見ていくというのが私の課題でもあるのですが、同時にここに何かある種の期待というか、何かを読み取ってみたいとも思っています。先ほど新城さんが言ってくれたことで私も同感だと思う言葉があって、出会いを自らの中で必然化して、それを宿命にまで高めていくということですが。

**新城**　これ清田が言っているから。

**佐喜真**　そうですよね。出会う対象を女というカテゴリーに閉じ込めてしまったことは問題だと思いますが、女との出会いを通して彼が何を意図していたのかを見てみたいと思っています。『琉大文学』四巻一号に「存在と表現」という座談会が載っているのですが、そこで清田は彼が意味する女について述べています。女というのは、あらゆる女を指しているわけではなくて、強いて言えば、ブルトンのナジャと森崎和江の女なんだと。先ほど話題になったブルトンの自由記述よりも、私は「客観的偶然」という言葉から清田とシュルレアリスムの関係を見出したいと思っています。偶然だけれども客観的であるという矛盾するような客観的偶然という言葉を使って出会いを必然化しようとしていたことに。今勉強している途中なんですけれども。ただ、そこにもやはり問題はあります。女性をミューズとして見るという点で。その思想と、またやはりそれを批判したフェミニズムの文脈を参照しながら、清田の出会いの思想の意義をすくってみたいです。それから、清田は女という言葉を使って言い表していることを、六二年に発表された「ヤク殺の美学」では「棄数」と言っているんですね。非在の世界に向けて「棄数による破壊と変容をもくろむ」と。「棄数」とは実数の世界には存在しないとされる虚数のことを意味しているんじゃないかなと私は解釈していますが、そうしたものとの必然的な出会いを通して自分が変容して非在の世界に向かって行くっていうような書き方をしていて。

**新城**　これは大切だね。これそのものが彼の想像力の運動みたいなもの。

**佐喜真**　女と言ってしまったことを批判しながらも、その運動を考えてみたいなと思っているところなんですね。またもう一つ考えたいことは、清田の出会いの思想がそれ以降の沖縄の文学にどのような影響与えたのかということです。例えば最近私が関心を持っているのが、吉田スエ子や崎山多美のいくつかの作品のように、他者が主人公の身体に入り込む経験が物語の重要な要素として書かれている作品です。それらの作品で重要なことは、言葉を持たない他者に出会う者自身もまた言葉を持たざる人であるということです。言葉を持たない人たちの身体の中にまた別の言葉を持たない人の存在が中に入り込むことというように、複数の身体を宿す身体を描く作品として私には読めたんですけれども。そのような作品を読むと、清田には女という問題はあったかもしれないけれども、何を沖縄の以後の文学に残していったかということを出会いというキーワードから考えてみる意義はある気がしています。だから清田の限界はあるかもしれないけれども、産み落とした何かがあるだろうと。また、それを探求する時にキーとなるのが森崎和江の他者との関わりかなとも思っています。森崎は、『第三の性』で、ある女性と文通形式で性の問題を語り合っているのですが、最後にその彼女を亡くし、「私は片目を失った」と言って文章を結びます。彼女は女たちの思想を紡ぐのに、他者の存在を必要不可欠としていました。このように、別の他者との関わりの中で自分というのが変容し、何か新しいものが生じるのを予期する作品に関心を持っているのですが、その中で森崎和江の他者、というか女という概念をヒントにしながら、清田の出会いの思想を考えています。やはり先ほどから出ているようにウーマンリブの世代、七十年代の女性たちの視点から見ると、たしかに清田の女には問題はあると思うんですけれども、詩の世界の中で、あの時代に女という言葉が喚起するイメージの中で彼は何を生もうとしたのかということに関心を持っているということです。

**仲本**　森崎文学と清田の接点には私もすごく関心があって、大事なテーマだと僕は思いますね。森崎さんの影がとても濃ゆいところがある。さっき言った崎山さんと吉田さんの話も森崎さんの影を見つけているわけ。

**新城**　関連して清田の詩の中に「辺境」と言うのがありますよね。森崎和江の散文詩からの強い影響をうけていますね。それを比嘉加津夫と石川為丸が盗作だと言って。

**仲本**　それは比嘉さんではなくて石川為丸さんが言っていて、似ている詩があると言っているだけで盗作とまでは言っていない。

**新城**　彼は盗作という感じで対談をしているはずよ。僕はそこまでは言えないと思う。

**仲本**　あれは盗作とまでは言えないと思う。

**新城**　そういうことを問うと、比嘉さんがこれだよと森崎和江の詩集の中から「鉄を燃やしていた西陽」を僕に見せたけれども、これは僕も知っている詩篇で散文詩なんですよ。言ってみれば盗作というより、詩として「辺境」は自立していると考えても良いと僕は思うんだよね。

**仲本**　森崎さんのこれだけある文章の中から部分的に拾っているだけだと思います。

**新城**　だからこれは参照する必要があるかもしれない。清田は森崎からはかなり影響受けているから、谷川雁との絡みで。

**仲本**　谷川雁ともね。だから私は谷川雁やその周辺の詩をみんな読んでみたいんですよ。そうしたら今言ったあたりのことも払拭できるかな。

**西銘**　清田は森崎和江のことを理想的な女性という形でどこかのエッセイで言っていたはず。

**仲本**　詩の中でも言っていた。

**佐喜真**　そうですね、理想的な女性。

**松田**　まだ全然清田と戦後の本土の詩人たちとの交流や断絶について話せていないんですけれども、もう時間になったのでそれは二号の座談会にまわしたいと思います。

**西銘**　井上さんが最も遠いところからの参加なのだけど、特別にまとめてもらいましょうよ。

**井上**　みんなで話すことができて楽しかったですね。特にまとめの言葉はないのですが、ここまででとても良い対話ができたと思いますので、第二号にて続きを話せれば良いなと思います。またジェンダーの話ですと、琉大の阿部小涼さんが清田と岡本恵徳における共同体批判をジェンダーの観点から批判的に再読されています。阿部さんにとどまらず、さまざまな視点から清田を読む人々と清田研究会がつながるのは良いことだと思います。また、目取真さん、崎山さんといった先駆的な小説家の作品に清田の何かしらかが流れているのは、やはり興味深いことです。と同時に、冒頭でのべた政治と文学との解消しきれない緊張関係に身を置いた詩人が若い人たちの中にいないのでは、と感じざるを得ません。もちろん日本語で表現する空間においては詩よりも他のメディウムに向かう人々が多いのだろうとは感じますが、しかし言語において感覚と思考とを架橋できるものが詩的イメージだとすると、やはり詩人がもっといてもいいはずだな、とも思います。長くなりました。

**松田**　ありがとうございました。

（二〇一八年四月二一日　於沖縄教員塾）

Jun Matsuda

松田潤

# 朝を待つ動物たちのテロル
## ―清田政信の詩的言語における時間性について

## はじめに

清田政信の詩的言語の実践が企てていたことの一つは、人間的主体であるところの「存在」からあぶれてしまうものたちをいかにして思考し、まなざし、表出させるかということであった。その背景には、清田ら『琉大文学』第二世代も非合法共産党の琉大細胞として参加した一九五〇年代の米軍占領下沖縄における「島ぐるみ土地闘争」と呼ばれた運動が決定的に敗北し、同人たちが大学当局の狙い撃ちにされ除籍・停学処分を受けたことで（「第二次琉大事件」）、政治や組織や前世代の社会主義リアリズムに基づく文学活動が全く根拠を失ってしまったことが原体験としてある。この敗北の経験を手放さず、現実を「廃墟」と認識するところから清田の詩的実践は開始された。清田は、主体や存在になりきれなかった残余のものたちを、シュルレアリスムの再検討を通じて、動物的形象や物や死者の痕跡を宿す把捉不可能な「不在」や「非在」のイメージとして現出させようと試みたのである。さらにこうした不在や非在のものたちの共同性を、私性とは異なる「個人性」という位相において構想していた。「個人性」とは、被差別感によって立ち上げられる民族的な共同体ではなく、「祖国」概念を否定し国家権力と戦争への加担を拒否する「爽快な責任の論理を内在化する」者たちによる、「共同体の不在」（長田弘）の共有に基づく連帯を組織する地点のことである。それは決して現在時には即時としては現出しえない不可能な共同体であり、清田はこれを「不可視のコンミューン」とも言い表した。[1]

私が以前執筆した清田論では、こうした「不可視のコンミューン」の創出が、詩に流動性やアクションを呼び込む「行為」によって、とりわけ第一詩集のタイトル『遠い朝・眼の歩み』（一九六三）にいみじくも表現されているように「眼の歩み」によって目指されていたことに着目し、次のように言及した。「「不在の女」の「眼の歩み」とは、歩行の反復からずれを生み出し、自己を追放しながら自らの視線を見つめ返す盲目的な視線へとまなざしを重ね、流動を呼び込む言葉や直喩の運動性を介することでセクシュアリティや諸主体や物の境界線を引き直し、フォームの崩壊や震え自体を「非在」のイメージとして肯定的に創出させる行為の戦略のことだと整理できるだろう」。[2] すなわち、不可視の領域をまなざし、根源へ向けて歩くことこそ清田詩学の方法的契機であったと言い得るが、しかしこれは多岐にわたる清田の詩的世界の一部分に光を当てたにすぎない。第一詩集で言えば中黒で隔てられつつ接合されている後半部（空間性）が解明されたに過ぎず、その前半部「遠い朝」（時間性）の検討は課題として残されたままである。

清田における「朝」という時間については、第一詩集を「詩人の「眼」が、事物の新たな始まりの時間としての「朝」を発見する予兆の記録」として読む井上間従文によって、「ある特異な「像」が生活圏へと侵入し、それを見る者たちが「オブジェ」と呼ばれる視覚的・触覚的物体への変様を遂げる時間のこと」であるとの指摘がなされている。井上の言うように、「「朝」を待つことのポエティクス」として清田の詩を批評的に読むことは、人間を含む「ものたち」の消えては露わになるシルエットの連接性において、「共感域」を感知し拡げていく未完の作業に着手することである。[3] 本稿では、この未完の作業に連なる一つのヴァージョンとして、まずは「ものたち」のかたちの変容が始まる時間帯である「遠い朝」の到来がもよおすある特異な情動に着目し、一九六〇年世代の詩人にとって「めざめ」や「転身」がいかなる事態として生起していたのか見ていきたい。また、清田の詩と批評における「朝」や、それとは対比的に描かれる「夜」および「昼」という時間性を、レトリックやグロテスクな形象といった側面から考察することで、「人間的なもの」への問いなおしが始動していたことを明らかにしていく。

**醜い感情**

清田は、自らの詩的課題の方法論を繰り返し問い返すことで詩意識を深めていった詩人である。したがってその詩論と詩の多くは、緊張関係を保ちつつ交響している。[4] それは清田が『琉大文学』に掲載した最初の詩論である「詩論の試み」（一九五八）の追記において「従来の形式にとらわれた評論は私の眼中にない。私は評論も一つの詩だと考え、そういう意図で今後も続ける」[5]と宣言していることからも伺える。以後同時代の多くの詩人や画家たちを論じる中で自らの詩論を形成していった清田は、まずもって一人の詩の読者であった。清田にとり詩的言語の創造は、詩を読むという批評を介して生起していた点は重要である。なぜなら、清田は詩論と詩の形式的な対立を、詩というジャンルに折れ込んでしまっている批評的な実践によって解除していったと言えるからだ。つまり、清田は詩論を詩の単なる理論（設計図）と捉えるのではなく、むしろ詩論に詩の言葉を持ち込むことによって形式を変形させ、既存の言説に干渉していったのである。またこの脱ジャンル化された詩論の言葉が詩へと環流することで、詩そのものが批評的視点を内包することを可能にしたと言えるだろう。[6] ここで詩論と詩、韻文と散文、理論と作品といった役割分業的なカテゴリー区分を失効させる戦略的実践として清田の詩的言語を読みなおすとき、詩論においても「朝」という時間が特権的な時間帯として召喚されていたことを思い起こす必要がある。

一九六三年の評論「流離と不可能生の定着」で清田は、ポスト「政治と文学」世代である六〇年代の青年たちにとって詩的課題が容易には見つからないこと、そして「周囲の活気に満ちた悲壮さ」に馴じみきれないことへの「はらだたし」さや「いらだち」を抱えながら、「そのいらだちがやがて彼等の存在を明らかにする一つの手がかり」になることを予見しつつ、次のように述べている。「特に六〇〜六二年のむかつく程清潔な朝の街は、太陽の輝かしい屈辱を受ける前に、蒼ざめた貌そのものが唯一の太陽を思わせる一瞬の、おそろしく退屈な祝祭の中で、自分がふとランボーになり、革命家になる不毛な錯覚を、さけられない誘惑のように生きた」。[7]

六〇年代初頭の「朝」、清田はいたずらにいらだち、むかついていた。「朝」という時間は、ほんの「一瞬」だけ「彼等の存在」が「唯一の太陽」や「ランボー」や「革命家」になるような夢を見させてくれる時間であるのだが、一方で「太陽の輝かしい屈辱」を待機している彼等にとって「朝」とは、まぶしい光が何者にもなり損ねた彼等を晒しだしてしまうので、ただただ怨念のような「むかつく」情動がこの歪な存在を証明する「一つの手がかり」として「清潔」な「街」で増幅されていく時間帯でもある。ここではまず、引用した一文の検討に入る前に、「朝」という時間に到来しているネガティブな情動へ着目することから始めたい。

このネガティブな情動の萌芽は、「詩論の試みⅡ　暗いエネルギー」（一九五八）と題された詩論において見いだせる。この詩論で清田は、「沖縄で詩を書く時、歴史を背負わされた、あの若者たちの暗いエネルギー」の検討から出発する必要性を説いていた。清田は、この「暗いエネルギー」を数十年に一度北極の海に「いたいたしく姿をあらわすモー《マ》ビーデッ《マ》ク」に喩え、それを「まぶしい程の外部の光にさらさない限り、これは壊滅のエネルギーにもなり得る」と予告している。[8]

怒りや恐怖は、それを引き起こす対象が明確でカタルシスが用意されている感情であるのに対して、いらだちや不安や嫌悪感などは、どこからともなく到来し、何によって惹起されているのか自身にとっても曖昧な情動である。シアン・ナイは、美学および政治学の領域において周縁化させられてきたこれらネガティブな感情を「醜い感情」と名付け再検討し、「美的感情」のカテゴリーの構成を変容させた。ナイが着目するのは、メルヴィルの作品で言えば怒りに駆り立てられた叙事詩の『白鯨』よりもむしろ曖昧さに満ちた『詐欺師』や『バートルビー』であり、エイハブのような勇敢で象徴的な人物というよりはむしろ、「管理された世界」（アドルノ）における孫請けや下層の労働者たち、たとえば、『白鯨』で夥しい鯨学の「抜粋」を提供してくれた「単なる勤勉な穴を掘る動物や蠕虫」とも言われる図書館司書補佐の補佐などである。これらの作品や人物に通底している弱さや愚かさや徹底した受動性といった「醜い感情」の側から作品を読み直す時、従来の美学および政治学の対象とは異なる美的かつ政治的な情動を浮かび上がらせることが可能になるだろう。[9]

清田の内部世界に巣食う「暗いエネルギー」も、いらだちや不安や嫉妬が渦巻く感情である点でまさにナイの言う「醜い感情」である。興味深いことに、この「暗いエネルギー」は猛々しく怒るエイハブではなく、痛々しく傷つき荒れ狂う鯨の側に重ね合わされていることからも、人間的主体の感情とは異なる動物的な感情へと通じていることが伺える。清田は、「醜い感情」としての「暗いエネルギー」が「破壊のエネルギー」に転じてしまわぬよう、「まぶしい程の外部の光にさらし」す必要があった。ゆえに「朝」を待っているのである。

### レトリックと時間性

先の引用文に話を戻そう。この一文は極めて詩的な印象をもたらしている。それは読点による区切りの多用が詩的リズムを生み出しているからだと思われる。加えて、主語と述語の関係が錯綜しねじれ文になっていることでずれによる異化が生じ、さらに比喩表現としてのレトリックの導入によって詩的効果が喚起されていることの影響も見逃せない。よってまずこの一文を読点で改行して詩のように配置し直し、ねじれ文とレトリックの効果について確認した上で、「朝」という時間性について考察したい。

特に六〇～六二年のむかつく程清潔な朝の街は
太陽の輝かしい屈辱を受ける前に
蒼ざめた貌そのものが唯一の太陽を思わせる一瞬の
おそろしく退屈な祝祭の中で
自分がふとランボーになり
革命家になる不毛な錯覚を
さけられない誘惑のように生きた

そのまま清田の詩として読んでも違和感のない（ゆえに意味上の違和に満ちた）この入り組んだセンテンスにおいて、おそらく複文が意図的に誤用され、ねじれているために、「生きた」に結語する主語は「街」なのか「蒼ざめた貌そのもの」なのか「自分」なのか容易には判然としない。直前では、「夢のリアリテを主体の消滅する次元に、ぼう大な浪費として表出することだけが誇るにたる主題を持たない彼等が自分を確かめるなかば無意識の方法だった」とも述べられていたことを踏まえると、この文は、主体や主題の不在自体を突き詰めていくという「無意識の方法」の表出として読めるのではないだろうか。つまり、単一で統一的な主体や主題がもはや成立し得ない情況下で、「太陽」や「ランボー」や「革命家」といった大文字の主体になるかのような「不毛な錯覚」を「生きた」という語り自体の主語を分裂させてしまうことで、この一文は、語りの内容と形式双方のレベルで主体になり損ねた「不在」のものたちを表出させるという形容矛盾な方法を遂行しているのである。その方法を清田は「夢」の「ぼう大な浪費」と呼んだ。

この「浪費」は、「市民社会の生産をうながす祝祭」として「生活を浪費」することとは異なり、「関係への愛を浪費する」ことや「青春を浪費する」ことであり、さらに「死に至る浪費」であると説明した上で、清田は次のように述べている。「つまり時間を浪費させる燃焼であり、すべてが出つくした先端に立って、かつて存在せずいまだ現存しないことへの自己放逐なのだ。ところで詩は如何なる時代にも、時間の扼殺を目指す。たまたま詩に時間を導き入れることが可能だとしても、それは時間を扼殺する不断の浪費と不毛の廃墟に渡る風の香りがするだけだ」（一九九頁）。すなわち、清田にとって「浪費」とは、生活圏で「無数のタブー」を受け入れながら生産し消費する「市民」たちの時間から脱落し、過去においても現在においても存在しない「不在」の開示へむけて時間を「燃焼」し「扼殺」することであり、それがとりもなおさず詩の方法となのである。なるほど、「島ぐるみ」の大衆運動なきあと、米軍占領下とはいえ統治の方針が宥和政策（経済成長政策と文化政策）へシフトしたことで市民社会が安定化し、資本主義的生産と消費に支えられた「生活」の時間が持続していることに[10]唾棄していた清田は、そのような時間の消滅を求め、日常の時間の外部とでも言うべき超越的な永遠への飛躍を目指していたのだろうか。そうではない。清田自身がすぐさま付言しているように、「だからと言って、カッコつきの「永遠」の中に退却するのでもない。〔……〕つまりすべての根拠、基礎を失う時、詩はめまいのごとき、自己の不在がそのまま豊饒さに転化する一見矛盾した次元を垣間見ることだ」（二〇〇頁）。分かるようで、よく分からない表現である。これはどういうことだろうか。

「豊饒な不在」などと言えばいかにも矛盾しているように感じられるが、そのような、本来両立しない対義概念を強制的に結びつけてしまう撞着語法（対義結合、オクシモロン）は、清田が多用するレトリックの一つである（たとえば先程の引用における「活気に満ちた悲壮さ」、「むかつく程清潔な朝」、「太陽の輝かしい屈辱」、「退屈な祝祭」等）。撞着語法は、論理学の基本原理である同一律「XはXである」と矛盾律「あるものごとがXであると同時にXではない、ということはありえない」に抵触してしまうが、論理の真偽とは異なる次元で言語的認識にとっての意味論的な原理を指し示すことを目指す表現である。論理が無時間・無空間的な経過を無視した永遠の視点（認識論的な神の視点）を仮定するのに対し、言語表現は、発話者の特定の視点の経過や関心と結びつくことで、意味の一元化に失敗し、論理的不純さを持ち込む。言わば「Xは……Xである」と結論するまでに視点が揺れ動き、意味が流動してしまうのである。むろん矛盾律も同様である。[11]

清田が結合させた「不在」と「豊饒さ」は、厳密な意味で対義語ではない。「不在」の対義語は「存在」であり、「豊饒」の反対は「不毛」や「不作」であろう。「自己の不在がそのまま豊穣さに転化する」という表現は、豊饒は豊かに存在していることという通念を経由した間接的な対義結合である。清田が卓越した比喩によって「めまい」に喩えたように、詩の言語は、「めまいのごと」く視点の経過を揺れ動き、「一見矛盾した」しかし矛盾律によっては捉えきれない「次元を垣間見る」。これは「永遠」の中への退却などではなく、「不在」と「豊饒さ」が修辞的運動を介して双方を揺れ動き、奇妙に繋がり合う「転化」の「次元」（時間）こそが言表されている。この「転化」は、X↓Yへの単なる移行でもX＝Yとなる二項の合一化でもなく、Xが「そのまま」Yになってしまう不可能な知覚が出来する時間である。これが清田の言う「時間を燃焼させる浪費」としての詩法なのである。

「時間の扼殺」のために清田が行使するレトリックは、オクシモロンに加え、アレゴリー（諷喩）である。伝統的な修辞学では、アレゴリーとは、「ひとつの隠喩から次々に同系列の隠喩をくり出し、たとえで話を進める表現形式」[12]と定義される。アレゴリーは、表現と認識の形式または構造にかかわる概念であるので、言述の長短は問題にならない。よって隠喩が二個以上連結すればその句はすでにアレゴリーを形成しているし、他方で、物語全体が構造化した隠喩となっている長編小説などもアレゴリーと呼ばれうる。佐藤信夫は、夏目漱石によるアレゴリーの定義（「其物に就ての出来事の序列（the coures of events）を矢張り比喩的に他の一組の出来事の序列（another coures of events）に表はす方法」）を改変し次のようにまとめている。「すなわち諷喩とは、ある「出来事の（ことによると混沌とした）状態」を、別の「出来事の（構造化された）序列」によって表現してみるこころみである」[13]。したがって、何か名状しがたい出来事も、既成の一連の出来事によって喩えてみることで、かろうじて理解可能になる。これがアレゴリーの機能である。

これを踏まえ、ふたたびあのむかつく「朝」の一文を見てみよう。この一文は、複文によって主語が分裂し、またオクシモロンを文中とその前後で多用することで不可能な「転化」の時間を描出していた。さらに主体や主題が不在となってしまった混沌とした情況下で、「唯一の太陽」、「ランボー」、「革命家」といった象徴的な語が（不在の主語や主題や主体の）アレゴリーとして次々と動員され、かつそれらに「なる」ことは「不毛な錯覚」であると主体化の失敗が語られている。ここには、修辞学におけるシンボルとアレゴリーをめぐる相克も刻印されているように思われる。

近代以降の西洋の芸術観において、それ以前は重視されてきたアレゴリーの地位は凋落し、代わりにシンボル（象徴）の優位性が説かれるようになった。それに対してアレゴリーの復権を唱えた代表的な論者がヴァルター・ベンヤミン、ハンス＝ゲオルグ・ガダマー、ポール・ド・マンらである。ド・マンは、論文「時間性の修辞学」で、ルソーやワーズワースの作品を分析し次のように述べている。

> シンボルが、同一化あるいは一体化の可能性を前提としているのに対し、アレゴリーは、何よりもまずそれ自身と起源との間にへだたりがあることを明らかにし、その起源へのノスタルジーやそれと一体化しようとする欲望を断念しながら、この時間的な差異の空洞のうちにその言語を確立するのだ。そうすることによって、アレゴリーは自己と非自己との幻想にすぎぬ一体化を妨げ、非自己は、この時苦痛をともないはするが徹底して、非自己として認

識されるのだ。[14]

ド・マンによれば、シンボルの世界では、イメージが実体と一致し、自然と主体（自己）が全体と部分からなる統一体として表現され、両者は同時性の関係にあり、かつ空間的である。これに対してアレゴリーの世界では、記号と記号の間には、根源的な構成要素として時間が含まれている。なぜならある記号は、それに先行する別の記号に言及することが前提となっているからであり、決して一致することができないその記号の反復にのみ意味（シニフィエ）は構成される。言わば、時間的なへだたりを言語のただなかに発見し、自己が自己自身を含めた何者とも同一化しない存在であることを指し示すのがアレゴリーの効果に他ならない。

このようにアレゴリーを「時間性の修辞学」という観点から捉えなおすなら、「詩は如何なる時代にも、時間の扼殺を目指す」という清田の企図は、詩的言語が本質的にアレゴリカルであること——詩を含むあらゆる言語表現は、つねにすでに先行する他者の言語の反復とならざるを得ず、その構造上不可避的に時間性を宿してしまう——を言い当てているのではないだろうか。清田にとって詩は「時間の扼殺」を志向するものであるが、それが「不断の浪費」でもある限りにおいて、「扼殺」は、決して完結することのない未了のプロジェクトとなる。時間は「扼殺」され続けることによっていっそう埋まることのないへだたりとして回帰し、横たわる。したがって、清田においては「唯一の太陽」、「ランボー」、「革命家」に「なる」ことは、シンボリックな一体化への「誘惑」であり、他方で、その「誘惑」を「不毛な錯覚」と見なす断念の感覚は、起源との間にへだたりがあることを自覚化させ、あの「いらだち」や「むかつき」といった情動を「時間的な差異の空洞」のうちに増幅させてゆく。それは、到達が繰り延べされ続ける言語の世界への終わりのない彷徨であり、均質性や近さの感覚を欠いたどこまでも「遠い」時間性への絶え間ない投企を意味するのである。

以上のことから、清田の詩的言語における「遠い朝」とは、一九六〇年代初頭の沖縄で、主題を失い主体になり損ねた者たちが「オブジェ」へと変容を遂げ、「暗いエネルギー」と呼ばれる動物の感情にも似たネガティブな情動を鬱積させるしかない時間のことであった。またこの情動がオクシモロンやアレゴリーなどのレトリックを駆使して語られることによって、詩的言語は先行する記号との間にへだたりとしての時間性を本質的に有していることが明らかとなる。その意味において「朝」という時間は限りなく「遠い」のである。

詩論「流離と不可能性の定着」は、全編を通してそうした修辞的な比喩形象が多用され、詩的喚起力に満ちている。多少長くなるが、重要だと思われる箇所を引用しておきたい。

〔初期『琉大文学』に集った――補足引用者〕彼等が敏速に、現実の事象に対応しながら、状況へアプローチしてゆくきりかえのうまさについてゆけなかった。ぼくなどはここでも座標軸がずれていた。またしても、遅刻していたのだ。

遅刻している者に、外部が見えるわけはない。その時彼にとって唯一の手ごたえは、いらだちという感覚だ。そしてこのいらだちには、それに対応するものが欠けている。(二〇六頁)

ぼくにとって到着すべき目標はない。そして、それについて書くべきテーマもない。最初に言葉がある。いやことばになろうとする内奥がある。そこでは深い失墜が、隠蔽されたまま、まぎれもない開示であるはずだ。

現実に正統性を主張できる立脚点は、有り得ないのだから、いかなる存在の中へでも癌細胞のように根源を蝕む空洞を生み出すこと。正統性によそおわれて現実に働く存在や価値に一つの虚無、一つの死を見て、それを非現実と化する試み。(二〇七頁)

またシュール・レアリスム―総じて〈不可能〉だけを所有することに執した者たちを思う。あの休息のうちに死者たちの貌の充全さを祝聖し、世界が闇の等質にしりぞく時、物たちを夜の底にみおくりながら、自らを、形なき世界に沈める人たち。幻覚なき夜の現前と言うより現前するもののない空間のパースペクティブの壊れた広がりの中で生きた明晰な狂者たちを考える。(二一一頁)

告発のスタイルが射程した地点で、ぼくは、すべてが言いつくされた世界で、グロテスクなオブジェに出会ったように失語症になってしまい、伝達しあっているきみらの視線をあびて意味にならない言葉を含んだまま口ごもっている。

はじまりもなく、ぼくは昼がそれ自体の意味で瓦解し、融けてゆく深みが、深度をたもちながら豊かな失墜となって、なにものもないところからひとりでに夜をあらわにする時、はじまりもなく、すでに、いらだちの感覚も、親しい黄金の旋律と化して、ひろがりはじめているはずだ。(二一二頁)[15]

「遅刻」の感覚、「癌細胞」、「空間のパースペクティブの壊れた広がりの中で生きた明晰な狂者たち」、「グロテスクなオブジェ」等々、「朝」という時間は太陽のまぶしい光によって形を融解させ変容させられた詩的イメージたちが「清潔な街」に夥しく氾濫しだす時間である。では、清田の詩的世界においてこの氾濫を準備した「夜」とはどのような時間であったのか、さらに「昼」は「朝」や「夜」とどのような関係にあったのか、という点が次なる検討の課題として浮上する。

## 不眠の昼、グロテスクな夜の夢

清田は、「世界が眠りについている時、昼を延長して、そこに権力の支配を実現しようとする政治の悪意を告発した世代の栄光につつまれた孤立のになう意味は貴重だ」としながらも、しかし、「それが論理への偏向と理性への信仰のあまり、内なる夜を生きる周到さを切りすてた時、体系を志向する思想を構築した」と述べているように、昼ではなく夜の側に生きることを選んだ詩人だ。昼は伝達しあう言葉が流通し、論理や意味が支配する時間である。「ぼくにとって不眠の世代はその役割を了えようとして」いたと清田は語り、「孤独者から昼の思想家へ」転向し新左翼のイデオローグとなっていった吉本隆明との決別を宣言する（二一〇―二一一頁）。

「昼」とは目覚め覚醒している時間というより、「不眠」の持続として眠りが追放されてしまった時刻である。ゆえに清田が身を置こうとするのは、「夜」の「眠り」の時間に他ならない。「闇の等質」、「豊かな失墜」とも言われる夜の眠りのなかで、詩人の眼は朝を待ちながらどのような夢を見ていたのだろうか。[16] 清田の第一、第二詩集から、時間や眠りに関わる詩を引用してみよう。

透きとおる馬の眠りのごとく
怒る馬の　尻のアーチのごとく
いつまでもまぶたにいきずくイマージュ
〔……〕
白痴のごとく　白痴のはなやかな夢のごとく
とてつもない暁の　風景も消え去る　現在のめくるめきに
そんなにもおごそかに夢みること　夢みることを受け入れる朝は
昼への苦い希望をのみくだしながら歩き出す　（「失墜の夜」[17]）

眠りの領土へゆこう
卵の中で鳴っている空へ
ひとの手が　きみの視界にかぶさる
静謐の中心部で太陽が不意に口ごもる
〔……〕
三百の　女たちの瞳へ
とびっきり　やさしい言葉を……
きみは　すかさずせまってゆけ
瞳たちの奥にひろがる　眠りの領土へ　（「眠りの領土へ……」[18]）

深夜の海に風が立ち　ぼくは何を告発しようとする？
季節になづむ潮騒に洗われ　そぎおとされる絶望の肢体は
闇にゆれる地平線の青みに溶けかける
〔……〕

希望が　てんでに背負う重荷にひとしい
昼のにぎわいも　いまは　ねむりの形をえらぶ
（「深夜の海に風が立ち……」、以上『遠い朝・眼の歩み』所収[19]）

夜々はあまりに透きとおる苦悩のため
しろい真昼になったので
今は朝が地球に達する足音をきいて
ものたちの形をみたすのだ
（「朝の埋葬譚」[20]）

飢えも掟も
俺のものじゃない
流民の遺恨が裏切る自らの問い
問いをふりきる無始の露頂として
全き夜の　眠りの深みに蘇るともなく
ひとりでに
不意のめざめはきた
（「眠りの淵にめざめる崖」、以上『光と風の対話』所収[21]）

「昼」が押し付けてくる「希望」は、「苦く」「重荷」ですらあり、「希望」を抱かせ語らせることそのものが権力の差配する情動であることを清田は鋭敏に見抜いている。この配分された情動を「のみくだしながら」、「深夜」の「闇」の中、「溶けかける」「絶望の肢体」を抱え「眠りの領土へ」「歩きだす」詩人の「眼」が見つめるのは、「眠り」がそのまま「不意のめざめ」であるような、「夢みることを受け入れる朝」の到来である。なぜなら深夜の「絶望」は「あまりに透きとおる苦悩」＝不眠になってしまえば、「夜々」に「しろい真昼」をひき入れることになってしまうので、詩人の「眼」は、「眠り」と「めざめ」が同時に出来するような「ものたちの形をみたす」「朝」へと「絶望」を相続する必要があったのだと考えられる。清田の朝のいらだちは、この夜の「絶望」と連絡している。

「暗いエネルギー」であるいらだちやむかつきが動物の情動へと通じていたことは前述のとおりであるが、「絶望」を深めていく夜の眠りが「馬の眠り」にたとえられているのは大変示唆的である。馬は清田の詩篇で頻出する動物的形象の一つであり、『遠い朝・眼の歩み』の「静かな崩壊」で初めて登場[22]した際も、その時刻は夜であった。

まぶしい月光の降る　白い突堤で
三味線の弦を掻き破っていた　うぶ毛の馬は
〔……〕
風化した砂を　前足で乱暴に掻き上げながら
眼を碧く漲らせ　低く　うめくように嘶いた[23]

馬はあの荒れ狂うモービーディックと同じように、いらだちむかついている。この「暗いエネルギー」が朝の「まぶしい程の外部の光」にさらされることによって「人たち」の「オブジェ」と呼ばれる物体への変容がはじまるわけだが、夜という時間はその転身が準備される時間帯であり、「暗いエネルギー」が「壊滅のエネルギーにもなりうる」力を秘めたまま諸身体に充電されている危うい時刻でもあるのだ。その時詩人は、動物的情動の暴れうごめく力によって人間的身体の輪郭を溶解させ、鯨や馬へと接近していくような、物や動物たちとのグロテスクな交感を生きはじめている。詩人はそのせいで「失語症になってしまい」、馬が低く嘶くように「意味にならない言葉を含んだまま口ごもっている」のである。

「暗いエネルギー」の形象化としてのグロテスクな交接及び交感というイメージは、「朝」の光を浴びて誕生する「オブジェ」たちのイメージとも異なり、醜く、猥雑で、異端な者たちが闇夜で互いを迎接し合う動的なイメージを形成している。シュルレアリスムから多くを吸収しながら、現代においてはその手法は様式化・実用化されてしまっていることに批判的であった清田は、「シュール・レアリズムの方法自体の中にある美学化への傾斜を破りでる詩意識」[24]を求めていた。この反美学的なシュルレアリスムとでも言えるような詩意識の表出が、夜に露わになるグロテスクなイメージに賭けられていたのではなかったか。

> 何ら意味づけられないグロッタの泡立ちは、深みのもつ遠さの感覚を忘れながら存在の創出される過程を一きょに露出するのだ。すなわち、概念化による理解の手続きを経ずに存在を受けとめているのだ。その時、ぼくらは自己にめざめながら、始めて他者との交感を生きていることになる。[25]

> 政治に何の希望も託すことのできない青年は、現実の中に〈悪〉を培養することによって、かろうじてことばをさぐりあてる。そこには何のカタルシスもなく、グロテスクな〈嗤い〉と、「視る」ことの受難だけが表出される。[26]

グロテスクという語の語源であるグロッタは、イタリア語で「洞窟」や「地下室」を意味する。具体的には、一五世紀末のローマでそれ以前には知られていなかった種類の古代ローマの装飾画が発見されことに起因する。グロテスク・リアリズムという概念を提唱したミハイル・バフチンは、この装飾について次のように説明している。

> 新たに発見された古代ローマの装飾は、植物、動物、人間の形姿を驚倒すべき奇抜さで、自由自在に弄んでおり、、その点に当時の人々は衝撃を受けた。動植物と人間は複雑に絡み合

> いながら姿を変え、まるでたがいにたがいを産んでいるかのようである。〔……〕グロテスクにおいて境界は大胆に侵犯されている。運動は、既成の安定した世界での動植物の既成形態の運動ではなくなって、存在自体の内的運動に変じており、その内的運動はある形態から別の形態へ移行するさなか、存在の永遠の未成性において表現される。しかも、この自由はほとんど笑っているも同然の、陽気で奔放なものという感じがする。[27]

人間と動植物との異種混交的な内的運動にグロテスクなイメージの起源があり、そこには陽気な笑いの感覚がつきまとう。ここでの「陽気」さは、清田の詩的世界における夜を支配する「絶望」という情動とは一見かけ離れている気もするが、清田においても他者との交感は、絶望の淵にありながらカタルシスなき「嗤い」がこみあげてくる点で、まさにグロテスクなイメージそのものであると言える。ただし、清田の「笑い」は、シニカルで諷刺的な笑いやウィットに富んだユーモアというよりは、自らを笑い抜くことが脱自へと転化するような、毒を含んだブラックな可笑しさがある。

> ぼくらはユーモアを駆使することができる程人間的ではなかったという地点からしかヒューマニズムを笑い殺せなかったのだ。だから社会意識の前衛性によって外部をカリカチュアする青年は、ぼくが最初に恐怖を覚えた人種だし、それが軽蔑すべき両棲類だと知った時のいかりを今だに忘れ得ない。[28]

> ぼくは意識の進行を断ち切って哄笑のようにあふれだすイマージュを今日もてなづけ、飼いならしヤク殺する。[29]

張り詰めた緊張が緩和しそこに落差が生じればカタルシスのある笑いが起きるが、「暗いエネルギー」のグロテスクな形象化においては、緊張が張り詰めたまま持続することそのものがカタルシスのない悲劇的な可笑しさを誘発してしまう。そうした視座は、清田の代表作である「ザリ蟹といわれる男の詩篇」（一九六一）にも持ち込まれている。たとえば詩の中で、「美しい　悪の眼球をしばたたく　黒いザリ蟹」が「泡を噴きあげ　爪をひつら」し、「甲羅が踏みくだかれ」ながらも「革命前夜の街を横ずさる」[30]といった描写があるが、この詩は、ユーモアを持ちえない非人間的な位置から人間中心主義をグロテスクに「笑い殺」そうと企てているのである。またこの詩は、自らの政治体験を綴ったエッセイ「詩と体験の流域」（一九六〇）と深く連動しながら書かれたものであることが次のような箇所から伺える。「足指をそっくり折り取られたカニが甲羅だけ、八月の砂浜に投げ出されたような僕ら。よし甲羅でも、まだできることはある。甲羅の中ですさまじいビジョンをみることはできるはずだ」[31]。

生物としてのザリガニはエビ類の一種で、蟹ではなく、後ずさる習性はあっても横ずさることはなく、また甲羅もない。[32] 私は何度この詩を読んでも、「男」とザリガニならぬ「ザリ蟹」がグロテスクに接合し融解した身体――キメラ的というよりも隣接性において互いを迎接する身体――の甲羅の潰れた横ずさりを想像すると、絶望的に惨めなあまり、悲しさをこえて湧き上がる笑いの感覚をこらえることができない。土地闘争に敗北し、前衛党と呼ばれた組織の欺瞞に打ちのめされてもなお、詩の「ビジョン」を見ることを諦めていない「僕ら」の夢。それは安易な希望とは程遠い、笑うしかないほどの絶望をグロテスクな身体の内で増幅させ、「すさまじいビジョン」へと変容させる詩的実践だったと言えるのではないだろうか。

## 動物たちのテロル

しかし、この張り詰めた緊張の持続が笑いの方向にではなく、サスペンス（不安、宙吊り）や不気味さを強く喚起する方へ形象化された詩もある。「盲動するもの」（一九六六）と題された詩は、陽気さや笑いの感覚を欠いたグロテスクなイメージを表出している。

禁制の街で動きだす人の群れが
長い腸管の中に吸い込まれて
えたいの知れない蠕動の波を
夏の汗ばんだ空までひびかせながら伸びてゆくと
真紅の腸管がねじれては伸び
中天にかかる太陽に灼かれて
ぶらさがって無音のジャズに満たされるのは
村よりも理智的に退化した新興都市。
都市は腸管のつつましさで合理的に風化する。
街をねり歩く人たちを吸いこんで
深夜のへりをのたうちまわる腸管の
ゆるやかな蠕動がきこえるとき
内壁に人たちの顔は映らず
五万　十万の家々
就眠の入江の回廊の底をくぐって
細くしなやかな糸になると
産室を縫って街で群衆でしかなかった
一人一人が腸管の中に消えいるようだ。
深夜の夢にうなされて一人が寝がえりをうつごとに
細い糸がするすると巻きあげられて
空に吊られるのだ。
そこで痛みにたえいる人だけが
巨大な腸管が街をのみ蠕動の波をうちながら
野の果ての馬の口にすべりこみ

咽喉にすべりこみながら消えるのを見る。
馬が寝藁をかきあげ
いななくごとに　街では一人また一人
寝がえりをうって空に吊られるのだ。
そのとき街は腸の中で形を失い溶解するのだから
誰一人ビルのたちならぶ舗道をみることはできぬ。
てんでにそのとき不眠のシーツに幻の母を呼び
きみを吊りあげる糸を切らねばならぬ。
なぜなら幻の母は青年の
屈辱の栄光をになって
深夜の空　死者たちの時間からよみがえるのだから。
ぼくらは堕ちつづけ
底なき魂の淵を
堕ちる果てに叫びをよみがえらすのだ。
そして大手術を終えた患者のように
静かにめざめ
暁の陽が針のように
瞳に射しこむのをたえているのだ。[33]

連を形成しない一続きの自由詩であるが、その時間は昼→深夜→朝の順に推移している。清田において昼は、「不眠の世代」に代表され、伝達の言葉や論理や体系が支配している時間であった。まず冒頭の昼、すなわち「太陽」が「中天」にある時刻、「街」では「動きだす人の群れ」が突如「腸管」に捕食されだす。「腸管」は「無音のジャズ」を背景に、消化管壁の「つつましさ」でもって収縮拡散する「蠕動」のリズムを「空までひびかせ」、一心に消化の運動を行う。そして「深夜」になる頃には「腸管」の「内壁に人たちの顔は映ら」ないほど消化は進行し、人間であったものの残り滓は不溶性の繊維質のように「細くしなやかな糸」に分解され排出される。この人間から作られた「糸」は、「五万十万の家々」で眠りに就く人たちを「縫」い合わせ「するすると巻きあげ」「空に吊」るすために使用される。どうやら「腸管」は昼に活動している人たちを食べ、夜眠りに就く人を食らうのはいったん保留にしているようだ。その間にもこの食欲旺盛な「腸管」は「街」を丸ごとのみくだして「馬」の「咽喉にすべりこみ」、「街」は馬の「腸の中で形を失い溶解」させられる。ここで捕食を免れ、すべてが「消えるのを見る」ことができるのは、空に吊るされる「痛みにたえいる人だけ」である。眠りの淵にあっても、自身の「痛み」を手放さないものだけが、全き他者である死んだ「母」を「不眠のシーツ」に呼びだし、「糸」を切断して「叫び」を蘇生させ、朝の「めざめ」をむかえることができる。この「めざめ」は、先ほども見たように夜の「絶望」や「痛み」や「叫び」が持ち越された、眠りや夢と地続きの「朝」である。

　ここでも重要なのは「馬」である。というより、深夜の街の中をひとりでに徘徊する馬の消化管の「蠕動」という運動そのものと言うべきだろうか。ここに見られるのは、人間と動物の混交性を言祝ぐような言表というよりもむしろ、食物連鎖における捕食‐被食関係の転倒を通じて暴露される人間の共同体内部の合一の暴力の問題である。それは「腸管」という洞窟《ガマ》のような空間で引き起こされている点で、集団自決の暴力の回帰をも連想させるが、この詩が書かれるきっかけとなった出来事は、清田が「ローカル・テロル」と呼ぶある事件を元にしていると思われる。

　エッセイ「詩的断層Ⅳ」（一九六七）では、清田が沖縄北部の「東海岸のはじの方」に教員として赴任した時、同僚の国語教師から酒瓶で頭を殴られ気絶するほどの暴力を振るわれたエピソードが綴られている。清田は〈村〉の人たちの異質性を極端に排除しようとする習性を「人間の自由と背馳する原始共同体」と呼び、そこに蔓延る暴力を「ローカル・テロル」と名付けるのである。

　ガラスがこなごなに散った瞬間、日がかげった。短い、しかも日蝕のごとき濃い闇。沖縄の村は情念の深みで一つの具体のマチエールをあらわにした。30ワットの電球の光のまぶしさが顔たちをよみがえらしたとき、温かいものが頬を流れた。またしても血だ。

　沖縄の政治の安定化へ向う様相をおびるとき、地方自治体から思想集団に至る内部変革の批判過程はリンチにまがう血祭りに短絡されてしまい、自己創出としての真制《ママ》のテロルは実現されないままだ。[34]

清田がローカル・テロルに対置する「真制のテロル」は、自己変革の思想の創出を目指す「歯には眼を」の「テロル」である点で、一切の物理的暴力の行使を否定している。「なぜなら暴力を止揚しうるのは思想だけであり、男は言葉を失ったらうめき声をあげよ。そして叫べ。うめきと叫びは思想を構築するバネになるが、論理を拒否する暴力をえらぶとき変革のモメントはつきくずされる。ぼくにはそもそも人間にうめいたことのない、あるいはうめかせたことない男を友にするのは不可能だ[35]」。

　こうして市民社会での生活にもなじめず、前〈近代〉的な村の共同性からも排斥される時、詩人の生き方は困難にぶつかってしまう。清田にとって「〈近代〉は権力によって個人の思想を抑圧し得ないというという自覚が社会化するとき実現される[36]」。夏目漱石の講演「私の個人主義」を参照してこのように述べる清田は、この講演録から次の箇所を引用している。「党派がなくて理非がある主義なのです。朋党を結び団体を作って、権力や金力のために盲動しないことなのです」。ここから先の詩のタイトルに「盲動」が取られていたことが伺える。

盲動とは「よく考えず軽率に行動すること、無分別な行動」の意である。

　このエッセイを踏まえるなら、詩の中で「盲動するもの」とは、「腸管」に捕食され嚥下されるままの「人の群れ」であり、盲動とはこの群れの中で〈村〉の習性や組織の論理に盲目的に付き従い行動することであろう。封建的な〈村〉社会にせよ政治が安定化してきた沖縄の市民社会にせよ、そこでは未だに「近代」を生きる自由な「個人」——漱石の言う意味で自己の自由の追求の権利と同時に他者の自由追求を認める義務を有する個人——は誕生していない。清田は、このような社会のあり方を痛烈に批判している点で「近代性」に極めて自覚的な詩人であったと言いうるが、しかし、詩作においては〈私性〉の払拭[37]や「無名性[38]」を志向していた点でモダニストや個人主義者とは明確に距離を置く。

　近代性をめぐるアンビバレントな意識は山之口貘を評する次のような記述からも伺える。「私が詩人になるということは、貘のように「自殺しない」、近代を放棄した強さにおいてではなく、「自殺する」可能性の充満する中での生きる行為への問いかけ以外ではあり得ないのだ。〔……〕私はもう生きはじめているのだ。〔……〕私のくみあげる球体が崩壊にひんする時、私以外の私への地平線はかいまみえるかもしれない。今は予感するだけだ[39]」。近代の「想像的」な国民国家において、個人主義と全体主義は共犯関係にあり、ナショナリズムを媒介に個と共同体は合一化し共死へと横滑りしていった。したがって清田からしてみれば、血の因襲に支配された〈村〉も、近代的個人の自由意思を欠いた市民社会も、さらに自由意志に基づく市民社会さえも、暴力と死に準拠する「盲動する」共同体であり、そこからの脱出を詩意識において求めていくことは必然であった。なぜなら、「〈死〉のひしめく世界」で個としての人間が次々と合一や自殺や自殺という名の他殺の暴力を生き死んでいく時、「生きる行為への問いかけ」ほど切実かつ重大な求めはないからである。「私はもう生きはじめているのだ」。清田がそう宣言する時、詩人は個人という人間的主体から脱出し、「私以外の私への地平線」を跨ぎ、これまでとは別の生を回復することを「予感」している。

　詩「盲動するもの」で「禁制の街」を気ままに遊歩する「腸管」は「馬」のものであるが、この「腸管」は、草食獣の身体で機能的に働く有機体というよりもむしろ、独自の欲望に従ってただただ食事と消化を繰り返している点でまさにドゥルーズ／ガタリが言う意味の「器官なき身体」である。清田は常々具象としての肉体への信仰を攻撃していた。内奥の露出、透明な肉体、情念のすりばち状に垂直に鋭くやせていく、ぜい肉を削ぎ落とすといった言葉を用いて、不定形な身体を不定形なまま呈示することを自らに課していたのである。ぜい肉なき肉そのものである「腸管」の「蠕動」というグロテスクな形象化は、肉塊の歪形なイメージを描出したフランシス・ベーコンを強く想起させるが、ドゥルーズがベーコンの絵画を評して述べているように「肉は人間と動物が共有する帯域《ゾーン》であり、識別不可能の帯域[40]」である。そうであるなら、この「帯域」である「腸管」で人間と動物の識別不可能な接近は、「腸管」に体内化され「糸」になってしまった「人の群れ」と「馬」との間に起きているとは考えにくい。昼にねり歩く「人の群れ」はあまりに人間的であるがゆえに動物となんら共有するものがないので「腸管」に食われ「糸」にされてしまったのだとするなら、これは人たちの歩みの行き着く先である人間中心主義の暴力の帰結を示唆しているようである。転じて、この暴力を止揚するためには「うめきと叫び」を取り戻す必要がある。「人間にうめ」くとき、人はようやく「馬」の「いななき」と共鳴する「叫びをよみがえらす」ことが可能になるのである。そして「痛みにたえいる人だけ」が私たちを人間存在へと縫合していく血と暴力の色に染まった「糸」を切断し、「死者」や動物たちの「帯域」——私以外の私への地平線の向こう側——で「静かにめざめ」ることができる。そのような「朝」を詩人は待っているのではないだろうか。

## 結びにかえて

詩論「流離と不可能性の定着」で清田は、社会主義リアリズムを標榜した青年たちが「体制の規定する疎外をつきくずしながら「人間」を回復しようとする」ことに対して、「しかしぼくらに回復するに値する「人間」があるだろうか?」と問い、この青年たちが「現代において〈性〉という言葉は支配者がさし示す目標だということを理解しようとしない」(二〇一頁)ことを批判していた。権力の目標であり支配の場となる人間的身体の生と性。のちにフーコーが展開することになる生権力論とも響き合う視座とも言えるが、清田が徹底的に凝視しようとしたのは、この生と性の桎梏に苦吟し、そこから脱落していくものたちであったのは間違いない。日常の生活の時間への拭い去り難い違和感や、係累たちの血の共同性とでも言うべき生殖に基礎づけられた性への拒否を通じて清田が問うているのは、暗い情動や言語のアレゴリカルな時間性やグロテスクな形象を媒介に動物や死者たちの「帯域」へと歩み寄り、死を回避して生きていくことであった。清田の晦渋な詩的言語が手繰り寄せようとするこの思いがけないほど単純な——しかし決して容易でない——願いは、「人間的なもの」に限られない生[41]が生き延びること、ひいては「生存可能性の諸条件を再考すること[42]」を私たちに促しているのである。

(1) 詳細は拙稿「清田政信の詩的言語における非在のイメージ」『日本近代文学』九五号、二〇一六年を参照。

(2) 同右、八七頁。

(3) 井上間従文「石たちの「共感域」――一九六〇年代の清田政信における「オブジェ」たちの共同性」『las barcas』二号、二〇一二年、三九・四九頁。

(4) 清田の第一詩集を詩論と詩の交響という観点から分析した次の論考を参照。新城兵一「詩集『遠い朝・眼の歩み』論」『脈』八一号、二〇一四年八月。

(5) 清田政信「詩論の試み」『琉大文学』二巻五号、一九五八年月、二一頁。この追記は評論集『情念の力学――沖縄の詩・情況・絵画』(新星図書出版、一九八〇年)への収録にあたり削除されている。

(6) 詩の批評がもつ実践性については酒井直樹の次のような指摘を参照。「私が詩というとき、詩を書くことと読むことの両方を含めたいと思います。〔……〕私が言いたいのは詩の読みが持つ既存の言説に干渉する側面です。その側面を、詩の実践的なあり方に含めてみたかった」。酒井直樹、坪井秀人「複数の「戦後」へと働きかける思考へ――鮎川信夫の死と詩的言語」『現代詩手帳』四四号一一巻、二〇〇一年一一月、七八頁。

(7) 清田政信「流離と不可能性の定着」『抒情の浮域』沖積社、一九八一年、一九八―一九九頁。以降この詩論からの引用は本文に頁数を記す。

(8) 清田政信「暗いエネルギー」『情念の力学』二〇九頁。単行本ではタイトルから「詩論の試みⅡ」は削除されている。

(9) Sianne Ngai, Ugly Feelings. Cambridge: Harvard University Press, 2005. 特に序章を参照。

(10) 屋嘉比収『沖縄戦、米軍占領史を学びなおす――記憶をいかに継承するか』世織書房、二〇〇九年、特に一二章と一三章を参照。

(11) 佐藤信夫『レトリック認識』講談社学術文庫、一九九二年、一五七―一八三頁。

(12) 同右、一九七頁。

(13) 同右、二一三頁。引用箇所にダブルダッシュで挿入されていた具体例は便宜上削除した。

(14) Paul de Man, The Rhetoric of Temporality in Blindness and Insight, The University of Minnesota, 1983, p.207〔「時間性の修辞学〔1〕アレゴリーとシンボル」保坂嘉恵美訳、『批評空間』第一号、一九九一年、福武書店、一一四頁〕.

(15) ここでの「瓦解」は単行本では「互解」と誤植されているが、初出では正しく表記されているのでそれに倣った。清田「流離と不可能生の定着」『琉大文学』三巻四号、一九六三年一一月、二九頁。

(16) アンドレ・ブルトンを中心とするシュルレアリストたちにとって「夢」とは、「現実」に対置される「非現実」であり、この二項の統一体である「超現実」へと至るために、彼らは睡眠との境界にあるような状態で「自動記述」を行った。したがってシュルレアリストにとって「夢」とは拠って立つ基盤であったと言いうるが、清田にとって夜の「夢」や「眠り」とは、「オブジェへの転身」が開始される「朝」を待っている状態であり、いったんは身を置くものの決してとどまり続ける時間ではなかった。それはたとえば、第三詩集のタイトルが『眠りの刑苦』であったことからも推察できるように、「夢」や「眠り」は受苦の時間として感受されていたのである。その点で清田の詩的世界における時間性は、ヴァルター・ベンヤミンのシュルレアリスム論と多くを共有しているように思われる。ベンヤミンは、夢や神話の解釈をめぐってシュルレアリストとは批判的に距離をとりつつ、他方でシュルレアリスムを「ペシミズムの組織化」として、また都市の中の物たちの「目覚めの瞬間」にかかわるものとして位置付けた上で、この目覚めが集団的な身体性の次元において起きるものであることを強調している。ヴァルター・ベンヤミン「シュルレアリスム――ヨーロッパ知識人の最新のスナップショット」『ベンヤミン・コレクションⅠ――近代の意味』浅井健二郎編訳、ちくま学芸文庫、一九九五年、および山口裕之「ベンヤミンのシュルレアリスム――物たちの「シュルレアリスム的な顔つき」」『思想』一〇六二号、二〇一二年十月を参照。

(17) 清田政信『清田政信詩集』永井出版企画、一九七五年、二四六―二四七頁。

(18) 同右、二六九―二七〇頁。

(19) 同右、二七一―二七二頁。

(20) 同右、一三八頁。

(21) 同右、二〇七頁。

(22) 詩に先立ち最初期のエッセイにおいても馬の形象が登場している。久米山充（清田政信）「馬の足」『サチュリコン』第一巻第二号、一九五七年七月、二七頁（復刻版『琉大文学　付録』不二出版、二〇一四年に再録）。

(23) 清田『清田政信詩集』二一四―二一五頁。

(24) 清田「沖縄戦後詩史――動乱の予感と個人性への収斂」『現代詩手帖』一五巻一一号、思潮社、一九七二年九月、一二一頁。

(25) 清田「詩における死者と行為」『抒情の浮域』二一五頁。

(26) 清田「憎悪を超える仮構」『情念の力学』三三二頁。

(27) ミハイル・バフチン『ミハイル・バフチン全著作第七巻［フランソワ・ラブレーの作品と中世・ルネサンスの民衆文化］他』杉里直人訳、水声社、二〇〇七年、五二頁。

(28) 清田「空間凝視」『情念の力学』八八頁。

(29) 清田「扼殺の美学」『情念の力学』六一頁。

(30) 清田『清田政信詩集』二二八―二四一頁。

(31) 清田「詩と体験の流域」『情念の力学』一七頁。

(32) 平敷武蕉は、清田がザリガニを蟹の一種と勘違いしていると指摘しているが、グロテスクな混交性という観点に立つなら「甲羅」をもった「ザリ蟹の男」の異様さは一層際立つと言える。「清田政信「ザリ蟹といわれる男の詩編」をめぐって」『文学批評はなりたつか』ボーダーインク、二〇〇五年。

(33) 清田『清田政信詩集』一九八―二〇〇頁。

(34) 清田「詩的断想Ⅳ」『抒情の浮域』三〇七・三〇八頁。

(35) 同右、三〇九頁。

(36) 同右、三一一頁。

(37) 清田「オブジェへの転身」『抒情の浮域』二五九頁。

(38) 清田「山之口貘論――その無名性と無償性」『抒情の浮域』一七五頁。

(39) 清田「詩的断想I」『抒情の浮域』二八五―二八六頁。

(40) ジル・ドゥルーズ『フランシス・ベーコン　感覚の論理学』河出書房新社、二〇一六年、三七頁。

(41) 清田の詩に夥しく登場する動物的形象は、たしかに「人間的なもの」の生とは異なるものたちの息遣いを忍ばせ、人間中心主義を転倒させようとするのであるが、いくつかの動物たちは醜悪な人間存在のメタファとして登場したり、人間の優位性を説くために対置させられることがあるのもまた事実である。たとえば、一九五九年に書かれた詩「乳房の魅惑」（『光と風の対話』思潮社、一九七〇年所収）には人間を喰い殺す「沈黙の蛞蝓」が出てくるが、「最終的なかたち」として編まれた『清田政信詩集』版では、元々「山原の老婆」だった箇所が「山原の蛞蝓」に改稿されている。これなど、北部地域（山原）で言葉を暴力によって封殺された「ローカル・テロル」の体験が反映されたものとは言えないだろうか。また、岩田宏の「言葉は手に変れ　男らしい手に」という詩句を引用して、「言葉」（抽象）と「手」（具体）の断絶を結びつける詩人の「男らしさ」を賞賛する一方で、言葉に対峙しえず、「手がかわって暴力をふるった」場合は「動物らしい手に」変わるしかないと述べ、人間（男性）中心主義にとどまっている（「血液のメタフィジック」『抒情の浮域』二四九頁）。清田の動物に対するまなざしの先見性とその一方で色濃く残る人間主義的態度を指摘した論考として、鵜飼哲「黒田喜夫の動物誌」『応答する力――来るべき言葉たちへ』青土社、二〇〇三年を参照。本稿を執筆する上でこの論考から多大な示唆を受けた。

(42) ジュディス・バトラー『アセンブリ――行為遂行性・複数性・政治』佐藤嘉幸、清水知子訳、青土社、二〇一八年、一七五頁。

# 詩集『光と風の対話』論

## ―新たなる方法的模索の転換点―

新城　兵一

Takekazu Shinjo

『光と風の対話』（思潮社・一九七〇年八月）は、清田政信の第二詩集である。その「あとがき」に相当する「ノート」では、つぎのような記述がみられる。清田政信は、たとえ「あとがき」といえども、手を抜くことはなく、書きついだ詩篇にまつわるおのが現存への言及を、これまでさしひかえることはなかった。だが、ここでの「ノート」は、詩集の構成、黒田喜夫との対面、前詩集にない特徴のかんたんな説明、そしてみずから、『光と風の対話』を「流浪の詩篇」と名付け終わっただけの、ひじょうに簡潔なものとなっている。

そう長いものではないので、全部、引用してもかまわないと思う。

> 「第一詩集『遠い朝・眼の歩み』以後、六八年までの作品を、Ⅳ部に構成した。Ⅰ部からⅢ部までは既発表の詩を収めⅣ部には未発表の詩を収めた。六六年に黒田喜夫に会ったのが、自らの詩の方法をあらためて考える機縁となった。『辺境』は、『現代詩手帖』に掲載された。
>
> 七年間に発表した詩からおもなものをえらび、未完の六〇年初期の作品を収録しえたのが前詩集にみられない特色といえる。なにはともあれ、これで作者の手をはなれて、他者の批判にさらされることによって真価をとわれるのは言うまでもないことであろう。作品を発表した諸誌の編集者と友人たちに謝意を表して流浪の詩篇ともいえる本書を世におくる」

清田政信の第一詩集は、一九六三年・十月、詩学社から木原孝一の解説をそえて出されている。したがって、第二詩集『光と風の対話』は、「第一詩集『遠い朝・眼の歩み』以後、六八年までの作品をⅣ部に構成した。」と書かれていても、「ノート」にもあるように、「未完の六〇年初期の作品」をも「収録」しているので、言葉の厳密な意味で、第一詩集発刊（一九六三・一〇）以後、六八年までの五年間にかかれた詩篇群だけで構成されているとは、いいがたい。

したがって、かんけつにいえば、『光と風の対話』には、第一詩集『遠い朝・眼の歩み』に収載された詩篇群と同期間にかかれた作品の幾篇かが、混在してあるということだ。つまり、ぎゃくに言いなおせば、執筆時期だけから推測して、第一詩集『遠い朝・眼の歩み』に収録してもよい作品群が、何らかの理由でそれへの収録を断念させられ、このたび、第二詩集『光と風の対話』に、これまた、何らかの理由で、復活、日の目をみる機会をえて、収録されたというわけだ。

『光と風の対話』が、あるつよい構成的な意図をもって編集されているかぎり、この事態は、もちろん、偶然の結果であるはずがない。

だが、この、第一詩集『遠い朝・眼の歩み』への収録をいったんは捨象され、しかし、第二詩集『光と風の対話』に再び復活・登場する「詩篇群」の運命が象徴する、詩人の意図、あるいは現時点における方法的転換の機微を、もちろん、清田政信は「ノート」のなかで、詳細に明らかにしてはいない。いったん詩集収録から捨象された詩篇が、数年をへて作者の強い愛着をもってのちの詩集にふたたび復活・蘇生させられることはよくあることだろうけれど、だが、このとき、事態の本質を清田政信の事例にひきしぼって思索せんとするとき、さて、詩人の内部でいかなる転換が胎動しつつあるのか。これは、いまのところ、ひとつの謎だが、この〈謎〉を解くのが、あるいは、詩集『光と風の対話』の詩的構造を解明する、ひとつの糸口になるかもしれない。

いまはこれに深入りすることをさける。それとももう一つ、清田政信じしんが語っている、六六年の四月〜六月における黒田喜夫との面談、その後の「自らの詩の方法をあらためて考える機縁」をどう生かし、詩的転換の場へと深化・発展させようとしたか、このことも、さきの〈謎〉とふかい関連性があるだろう。これものちほど、触れることになるだろう。こうして、二、三の解明の糸口を設定して『光と風の対話』の内奥への接近をこころみるのが、本稿の目的である。

＊

さて、そのまえに、『光と風の対話』の構成について、「ノート」よりもやや詳しく俯瞰的に図式化しておいたほうが、こんごの話の展開のためには有益かもしれない。

「ノート」にあるように、この詩集は、Ⅳ部から構成されているが、Ⅰ〜Ⅳの各部は、部の名称が表示されており、それは各部に収録された詩篇群の詩的集約あるいは代表をになって、部中の一篇の詩の題名がとられている。各部に収録された詩篇数を（　）内にしめしながら、各部の名称――したがって作者が各部の詩的集約あるいは代表とみなしたとおもわれるもの（詩篇）をあげると、以下のようになる。

Ⅰ・「辺境」（一二篇）、Ⅱ・「ことばの宿命」（一〇篇）、Ⅲ・「乳房の誘惑」（三篇）、Ⅳ・「眠りの淵にめざめる崖」（九篇）などである。

とくに、Ⅳ部は、「発表誌と制作年月日」によれば、「未発表」でありながら、『遠い朝・眼の歩み』以後の作品は、「妄動するもの」（一九六六・七）、「扼殺」（一九六六・四）、「眠りの淵にめざめる崖」（一九六八・六）などの三篇だけであり、のこり六篇は、一九六一年から二年までの、いわば六〇年代初期の作品である。

ところで、Ⅰ〜Ⅳにいたる四部構成からなるこの詩集――『光と風の対話』の詩的核心をひとことで要約するのは、きわめて困難なことだし、各部のなかにわけいって、各詩篇を仔細に解読しても、容易にその全姿を露わにしえない、そんなもどかしい感慨をぼくはいだいている。

では、どうすればいいのか。

とりあえず、詩集のⅠからⅣ部の名称として採用された、各部のタイトル・ポエムである四つの詩篇をてがかりに、詩集全体の俯瞰図、あるいは詩篇として個別に存在しつつも、各詩篇の底をながれる太い接続線のようなものを幻視しながら、詩集の核心へいたる足がかりをつけたい。

ひらいても吐いてしまう
きみのほころびは火の波にまぶされ
壊れるもののない村は
砂を頬張り裂けている
めりこむ砂を呑んで
なお満たされぬ裂け目
ぼくが少年を追放した日以来
まぶたを撃つ陽はかぶれた卵のようだ
（「辺境」）

徐々に鬢をあせばませながら
めくれる夜ごとのエコーが
夥しいまさごを噛んで
空と海の離反を満たすかに思える
（けれども満ちるとは無垢の空隙をはらんで
夜の裏側へずりおちることだから
そこにぼくら一人づつの
敗北が熟れて　死の果実をみのらせるとき
人たちのねたましい期待のそとに
無名の星座はさかまくだろう）
（「ことばの宿命」）

ああ　俺は極度に腫れあがる憎悪で
そ奴の腐乱死体の張りついている地表を掘り返すと
いのちの葉脈がコイル状にからみ合い
雑草のように地表を夢みているではないか
だから俺はひからびた愛など語るな
たとえ昼間の暑さにめくるめき
加州米をかきこむ手が貧血でふるえ
満腹した胃に逆らって空白になる大脳の空に
光輪がひらめくなら
忘れかけた奴隷の歌を呻きだせ
（「乳房の誘惑」）

追われる流民はすべてを失い
だが何物も失ってはいない
村も掟も誰かのものだから
もはや「誰か」と問い詰める

ことばの崖に
飢えも掟も
俺のものじゃない
流民の遺恨が裏切る自らの問い
問いをふり切る無始の叫喚を
ひそやかなことばの崖の露頂として
全き夜の　眠りの深みに蘇るともなく
ひとりでに
不意のめざめはきた

（「眠りの淵にめざめる崖」）

かなり恣意的な、しかもぼくの勝手な部分引用なので、これですべてが言い尽くせるとは思わない。ここでは、詩集の核心へいたるための仮説的な見取り図を手に入れればいいので、この程度で我慢しておくほかはない。さて、ここでの「辺境」は、詩行のなかの〈村〉とほぼ同義であるとみなしていいだろう。そして、いわば、近代の矛盾のるつぼであるゆえの「不毛の占有」(北川透)性が露呈された擬自然(村)の関係性のなかで、詩の言葉が敢えてえらびとる根源的な敗北性─すなわち〈ことばの宿命〉へのひそやかだが、断固たる表明がなされているといえよう。さらに、〈死〉を全的に構想することによって、現世的なすべての秩序から無縁となる無名性の非在の空間が志向されてもいる。

だが、それは、いうまでもなく、「不毛の占有」としての現世的秩序の下層＝「辺境」がはらむ〈沈黙〉の荒廃を破砕するための格闘なくしてはたせないのであって、ゆえに「乳房の誘惑」のごとき加虐のエロスを苦悶しつつ、生への隷属の痛烈な自覚である「奴隷の歌」を〈呻く〉ことでもあるのだ。

ところで、ここで急いで思い出しておかねばならぬことがある。それは、これまで見てきた「辺境」＝〈村〉とは、地方都市に流離する清田政信の〈現在性〉としての、〈意識空間〉であるということだ。したがって、それは、体験にふかく裏打ちされた実在としての〈村〉の記憶であると同時に、はるかに遠く夢みられる〈原情緒〉としての幻の〈村〉でもあるのだ。それらは、「空と海」のように無限に離反しつつ、どこか幻視される非在の空間にゆったりと溶暗する「共有の湖」でもあるだろう。それゆえじつは、清田政信は、その離反点であるとともに溶暗点もある矛盾の渦（非在）にまたがるようにして立っているのだといえよう。その渦動する〈意識空間〉に内在する実在と非在の「辺境」＝〈村〉の対立と矛盾、葛藤、捻じれ、飛躍、そしてそこから「眠り」としての仮死の空間への痙攣のごとき超脱を企図する。「飢えも掟も／俺のものじゃない」と、「沈黙への断章」の黒田喜夫を思わせる苦悶の叫びをあげつつ、「眠りの淵にめざめる崖」─すなわち、「ことばの崖」を露呈（幻視）させようと苦悶するのだ。ざっとこのように、大急ぎで、Ⅰ～Ⅳ部のタイトル・ポエム四篇を中心に、その詩的断絶の隙間をなんとか埋めるようにして、一貫する接続線（物語）をぼくなりにえがくと、以上のようだ。ここで、すこし、Ⅲ部の「乳房の誘惑」の詩的言語の表情、つまり他の三篇とことなる即物的な輝きに、注意をさしむけておきたい。

というのは、詩集『光と風の対話』に収録された詩篇群のうち、第一詩集『遠い朝・眼の歩み』に収録を除外された作品のなかで、詩篇「乳房の誘惑」は、いちばんふるく、一九五九年七月発行の『原点』一号に掲載され、その詩的方法はもちろん、言語の質が他とことなると思われるからである。ここにはまた、さきに〈謎〉としておいた、いったん『遠い朝・眼の歩み』の収録から除外されていた詩篇でありながら、なぜ、第二詩集『光と風の対話』に復活・収録されたのか—その秘密をとくひとつの暗示があるとおもえるからである。これは、のちほど、ふたたびとりあげられるだろう。

＊

これまで、ぼくらが見てきたのは、清田政信の第二詩集—『光と風の対話』の大まかな俯瞰図、アウトラインのようなものであって、詩集にたいする粗雑な素描の範囲をこえるものではない。

つまり、現段階では、ぼくらは『光と風の対話』の詩的核心の細部を構成する諸詩篇へのきめの細かい解析の視線を、いまだとどかせてはいないというべきだ。一足とびにはゆけぬ。ゆっくり行くほかにない。

そこで、こんどは『光と風の対話』における、詩集としての構成上の作者の意図を無視し、いまいちど解体して製作年代順に編成しなおし、各詩篇をさいど読みなおす作業をしてみたい。そうすれば、『光と風の対話』の中の詩篇群をぼくらは編年体で読むことが可能になり、あるいは作者の詩集制作の意図とはべつの角度から、詩集の核心への接近ができるかもしれない。

さて、詩集『光と風の対話』に収録されたすべての作品群を、第一詩集『遠い朝・眼の歩み』発刊の一九六三年を基点（中心）にして、編年体で配列してみると、以下のようになる。煩雑さをさけるため、発表誌と制作年月日は省略し、詩作品のタイトルのみを列挙する。

一、一九六三年以前（一九五七～六二）の作品
「乳房の誘惑」、「英雄死すべし」、「錬成」「極限」、「祭式」、「喪失」、「来歴」、「成熟」、「朝の埋葬譚」、「冬の光」。

二、一九六三年の作品
「始源の朝」、「追放」、「かくれんぼ」、「やさしい拒絶」、「絵の描けない少年」、「辺境」、「眩暈」、「断面」、「不在の女」、「無

為の夏」。

三、一九六三年以後（一九六四～六八）の作品

「城」、「祝祭」、「砂時計」、「扼殺」、「離反」、「ことばの宿命」、「夜陰」、//「夢の記述」、「妄動するもの」、「南半球」、「痛ましい序曲」、「眠りの淵にめざめる崖」、「細民の深い眠り」、「家郷への逆説」。

ここで、とくに注意をうながしておきたいのは、三の作品系列の中で詩篇「夜陰」と「夢の記述」とのあいだに、//が施されてある点であって、時期的には、一九六六年四月から六月のあいだである。

いまは、厳密にその月日を同定できないけれども、清田政信が黒田喜夫に面談し、「ノート」で「自らの詩の方法をあらためて考える機縁となった。」と書いた、あの出会いが推測される時期である。これはのちほど詳しくふれられよう。

第一詩集『遠い朝・眼の歩み』の発刊は、一九六三年一〇月だから、おそらくその年の中旬あたりで、詩集の編集作業が開始されたと考えると、二の系列の作品群が、『遠い朝・眼の歩み』に収録されなかったのは、詩集編集のうえで納得がいく。だが、一の系列の作品群は、『遠い朝・眼の歩み』の作品群が書かれた同期間の詩篇でありながら、それへの収録がいったんはみあわせられ、だが、第二詩集―『光と風の対話』では、復活・蘇生するかたちで、収録の機会をみたことになっているのだ。

この事態をこそ、ぼくはさきに〈謎〉として指摘しておいたのだった。

さて、一の系列の詩作品群のなかで、一等はやい時期にかかれた作品は、一九五九年七月発行の「原点」一号に掲載されたことになっている「乳房の誘惑」である。

清田政信は、一九五七年に琉球大学に入学し、すぐ『琉大文学』同人となって、詩作活動を開始しているから、その二年後の作品ということになる。ここでは、先に提示した〈謎〉を解明するためにすこしばかり、詩作品「乳房の誘惑」にこだわってみる必要がありそうだ。これは、第Ⅲ部のタイトル・ポエムにもなっているので、先にも部分引用を試みたのだが、その書き出しの部分はつぎのようなものだ。

ブラジャーを剥がし
踏み込んだところが
重油のよどんだ視界の奥
沈黙の蛞蝓どもが
岩石にへばりついているので
俺の臓腑から噴き出す
憎悪のささくれだった光矢を放つと
ぽたり　とひと滴　雨滴の効果とかわりなし

「乳房の誘惑」は、1〜4の番号がふられた四連からなる長詩だが、1のさわりの部分を見ただけでも、『遠い朝・眼の歩み』の作品群とは肌理のことなる詩篇となっているのは、あきらかだろう。

第一行からはじまる「ブラジャー」という言葉は、外部としての街の擬人化された喩として、いきなり現出していながら、「重油」、「蛞蝓」、「岩石」、「臓腑」などの即物的な言葉を繰り出し、外部の物質性を具現させながら、しかも同時に内部の情念の写像（喩）でもあるという、詩的方法が駆使されているといえよう。本土における一九五〇年代後半は、「列島」の関根弘などを中心に既成の「抵抗詩」や「社会主義リアリズム」をのりこえる詩的方法の模索が盛んにおこなわれている時期だった。

その克服のひとつの手立てとして、詩における「ドキュメンタリー」や「アバンギャルド」の方法が知られているわけだが、この「乳房の誘惑」は、いわゆる「アバンギャルド芸術」の影響のもとで生み出されたまぎれなき作品であると、ためらいなく断じていいと思う。

清田政信は、いくたの本土や海外の先行詩人たちから多くを学んでいるし、そのむさぼるような摂取と影響の深さと広さだけ、彼はみずからの詩的資質の根源的な展開をめざしてきたといえる。その果敢なる詩的彷徨のみちゆきのなかで、清田政信は、「荒地」や「列島」の影響下からも離脱し、いわゆる「第三期の詩人」たちと呼ばれる、特に大岡信や飯島耕一などから深く学びとりつつ、「シュールリアリズム」やサルトルなどとの邂逅を経験しながら、おのが内部の論理化をとおして、かれ固有の詩的方法の探索をつづけていったのだった。

この時点ですでに、清田政信は、詩的方法としての「ドキュメンタリー」や「アバンギャルド」の方法を、いったんは遠ざけた形になっていたといえるかもしれない。それは、「シュールリアリズム」をたんなる技法としてばかりでなく、深い次元における思想化によって、よくいわれる「感受性の祝祭」としての詩的言語の自由と自在を、青春のみずみずしくも暗い欠如感のうちに定着する方法的深化を企図したけっかでもあろう。いうまでもなくその結実が、第一詩集—『遠い朝・眼の歩み』であったわけである。ある種の強引さと無謀を承知でいえば、『遠い朝・眼の歩み』は、大岡信ら「第三期の詩人」たちからの詩的影響なしには生まれえなかった詩集だし、これをいまかりに、内部世界における言葉の自由と自在を生きる「感受性の祝祭」としての言語空間と呼んでおこう。

さて、詩篇「乳房の誘惑」の世界が、清田政信の第一詩集—『遠い朝・眼の歩み』の作品群と、ずいぶん肌理がことなる点を指摘しようとして、ぼくは、あらぬ方向へ脱線してしまったのだろうか。

そうは思わぬ。この地点で初めて、詩篇「乳房の誘惑」と『遠い朝・

眼の歩み』収録の作品群と、比較できる前提が出来たからである。
すべての詩篇をあげるわけにはいかぬので、『遠い朝・眼の歩み』のなかで、ぼくが最も好きで、いまでも、容易に諳んじることの出来る詩篇――「風の唄」のひとつのスタンザを引用しておこう。

いずれにしろ　ぼくらのあるところに
ぼくらはいないのだから
みずからほろび　くちはてはしまい

（「風の唄」）

すべて〈意味〉で成り立っている詩行であるけれども、詩のリズムは〈意味〉の過度の強調による重圧感のきしみはないし、自由でのびやかだ。そして、ここでの不在への自己追放は、まったき〈自由〉としての〈死〉をあらかじめ実現しているゆえに、存在の滅びも朽ち果てることも免罪されている、そんな解放感を感じさせるだろう。
差異性を際立だせるために、引用した詩篇に私的偏向があるかもしれないが、いずれにしろ、一にあげた作品群は、「乳房の誘惑」を筆頭に、『遠い朝・眼の歩み』の詩篇群とは、その方法的側面はもちろん、詩の言葉の表情や肌理においても異なっていることを、引用したほんの数行からでも、察知できただろうと思う。
一の系列に属する詩篇は、いうまでもなく「乳房の誘惑」以外にもあるので、ぼくのここでの視点に沿うかたちで、残り九篇についても部分引用してみることにする。

激情のいらだちをしずめ秩序への復讐を思え
ぶよぶよ壁ともつかぬ倦怠のなかで
すみやかに死に傷口だけがきみの血を金属のように錬成する

（「英雄死すべし」）

世界の死滅を思い　自らの死滅を思い
光芒のごとく　ものたちに放射したくなる

（「錬成」）

遠く囚われの鉄格子から
涯てしない流謫の夢がいたくこみあげる日
日常のくらしにたえてきたやさしい殺意

（「極限」）

たとえば茶色い股をひらいて
俺を欲しがった女よ
遠景を奪われたときから
俺のひづめは凶暴になったのだ
おそらく空にからひびきを落としながら

疾駆しているのは
遠景に憑かれて
今日の俺だと思えばよい
（「祭式」）

風よ　季節の過ぎゆく樹々たちの梢に
慰藉の葬送曲をきびしく奏でよ
（「喪失」）

彼は場末の木馬で議論をふっかけ
饒舌の流れを遡るアユ
彼はペイヴメントを渡る猫背　記憶の鬼子たち氾濫するペイヴメ
ント
（「来歴」）

朝がしぶきをあげ地球に達する足音である
足音をきいてものたちのかたちがみたされるのを感じ
たとえば渚に仰向けた裸像である
しぼりたての果汁のように光束が降りると
燃え始める髪は白くみえ　束の間の死を夢み
生い立ちを消していくように肢体がとける。
（「朝の埋葬譚」）

立ちどまるきみは視野が飛散するほど驚き
それ以来ぼくの街に姿をあらわさない
乾いた歩道を擦過した騒音は
あたしの叫びよ
無意味な初々しい希望よ
（「冬のひかり」）

みられるように、幾篇かの例外をのぞけば、いくらか「乳房の誘惑」につうずるような、即物性をたたえた言葉が駆使されているし、アバンギャリストが好んでよく使用した言葉―「オブゼエー」の発想がちらほらちりばめられているのは確かなようだ。

そして、現実へのつよい違和感と否定の意志は、随所にみなぎっており、「アバンギャルド芸術」が即物的な言語によって内部世界の表象化をめざしながら、どうじに外部への攻撃性―すなわち現実変革への志向性をあわせもっていたことが、容易にみてとれる。ずばり単純化していえば、詩的言語のうちに現実への批評性と変革性を内在化し、構築しようとしているわけだ。詩における社会性の問題だと言い換えてもいい。

ところで、「現実への関心が希薄である」とは、かの「第三期の詩人」たちに関する、つとに知られた吉本隆明の有名な評言だ。ところがこれに対し、どこかで苦言を呈していたのは、一九六〇年代初期のころの清田政信であった。かくして、清田政信は、一九五八年から開始された「詩論の試み」という方法的試行のなかで、「第三期の詩人」たちをとりあげ論じつつ、彼らの言語に対する感受性のありかたや方法意識を積極的に学び取り始めたのである。したがって、「第三期の詩人」たち、とくに大岡信や飯島耕一からの詩的影響は、清田政信において相当な深度においてなされえているし、それは言語に対する感受性の質と勾配を決定づけるほどのものであったとみなしていいと思う。

ところが、この本土の「第三期の詩人」たちからの影響は、長いスパンで連載された、同じ「詩論の試み」のなかで、「琉大文学」に所属した先行者たち—新川明や川満信一、池澤聡らからの影響や共感からの離脱の過程でもあり、彼らの創作方法である「社会主義リアリズム」論への批判過程で果たされていったのだ。こうした、自らの詩的方法の暗中模索の中で、清田政信は、「列島」の詩人で「アバンギャルド芸術」の推進者のひとり関根弘、『パウロウの鶴』の詩人—長谷川龍生、反骨の詩人—金子光晴、外国の詩人では、マヤコフスキーやエリュアールらと出会いを語ってもいたはずだ。ここで、「第三期の詩人」たち以外で、清田政信が出会った詩人たちの、個別的な固有の特徴を無視して大まかにまとめて言えることは、詩意識のなかに社会性—つまり、現実批判としての批評や風刺をとりいれて果敢に方法的な冒険をこころみた詩人たちである。

清田政信の、最初期にたちかえって、その詩的出自をたずねれば、どうしてもここに回帰していくのである。これは、邪道だが、どうしても詩史的な系譜づけをしなければならないとなれば、わが清田政信は、関根弘、長谷川龍生、のちに登場する黒田喜夫につながる「列島」系の詩人だと言えるのではないか。

そうであるから、一九五〇年代の末ごろから六〇年初期にかけて遂行された、詩の方法的模索としての詩論の展開はともかく、実作の次元では、それでもなお「乳房の誘惑」に代表される一の系列の作品群が存在し書かれたというのは、けだし、当然だと考えなければならない。

年齢的にも比較的近く、また、言葉に対する感受性と資質において近似し、「感受性の祝祭」空間としての詩の言語の自由と自在をめざしながら、「乳房の誘惑」などの詩篇をうみださざるをえないところに、沖縄の現実が清田政信に強いる、感受性の負荷（宿命）があるともいえよう。

また、この地点こそが、「現実への関心が希薄である」と言われる本土の「第三期の詩人」たちと清田政信とを別つ分岐点でもある。

しかし、一九六〇年代初期の清田政信じしんは、熾烈な暗中模索のさなかを生きているゆえに、この地点を意識の暗域としながら、ある種の性急さでまたぎ超え、現実（政治）への皮相な対応と素材主義を拒否して、ひたすら内部の論理化とその表象化―もうすこし「第三期の詩人」たちに絡めて言えば、「感受性の祝祭」としての自由・自在なる言語空間の自立的な構築をめざす方法的な深化（変換）の道を、とりあえず選択するのである。明敏な読者は、僕が言おうとしていることを、すでに察しているかもしれない。そのとき、ちょうど第一詩集『遠い朝・眼の歩み』の編集の最中だとすれば、「感受性の祝祭」としての言語空間の純化を図るためには、いわば無意識の選択として、「現実の騒音」とそれへの違和・抵抗の結実ともいえる「乳房の誘惑」一連の九篇の詩篇が、詩集掲載から除外されるのは、必然ではあるまいか。むろんこれは、僕の憶測だし、〈謎〉の一面へのひとつの解でしかない。

〈謎〉の他方の側面は、第一詩集『遠い朝・眼の歩み』からいったんは排除された一の系列の作品―「乳房の誘惑」をはじめとする一〇篇が、なぜ、第二詩集『光と風の対話』に復活・収録されたのか、このことである。このもう一つの〈謎〉をとくのが、つぎの課題でなければならない。ぼくの推定では、この〈謎〉をとくカギは、一九六六年の夏における黒田喜夫との面談ののちに、清田政信をおそった「自らの詩の方法をあらためて考える機縁」（「ノート」）を彼自身がいかにとらえ、どのような方法上の新たな模索をなしたか、その格闘のなかにこそあるとおもう。

その方法的格闘そのものについての、清田政信の直接的な証言は、いまのところぼくらに与えられてはいない。そこでぼくらは、それ以後の清田政信の詩篇や詩論から類推して、〈謎〉をとくほかないだろう。

黒田喜夫との面談から、『光と風の対話』発刊直後までの五年間に書かれたと思しき、詩論・状況論は、ぜんぶで六篇だ。そのうち、この論考と深いところで関係があるとおもえる主な詩論をあげると、「血液のメタフィジック」、「黒田喜夫論」があり、この題名からしても、当時の清田政信がいかに自らの出自にこだわりつつ、「黒田喜夫論」を書くことでその詩的方法の検討を行っていたかが、うかがえよう。

第一詩集『遠い朝・眼の歩み』に収録された詩篇の成立に大きな影響力をもったとおもわれる大岡信について「大岡信論」が書かれるのは、それから七年後のことだった。しかしともかく、清田政信は、黒田喜夫との面談以後、「自らの詩の方法」の再検討をおこない、その何らかの転換（転位）を試みざるを得なかった経緯の存在が予測されるのだ。

そこでぼくらは、その詩的方法の転換（転位）の経緯を、詩論によってではなく、実際にかかれた詩篇群を媒介にして検証しつつ、すぐ先の〈謎〉のもう一つの側面へ、アプローチしようとするのだ。

＊

言葉の正しい意味で、第一詩集『遠い朝・眼の歩み』発刊

(一九六三・一〇)以後かかれた詩篇というのは、この論考の初めのあたりで仕分けしておいた一～三の詩篇群のうち、三の系列に分類される、総数一四篇の詩篇群である。年代的にみれば、一九六四年～六八年までのほぼ五年間の作品であるから、清田政信のこれまでの仕事の量からすれば、寡作だった時期になるかもしれない。

さて、再度、あの一～三の詩篇分類箇所にもどると、あらかじめ、ぼくが施しておいた//が、三の詩篇群の「夜陰」と「夢の記述」の間に見られるだろう。両作品とも一九六六年六月の制作だが、前者は「琉大文学」(三巻七号)に、後者は同人誌「詩・現実」(五号)に掲載されたことになっている。

ところで僕は、この//の施されたあたり、つまり、一九六六年の六月の前後をもって、黒田喜夫との面談、そして新たな詩的方法の模索が開始された時期ではないか、といちおう仮定しておきたいのである。

いまは亡き同世代の詩人—宮平昭がいみじくも書いていたように、清田政信は「変貌の詩人」だ。短期間のうちに多くのものから激烈な勢いでまなび、跡形もなく消化・吸収し、いくつかの矛盾・撞着をはらみ、分裂をかかえこみながら、彗星のごとく猛烈な速度でぼくらの間を擦過していくイメージがある。清田政信がこれまで学び尽くし、異化し分解した果てに捨ててきた多くの先行者たちの幾人かは先にも登場したが、そのなかで、彼が青春の全てをあげて、もっとも傾倒し影響を受けたひとりが大岡信である。その観点からみて、中間的な結論風に言えば、このたびの新たなる詩的方法の模索と転換は、いうなれば、青春期の「大岡信的なもの」から、中年期の「黒田喜夫的なもの」への転換(転位)であると、いえないだろうか。ことばを変えていえばこうだ。

青春期の「感受性の祝祭」としての、言葉の自由=自在を獲得するための、風土(村)から身を削ぐごとき離脱=〈自立〉する往路から、「感受性の祝祭」としての〈言葉の自由=自在〉の深度と屈伸性が真に試される風土(村)への逆説的な(後ろ向きの)還路(回帰)である。

記憶における〈エロスの郷〉としての「背後の〈村〉」から、ひとたびは自らに沈黙を強い根源的な発語へいたるため、奪回すべき対象としての面前の「実在の〈村〉=幻の〈村〉」への、苦悶の回帰である。

おもわず、先走った感がするが、ぼくらが検討してきたあの詩篇群のところ、それも清田政信が黒田喜夫との面談前後の時期の、いくつかの詩篇をふりかかってみなければならない。

そこで、三の系列に属する詩篇のうち、清田政信が黒田喜夫と面談したと想定される一九六六年六月前後に書いたとおぼしき詩篇を、月単位で列挙してみると、以下のようになる。二人の面談と詩的方法の転換(転位)の時期が想定されるところをしめす//は、「夜陰」と「夢の記述」の間にあったことを想起してほしい。

「離反」　（四月）
「ことばの宿命」　（五月）
「夜陰」　（六月）
「夢の記述」　（六月）
「妄動するもの」　（七月）
「南半球」　（一一月）

これらの詩篇を再読してみて、言葉の表情や肌理の多少の変貌をふくみながら、第一詩集『遠い朝・眼の歩み』と地続きの側面をあわせもつとおもわれる詩篇は、「離反」、「ことばの宿命」、「夜陰」、「南半球」の四篇だ。明らかな詩の方法上の転換がみられたとみなしてよい詩篇は、「夢の記述」、「妄動するもの」の二篇である。とはいえ、「南半球」は、詩の書き方に変化がみられる。つまり、これまでの詩篇は、多くのものが連を構成して、詩の構造上の工夫や技巧がみられたが、「南半球」は、連をつくらず、ひらすら横へ連続していくような書法なのだ。

これは、黒田喜夫との面談以後、詩の方法の転換（転位）を模索したあとでなければ、絶対に出現することのなかった作品――「いたましい序曲」、「眠りの淵にめざめる崖」、「家郷への逆説」へつながる書法だ。

「南半球」は、たぶん、黒田喜夫との面談ののち、鹿児島あたりから乗船し、南下をつづける船上での、漂泊と流浪の情念をうたったものだと推測されるが、ここでの引用は、控えておく。

さて、詩篇「夢の記述」は、散文詩であるが、清田政信は、詩集『光と風の対話』のなかにも、自動記述風の散文詩を幾篇かものしているので、詩形だけから区別するのは無理だし、ここでは、詩形以上に、その内容のほうに注目すべきだろう。「妄動するもの」は、題名そのものからして従前の清田政信の言語感覚・美意識からは、ちょっと考えられない不穏なものをはらんでいる。

かつてひとたちの離反も知らず
陽をあびる樹の雫に無垢の生理を浄める
少女は　今日離反の重なり溶暗するあたり
まぶしい飛翔を思いながら
眠りの深みに熱い透明な鳥をだきしめ
めざめの屹水線をわずかに離れたようだ
（「離反」）

夜の羽毛につつまれて
かたりえなかったことばが
少女の白い歯のかたちに並び
誰かに語るためのことばでなく
闇の内張りにちりばめられて
夜の淵できく波の牙

となって冴えわたる

（「ことばの宿命」）

ぼくらは　えらばなかった
ガラス張りの禁制の城がわずかに罅われ
清冽に噴きあげるぼくらの
死なせた声の種子たちが
地表を被って敷きつめられる頃
怒りひきしぼりながら
はじめて少年のやさしをとりもどす
血がにじみ　インクのしみわたる夜がめくれる
と晴れあがった星空が内出血した

（「夜陰」）

………中略………かつてぼくが愛した少女がみちがえるほど美しくなって言葉もなく棒立ちになっているのだ。咽喉の渇きはなおひどくなるばかりでいつしか視界が冥みゆきめいりそうになる。ぼくはそのまま熱い闇に沈んでゆくらしく、しばらく眼蓋に女の顔をよみがえらせものたちの輪郭を回復しようとしたが何か不思議に濃い泉の舌が体をつつみ渇いた咽喉が潤うのがわかる。……中略……突然女が体をゆさぶるので立ち上がると、隣の部屋に生まれてまもない嬰児がねいきを立てている。われに返り戸口に出るといつ帰ったのか女の夫がそこに立っている。……中略………

（「夢の記述」）

てんでにそのとき不眠のシーツに幻の母を呼び
きみを吊りあげる糸を切らねばならぬ。
なぜなら幻の母は青年の産み落した
屈辱の栄光をになって
深夜の空　死者たちの時間からよみがえるのだから。
ぼくら堕ちつづけ
底なき魂の淵を
堕ちる果てに叫びをよみがえらすのだ。

（「妄動するもの」）

ぼくは、「離反」、「ことばの宿命」、「夜陰」などを、第一詩集『遠い朝・眼の歩み』収録の詩篇群といくぶん地続きであるといった。だが、いま、第一詩集の詩篇を引用して比較するゆとりがないので、//以後の詩篇についてのみ、いくらか言及する必要を感じる。

ところで、「夢の記述」を読み、そして、黒田喜夫を想起するとなると、ぼくは、どうしても黒田喜夫のあの有名な、「空想のゲリラ」を思い出してしまう。いうまでもなく、黒田喜夫の「空想のゲリラ」は、素材を「夢」にもとめている。この「夢の方法化」は、関根弘をはじめ、いわゆる「列島」系のアバンギャリストの詩人たちが好んで用いた方法のひとつであって、黒田喜夫もまた、その詩的方法を踏襲しているわけである。

そして彼らは、芸術のアバンギャルドが、どうじに政治のアバンギャルドでもあることを理念型としながら、詩における〈社会性〉—つまり現実批判（変革）としての批評・諧謔・ユーモア・思想性などを強く求め、詩の言葉にそれをもりこもうと奮闘したのだった。

清田政信の「夢の記述」は、そのものずばり、ある夜、たまたま見た夢を、いわばシュールリアリズムの自動記述風に「記述」しただけのものであるような外観を仮装しながらも、やはり、「夢の方法化」には違いないと思う。

なぜなら、清田政信は、沖縄で「シュールリアリズム」を、詩の技法としてだけでなく、もっとも深い次元で思想化し、血肉化したものの一人であることをおもえば、それは当然というべきだろう。

そして、「夢の方法化」においては両者とも共通でありながら、黒田喜夫の「空想のゲリラ」と清田政信の「夢の記述」には、大きな差異が存するけれども、ここではその違いの詮索が目的ではないので、深入りは避けておく。「妄動するもの」について、ぼくはさきに、「不穏なもの」を感ずるといったが、詩の始まりの部分は、「禁制の街で動きだす人の群れが／長い腸管の中に吸いこまれて／えたいの知れないぜん動の波を／夏の汗ばんだ空までひびかせながら伸びていくと／真紅の腸管がねじれては伸び／以下略」となっている。「不穏なもの」を感じたのは、この引用箇所の、生々しく即物的な「腸管」の「ぜん動」音を聞いたからであり、「オブゼエー」化された思想の蠢きを見たからだ。ここで、記憶のすぐれた読者は、あの「乳房の誘惑」を思い出さないであろうか。

そう、清田政信は、まさしく黒田喜夫との面談のあと、「自らの詩の方法をあらためて考える」プロセスのなかで、あの青春期にであった「列島」系のアバンギャルドの詩人たちの「夢の方法」をふたたび想起しつつ、自らの詩の書法のなかに再導入、再試行を試みているのだ。

もちろん、これは清田政信にとって、まったく新奇な方法であるはずがない。なぜなら、かつて青春の一時期、先行する「琉大文学」の人たちを批判しつつ、がむしゃらに「自らの詩の方法」を確立しようとして、暗闘しつづけた最中にあって、ひとたびは、学び取ろうとした方法のひとつであったからである。そのご彼は、サルトルと出会い硬化した古典的マルクス主義を超克しつつ、「シュールリアリズム」の深い次元での摂取をとおして、言語（文学）の独自な表出性に気づき、詩（文学）の自律性をめざしていったのだった。もちろん、この過程で「第三期の詩人」たち、とくに大岡信との出会いと真摯な学びがなされたことは、言うまでもない。こうした道行の中で、「列島」的な詩の方法はいつしか遠ざけられ、記憶の彼方に沈められたままとなるが、一九六六年・夏の黒田喜夫との面談を契機にして、ふたたび「列島」的な方法なるものが召喚されてきたというわけだ。もともと、清田政信は、青年期の初期においては、どちらかといえば「列島」系の詩人たちに傾倒し、深い影響をうけていることは確実だし、その意味からすれば、方法的反復というよりは、かつて学ぼうとして、途絶せざるを得なかった方法への回帰的な再検討であるといえよう。こうしたなか、ひとつの再試行として、詩篇「夢の記述」や「妄動するもの」、「南半球」が産出され、同時に、あの「列島」的なアバンギャルドの方法の産物だった「乳房の誘惑」と一連の詩篇群が再浮上し、詩集を構成する重要性を占めてきたのではないか。

もはや、ここまで来たら、ぼくは、はっきり言うべきだろう。あの第一詩集『遠い朝・眼の歩み』から、いったんは収録を除外された「乳房の誘惑」をふくむ一〇篇の詩篇が、ふたたび復活・蘇生して第二詩集『風の光の対話』に収録された真の理由は、黒田喜夫との面談を契機とする、かつての「列島」的方法の、回帰的再検討の結果であると。

そしてさきに引用した、一九六六年六月から一一月にいたる「夢の記述」、「妄動するもの」などの詩篇は、その再検討の途上の、未熟だというわけではないが、まさに、過渡的な作品だといえるのではないか。

その新たなる方法による本格的な展開については、いまは触れない。しかしこのとき、大岡信から学び取った「感受性の祝祭」としての言葉の自由・自在を血肉化しようとする詩的主体（清田政信）にとって、〈再検討〉＝「自らの詩の方法をあらためて考える」とは、「列島」的方法＝「アバンギャルド芸術」を根底的に超克し、自らの独自の方法を確立するという困難な課題を新たに引き受けることを意味していた。

＊

さて、これまでたどってきて、ぼくらはやっと、詩集『光と風の対話』を新たな角度からながめる視点を必要としてきたようだ。

『光と風の対話』を一読し、まず気づくことは、作者が構成的な意図をもって、Ⅰ〜Ⅳ部にわけてあっても、同じ部の中においてさえ、言葉の表情や肌理・書法などにおいて、随分と異なる詩篇が混在していることである。それを、あえて大まかに二つのグループに腑分けしてみると、詩集の核心にせまる補助台になりそうだ。

つまり、第一詩集『遠い朝・眼の歩み』と地続きとみなしてかまわない詩篇群（ア）と、黒田喜夫との面談以後、詩の方法の〈再検討〉

の過程で創造された思われる詩篇群（イ）とである。

もちろん、「乳房の誘惑」をふくむ一〇篇は、「面談」以後、再浮上してきた詩篇であるから（イ）に含め、また、「面談」前後に書かれた過渡的な詩篇群も包含しておこう。煩雑さをさけるため、（ア）、（イ）に属する詩篇数を〈　〉に、各特徴が出ている詩篇のタイトルを三篇ずつえらんであげ、さらにその詩行を部分引用しておく。

（ア）…〈一四〉「追放」、「かくれんぼ」、「祝祭」

（イ）…〈二〇〉「乳房の誘惑」、「家郷への逆説」、「眠りの淵にめざめる崖」

かつて幼年の小さな荒蕪の庭で
言葉のつぶてをあびて頬をひきつらせ
世界が遠のいたあのとき
きみの言葉は垂直になり
けっしてひとたちの柔らかな部分にとどかぬ

（「追放」）

母たちの遠い原野に
めまいがきたのは　完璧な夏の日没
言葉もなく
風にいたむ乾いた欲情の気遠い空に
ふと　みえない輪郭にくるしみ
唇がふるえたら　何かが割れた
それが　きみの最初のことば

（「かくれんぼ」）

盲いた瞳は聡明だから
千の似顔たちの行きすぎる街中で
すばやく愛のかたちをはらむだろう
無関心なラッシュで
長く伸びる指は
昨夜の記憶によみがえりながら
炎の叫喚をかなでる
だから　きみは売りだされた
兵士との短いアヴァンチュールに
絶望的に充ちる歓喜が
むしいなんて思えない

映画をみない
酒に酔わない　オルグの微笑が
喜劇と悲劇の幕間に覗く

（「祝祭」）

貧しい楽屋裏であるように
マンホールを彷うポーランド・レジスタンスの
粘っこいが　一途に弾ね返る売笑婦の
ブラジャーなしで探り当てる乳房の夢は
大脳的せりあがりに挑む小市民の美意識か
（「乳房の誘惑」）

親しい友でさえきみを追放した街で
花に対座して
みぎわにずり落ちる村があり
叫喚の疼きの底を一気に
のぼる高みに　遺恨を超え
追放を超えて死者のそだてた
苔の湿りに　死のまどろみを思わせて
花は火の構図で燃える　夜の頭蓋に
ゆるやかに充ちてくる波の
すきとおる深度は永劫かわらぬ
（「家郷への逆説」）

それでも　海峡は人たちの眠りの内壁に
おもむろに醒める岩の
内視の純粋な糾問
その糾問を持てぬ者はこわれる
こわしながら崩壊する
軸へ収斂する透明な火のゆるやかな転化を現出しえぬ
（「眠りの淵にめざめる崖」）

みられるように、（ア）と（イ）の詩篇の間には、明瞭なちがいが読み取れるだろう。詩篇「追放」と「かくれんぼ」は、〈村〉の共同体における少年の対応するもののなき孤独感、少年に与えた近代（戦争）の傷の深さを、「祝祭」は、疎外の極点を生きる女の、出会い（存在）の偶然を宿命として燃え上がらせ、苦悩を忘却しのりこえる可能性を示唆するように、文体は伸びやかな自在なリズムを獲得している。

これらが、第一詩集『遠い朝・眼の歩み』に接続する一九六〇年代中葉あたりまでの、「第三期の詩人」たちから学んだ「感受性の祝祭」としての詩の自由・自在な言語空間のありようなのである。そして、詩に現出する〈村〉は、都市に生きる青年の記憶の内なる〈背後の村〉であることに注意しておこう。ところが、「乳房の誘惑」は、一番早い時期の作品でもあるせいか、言葉は生硬だし、かなり現実の風俗や騒音が詩の構成要素として取りいれられながら、現実への抵抗感を醸し出している。

「家郷への逆説」、「眠りの淵にめざめる崖」を見ると、内視の空間で言葉は、凝縮度のたかい意味と問いをはらんでダイナミックにうねり、その速度のぶんだけリズムは屈折し、どこか微かな痛みと軋みをひびかせている。そして、くりだされる詩語の圧倒的な氾濫のながれをたどったあとで、詩の読後の全体的な印象は、焦点化しにくく、荒漠たる沈黙の領域へ拉致された感じになるのだ。これはたぶん、書法の大きな変化に起因するのかもしれない。二つの詩篇とも、引用箇所からだけでは、このことを感得するのは無理だろう。

ところでじつは、「家郷への逆説」、「眠りの淵にめざめる崖」の両詩篇とも連を構成せず、詩の起始部から終結部まで、ぎっしりと詩行が連続するように書かれていて、あの第一詩集や『光と風の対話』のなかの、第一詩集と地続きであるとみなしてよい多くの詩篇群とは、明らかに書き方が異なるのである。ここで引用するにも、どこで区切りをつけて引用すればいいのか、困ったほどだ。ちなみに、この両詩篇につらなるようにして、黒田喜夫との面談、いちねんごの一九六七年一月に制作され、「詩・現実」四号に発表された詩篇――「いたましい序曲」でも、同じ書き方がなされている。

そして、この書法は、以後の詩集――『眠りの刑苦』をはじめとする、すべての詩集のおおくの詩篇に踏襲されることになるだろう。この詩篇はいろんな意味で、注目されてよい作品だが、引用してみることにしよう。詩篇「いたましい序曲」は、一一六行からなるかなりの長詩だが、それが連を構成したり、したがって、ひと呼吸入れるほどの、連と連のあいだの空白部をつくることもなく、延々と続き、しかも詩語としておなじ比重の言語が、つぎからつぎへと氾濫するように連打されてくるので、どこを引用すべきか、迷ってしまう。ほんとうは、もうどこでもよいので、詩の始まりの部分と、途中からいくつか切断して、書き写してみる。

ひだまりにうずくまる無垢の放心よりも
うとましい義務を清潔に死する方途は
ものうい知恵か?あるいは深夜の喫茶店で
ウイスキーのやわらかい火の滴がしみわたる
感情のぬれしぶく襞に熟れる腐臭が
女との最初のであいに聴いた空の脈搏を
一瞬のにがい覚醒に甦えることか?
……中略……
日々の苛酷にも言葉を失ったいたわりが
朝の光が瞳に傷みをはぐくむしかたで
希望はいつも五感をわななく痛みだ
その痛みがわかちあえずにうなずきあい

敗北なき戦いの季節歴をめくるのは
絶望すらできない退廃だ
……中略……
草原の夏を磯くさく
欲情をしなやかになめす水脈のこだま
言葉に昼がくれば役割を生きる物たちの移動だ
陽の直射にうめく南ではまなざしは奪われ
熱のみがきあげる鏡の淵を闇に
閉ざしたうちなる視野を開花する
眼は見えるというだけではすでに物たちの悪意に侵されている
……中略……
物たちの悪意を一瞬先に見たというだけで
革命家だという男がいたら
情報に侵されたその男は何をみたんだろう!
……中略……
嘆くなら東支那海溝の深みに渦巻く潮流に
均衡をたもって静止する未見の魚のごとく
それは嘆いているのではなく
潮流にさからう波動の意志の飛翔を一致する情念の死角だ
季節ごとうねり
打ちよせる魚群帯の腐り果てる蜂起の習性でなく
波動だ!波動を断って果実のうちに夜を熟れさせる情念の死角を
　旅立つぼくは
夢の鉄路を疾駆してわが内なる時圏を旅する永久否定の冒険者だ
……中略……
（「いたましい序曲」）

こうして、この長詩を部分的に引用しても、なにか、充足されないもどかしさを感ずる。書き写したあと、最初からまた再読してみると、引用箇所いがいにも、もっと重要で大切な、読み捨てならぬ多くの詩行が残されていることに気づかざるをえない。そして、ゆっくりと詩語の意味や像をかみしめながら読みこんでいくと、この「いたましい序曲」が、清田政信にとって、いかに重大かつ深刻な詩篇であるか、じんわりと了解されてくるのだ。それほどに、「いたましい序曲」は、一筋縄ではいかぬ難解な作品である。ぼくはさきに、詩篇「夢の記述」や「妄動するもの」をさして、詩の方法の転換（転位）過程における過渡的な作品だといった。では、その本格的な展開の開始は、どの作品からはじまるのかといえば、まさに、僕らがいま読みつつある「いたましい序曲」からであると、ためらわず断言していいと思う。題名からして意味深長だし、このあとには、「眠りの淵にめざめる崖」、「細民の深い眠り」、「家郷への逆説」などの、内容的にも書法としても同系列の作品がつづくことも、その傍証となろう。ただし、「細民の深い眠り」は、例外で連を構成しているが…。

ところで僕はさきに、黒田喜夫との面談以後、清田政信は、自らの詩的方法の〈再検討〉をせまられたといった。そして、そのことの彼における意味を、「大岡信から学び取った『感受性の祝祭』としての言葉の自由・自在を血肉化しようとする詩的主体（清田政信）にとって、〈再検討〉＝「自らの詩の方法をあらためて考える」とは、『列島』的方法＝『アバンギャルド芸術』を根底的に超克し、自らの独自の方法を確立するという困難な課題を新たに引き受けること」だったと要約した。

いま初めて気づいたのだが、このぼくの予測を見事に証明する形で、例えば『光と風の対話』のⅢ部「乳房の誘惑」にまとめられた詩篇は、「乳房の誘惑」（一九五九）、「いたましい序曲」（一九六七）、「祭式」（一九六二）の順序で配列・構成されている。詩篇「祭式」について、少しばかり注解をほどこすと、この三詩篇のうち「祭式」は、「乳房の誘惑」につぐ古い作品だ。そのためか、連を構成し、各連には番号が打たれて、1〜7まである長詩である。引用は、差し控えるが、ぼくが読んだ限りでは、あの有名な『死児』の詩人―そしてシュールリアリストであった吉岡実の影響の濃い作品であるとみる。したがって、わが清田政信は、「列島」的アバンギャルド芸術の方法や黒田喜夫の〈夢の方法〉、さらにシュールレアリスムの方法を摂取・深化させつつ、彼独自の詩的方法の確立を急いだのだと、まとめられよう。この詩の方法的転換（転位）を、ぼくは先に、暫定的に、「大岡信的なもの」から「黒田喜夫的なもの」への転換といっておいたのである。しかし、「いたましい序曲」を、つぶさに読み込んだものは、ついに確立した清田政信の詩的方法が、「列島」や黒田喜夫の〈夢の方法〉と多少の類似性をもつにしても、大岡信から学んだ「感受性の祝祭」という言葉の自由・自在な運動、脈動の、その言語的血肉化において、両者が混同されることはないのだ。ぼくは、詩篇「いたましい序曲」全篇にみなぎる、即自としての身体性（感覚性）をそぎ落とし、視覚と聴覚を閉ざすことでひたすら魂の内部を凝視する、いわば狂気の明晰な夢想（想像力）の過激な運動を目の当たりにするとき、とりあえずそれを、清田政信の〈内視の方法〉と呼んでおきたい。

一九六〇年代後半における清田政信の詩的戦いは、ほぼこれに集約されるが、しかし他方、清田政信は、新左翼組織との蜜月時代はすでにおわり、組織における変革の〈思想〉の退廃と不在を根源から批判する「反政治」の立場にあったので、やむをえず孤絶の位置を強いられていただろう。また、思想的には、新左翼の沖縄解放論における観念のラジカリズムを撃つためには、おのずから、非近代と近代の矛盾のふくざつな吹き溜まりの様相を呈する「辺境」＝〈村〉への独自な下降―民の実存への眼差しの変換をも、どうじに要請されていたはずである。そのとき、清田政信の〈村〉は、明らかに〈背後の村〉から〈前面の村〉へ転換したのであり、いわば、戦い、拒絶し、変革すべき実在の村であるとともに、奪回すべき幻の村となったのだ。言葉をかえていえば、これは、清田政信における、「辺境」＝〈村〉での、近代と反近代をつらぬく二重の闘いーいわば全面闘争の始まりだったのである。

だが、このたたかいは、現実における「政治」＝「反政治」の戦いばかりを意味するのではない。「自己追放」としての〈非在〉の内視空間への言語による絶えざる自己超出の挑戦であり、あらゆる現世的秩序から無縁な場所で、〈変革の言葉〉＝〈言葉の変革〉をめざし、「夢の鉄路を疾駆してわが内なる時圏を旅する永久否定の冒険者」として生きることである。また、「視える」ものだけに拘泥する者たちは、沖縄ではかならず、「戦争」、「基地」、「特異な歴史と自然・文化」、「方言」などを価値化して、「内視」の視力（想像力）をむざんに浸食されて喪失し、〈沖縄〉の表層の「沖縄」のみを掬いとって、「商品化」する「素材主義」者はあとを絶たないが、これらの者たちへ戦いを挑み続けたのも、清田政信だった。ゆえに、自らの小さな甲羅に似せて、清田政信を浅くみかぎり、たんなる文学（詩）の自律論者に押しとどめておいてはならぬ。

＊

第二詩集『光と風の対話』は、したがって、第一詩集に繋がる「感受性の祝祭」としての言語空間のすぐれた達成をしめす側面と、いっぽうでは、黒田喜夫との面談に触発されるかたちで、新たな詩的方法―〈内視の方法〉へ転換（転位）するターニング・ポイントの側面をあわせもつ、一九七〇年以後の清田政信の詩的闘争を決定づけた詩集だと言えるのではないか。

最後に、巻頭詩である「辺境」を読んで、この稿を閉じよう。

光はいつでも北に湧いた
内陸に冬は起ころうとして終息し
娘らの磯くさい対話へ
するどく細り　廃れた山脈をめぐる
愛はいたずらに乾く
身のふり方を案じてつぶやくひとは
みなみへ去るがいい
ひらいても吐いてしまう
きみのほころびは火の波にまぶされ
壊れるもののない村は
砂を頬張り裂けている

めりこむ砂を呑んで
なお満たされぬ裂け目
ぼくが少年を追放した日以来
まぶたを撃つ陽はかぶれた卵のようだ
あか木の枯れた幹を思慕する午後
芝生に少女を招き入れれば
光りは北に湧いたまま
失神して倒れる
夏の躯幹はしなやかに
氷る顔の青みが燃え
ふかぶかと沈黙をひびかせる

（二〇一八年八月十日）

『造形の彼方』の映画編と後期三部作

Akira Nakamoto

仲本 螢

台風の余波にくるまれて、街を歩く。『清田政信研究会』のメンバーと別れて、桜坂劇場横を通る。『パパはわるものチャンピオン』（監督：藤村亮平）のポスターをちらっとみて過ぎる。
清田政信もよく歩いた。そしてたびたび映画館の闇へ降りた。

「もう映画を見てゾクゾクするような興奮を覚えるということがなくなった。年の所以かもしれない。しかし前日、夕暮れの街を歩いていると、どこへ行けばいいのか、わからずに往来で立ちどまった。暮らしにいたんだ心をやすめたいと思うのだが、もうこの街で一人になって水深のごとくたたえた内部へ降りていくことが、できないのだとすれば、映画館しかあるまい。」

（『造形の彼方』・「悪の形而上学」）

ここでは映画館の名は記載がなく、「古びた映画館」となっている。観たのは『第三の男』『ある夜の出来事』の二本である。
私が『造形の彼方』所収の映画論で興味深く読むのは映画論そのものより、後記三部作（『瞳詩篇』『渚詩篇』『碧詩篇』）の詩篇と呼応するような街の歩行である。居酒屋へ行き、女との関係といった生活の振幅の一端である。
映画論は「悪の形而上学」（一九八一）、「美と倫理」（一九八一）、「言葉と存在」（一九八一）、「若いアメリカ」（一九八四）の四本である。
「悪の形而上学」は『第三の男』の評に続いて次のように続く。

「それにしても私は週に一晩だけ街を歩く。今日はなんだか街もおちつきをなくしているようだ。昨日ボーナスが支給されたせいかもしれない。何もすることがない。何処へも行きたくない時本屋にはいる。ブラッドベリ一冊、梅棹一冊、足穂一冊買って外へでる。ここ一週間妻は口もきかない。危険だ。いい。いいではないか。
通りをあるいていると女に会いたくなって電話するけれども通じない。断念する。いつもの居酒屋で酒をのむ。その前に『バルカン超特急』『凱旋門』をみる。」

口をきかない妻との緊張関係では次の『瞳詩篇』を、電話と女をめぐる関係ではそれぞれ『瞳詩篇』『碧詩篇』の次の詩句を思い出す。

「今朝夢を見た　渚は向うに／見えるのだけれど　いたりつけない／いらだちに苦しんでいる私を／妻が笑っている　なぜか」

（「思慕」・瞳）

「今日はいきなり電話がきた／ほとんどきみを忘れていたんだ／

忘れる　これは知の治癒である」
（「剥離」・碧）

「会えない　きみは今日／電話のむこうでよどんでいる／精神は兇器だから／精神は切り裂くから」
（「判断」・碧）

「きみは電話に出ない／きみは匂いを残さない／私はすでに断たれているのか」
（「新年」・碧）

「言葉を忘れて街を流れていることは楽しい。同じ通り、同じといっていい変わりばえのしない人通り。」と、続けている。

街を歩くことは、思考を整理し、あるいは解体し、言葉の洪水に身をなげることでもある。私も決まった場所で人と会い、酒を飲み、言葉を交わし、決まった道を帰る。アパートまでの道の中でいろんな整理を繰り返している。ほんとは言葉を忘れて街を流れることはいいかも知れないが、めったに遭遇しないことだ。

三詩篇の中でも町の歩行は単なる時空の移動ではなく、異世界との不思議などびらの役目もあるような気がしている。

「美と倫理　篠田正浩『心中天網島』」でも、「どこかへ行くのではない。ただ歩いているのだ。私の終末の歩行はそのようにはじまる」と書き出されている。そして、ジャンジャンの階段を降りていく。「沖縄ジャンジャン」は国際通り、沖縄三越隣のビルの地下にあった。『心中天網島』は黒子の使い方に衝撃を受けた映画だ。ジャンジャンの階段は日常と非日常の裂目のように映る。あるいは「異神」の住む世界への下降のようにも思える。

「言葉と存在　吉田喜重『告白的な女優論』」でもジャンジャンの闇へと降りていく。それは次の「若いアメリカ　オーソン・ウェルズ『市民ケーン』『アメリカの悲劇』」も同様だ。街の歩行のあとにジャンジャンの闇へというのが映画論のひとつの型になっているので、そこを丁寧に拾って置く。

「街を歩くというのは何も考えない、ということだ。そして知られざる分身のまなざしにおのれをゆだねることだ。手と頭脳とかかわり知らないところで、虚無へいたるデッサンをくり返すことだ。私の歩行癖はいえそうにない。街がポエジーから遠い分だけ、私は言葉とちがう世界へ歩きつづけるわけだ。」
（「言葉と存在」）

「ほとんど詩と無縁となって街を歩るく《ママ》。この散文的な街を歩くには、私も非感情として、ただ歩行のリズムに乗っているだけだ。過去が遠くへ沈んでいくあの空虚につかまれたまま軽い食事をすましたばかりだ。今日はそのさわぎのような余波が私を占めている。たぶん戦後という不可避の金の理念が散ったのだ。この静かな日常は私の精神の傷をいやしてくれるだろう。」

（「若いアメリカ」）

映画『告白的な女優論』（一九七一年）は三名の女を描きながら、三名の時間は直線的に孤立している。一人一人の生活の三次元の膨らみを描こうとはしない。ただ、イメージを浮遊させ、その増殖に徹しようとしている。存在の厚みや生活の厚みを排除しようとして空間を潰すように限定化して描く。ラストはそれぞれの時間の中に歩み出していく。その交わりのなさ、平板性、限定された視覚によっていびつな何かが生まれ出たのである。吉田喜重なら私は一九六九年の『エロス＋虐殺』に魅かれてきた。いわゆる松竹ヌーヴェルヴァーグとマスコミに命名された大島渚、篠田正浩、吉田喜重たちが、松竹を離れATG（アート・シアター・ギルド）に軸足を移していくが、三名の作品はよく観ていた。一九六九年は大島渚『新宿泥棒日記』、篠田正浩『心中天網島』、吉田喜重『エロス＋虐殺』と上映館のテアトル新宿に通い詰めだった。ゴダール、フェリーニ、パゾリーニにも接していくことになった。

『エロス＋虐殺』は「春三月縊《くび》り残され花に舞う」と吟じた大杉栄と乱調の美の生涯を生きた伊藤野枝の反逆とエロトロジーについての若きわれわれ・私それともあなたのアンビバランスな加担に至る退廃の歓びのあるトーキング」とパンフに謳ってあったのを思い出す。瀬戸内寂聴の『美は乱調にあり』（一九六六年）を映画のあと買い求めたことも思い出す。その言葉は大杉栄の「そして生の拡充の中に生の至上の美を見る僕は、この反逆とこの破壊との中にのみ、今日生の至上の美を見る。征服の事実がその頂上に達した今日においては、階調はもはや美ではない。美はただ乱調にある。階調は偽りである。真はただ乱調にある。」（「生の拡充」）から採られている。映画『エロス＋虐殺』は日蔭茶屋事件の史実とは違って伊藤野枝が大杉栄を刺す。その刺すことの繰り返しの中でほんとに刺したのか、大杉が刺されにいったのか曖昧のまま投げ出される。少し伊藤野枝について追記しておけば、瀬戸内寂聴は『美は乱調にあり』の完結編ととれる『諧調は偽りなり』（一九八四年）を出している。また、栗原康の『村に火をつけ、白痴になれ』（二〇一六年）も読みがいがあった。伊藤野枝の「あなたは一国の為政者でも私よりは弱い」や「ああ、習俗打破！　習俗打破！」が耳に残っている。

映画『エロス＋虐殺』は現代（昭和四〇年代）の男女の話が交差して進む。おそらく今観るとそのふたりの政治論的な会話は理解しづらいと思う。全共闘時代を知る者にはなんともくすぐったいものでもある。片意地を張っていた時代の気恥ずかしがある。その時代の古《ふる》び、時間の経緯が『エロス＋虐殺』の現代パートの部分をわからなくさせている。

　私をわくわくさせた映画館の暗闇の正体はよく言えない。上映が始まればスクリーンの光によって闇が介在していた空間は逆転される。スクリーンの光の中に釘づけさせるように、眼でスクリーンを触るように仕組まれる。この闇から突然光の世界に釘づけさせられた経験は他にもある。沖縄の大きな門中墓は内部も漆喰で白く仕上げられており、内部から墓の扉の先の眩しい白い外光を見た時の驚きにも似ている。闇からみるその白い外光にニライカナイを見ていた沖縄の墓の構造がある。ニライカナイとまではいわないが、映画が闇をきりさいて始まる瞬間の正体のひとつである。

　もう、何十年も映画館へ行っていない。映画もＤＶＤか動画配信サイトとなった。清田政信の街の歩行の行きつく先に、映画館の闇という映画論は、その後期三部作の詩篇とも呼応するのがあってもっと読み込んでみたいと思った。

　この後期三部作の三つの詩篇（『瞳詩篇』『渚詩篇』『碧詩篇』）はわたしの力では読み解きがたい詩篇である。同質のテーマを、多様な変奏に乗せつつ、テーマの中心に向かって深めていく詩法として成功していると見るか、均質化された、同一感情の繰り返しに危機感をみてとるか難しい読み込みを強いられることになる。もっと別な切り口はないのか、映画論を読みながら、あるいは街を歩行しながら、もう少し問い続けてみたい思いにかられている。

# 清田政信における「であい」の思想

Aya Sakima

佐喜真 彩

## はじめに

であいについて考えることは、すべての詩がうみ出される秘密の発想をうながす次元に思いをいたすことになる。
（「であいについての考察」二六八頁）

「であい」の偶然性を自己の中で必然化するまで高める。シュルレアリスムの方法論にしばしば言及しながら、沖縄で生きるなかで詩を書くことと政治の関係を探り続けた清田政信による詩作活動の根源には、偶然的であいを必然化するという運動が、明確な意図のもとに追求されている。

一九六〇年に発表された詩論の表題である「生活者の幻影を拒む」という言葉は、その時代に沖縄で詩人として生き、詩を書くことにおける心構えを表明したものである。生活することそのものが、体制を支える日常空間を肯定することになり、またそのように繰り返される日常生活が人々の思考や感覚を習慣化・平準化させるという、体制と生活の結託を、清田は六〇年前後に問題にしていた。

米軍に対する反対運動として一度は大きなうねりとなった、一九五六年のいわゆる島ぐるみ土地闘争が、米軍が講じたあらゆる抑圧手段によって急速に衰退していく過程を、琉球大学に入学したばかりの清田は、特にその学生部にまで及んだ弾圧を前に、絶望混じりに経験していた。とりわけ、中部地域に対するオフ・リミッツ（米軍要員立ち入り禁止）宣言と財政援助打ち切りを通じた琉球大学に対する反米学生の処分要求は、大衆運動内部に分断をもたらし、運動そのものの中からそれを解体する動きを作り出した[1]。学生党組織は内外から切り崩され、人々の政治への導線が次々と断ち切られていく状況を目の当たりにした清田は、こうした島ぐるみ土地闘争の経験をはっきりと敗北として受け止めている。だが、その敗北とは単に米軍の政治的抑圧による運動の解体に限られるのではなく、文学の自律性を獲得できなかったことをも意味している。

清田は、入学当初、島ぐるみ土地闘争において先鋭的な役割を担っていた文芸部の先輩たちの作品、特に新川明の詩に惹かれつつも、学内外の抵抗が沈静化するなかで、そうした社会主義的リアリズムの方法論を取り入れながら大衆のエネルギーを結集する詩へ疑問を抱き始めていた。島ぐるみ土地闘争から三年後、詩論「変革のイメージ」において、当時を振り返り、新川明の詩「みなし児の歌」をはじめとする一九五五年代に『琉大文学』に発表された多くの作品が、政治と拮抗し得ていた事実を、羨望を抱きながら思い起こしている。だが他方で、島ぐるみ土地闘争以後、プロパガンダ風に大衆に呼びかけることで、既存の主体を即自的に組織することへの限界を感じずにはいられなかった清田は、「アバンギャルド芸術―主としてシュール・レアリスムを再検討し、リアリズムの内的深化」を通じた新たなる自己の模索が、その後の世代の詩人たちにとって、不可欠な課題であると認識し始めていた（「オブジェへの転身」二五五頁）。彼は「みなし児の歌」を「力作」と評しつつも、同時に乗り越えるべき対象として捉え、「政治の範疇に組み入れられるべき要求だけを、詩という形式に翻訳した作品」と論じている（「変革のイメージ」三〇頁）。島ぐるみ土地闘争における敗北は、文学の言葉が現実の政治の枠内に留まり、それを超え出る新しいイメージが創造されなかった事態、つまり文学の自律性の獲得が適わなかった経験として彼には記憶されているのである。だが、その経験こそが、清田に詩を書くという営みを根本的に問う機会を与えたようである。

それ以降清田は、新しいイメージの創造を求めて、自己の意識の裂け目から内部への潜入を通じた表現の探求に向かう。自己の内部へ潜入するというこの行為が、六〇年代後半には、来るべき共同性としての「共感域」への志向と結びつくのは必然の帰結であったと言えるだろう。というのは、自己の内部への下降は、生活者として自己を確立する主体の変容を促す像の発見を導き、そのことを通じて初めて可能となる「であい」への試みだからである。現実に身を置く主体の目においては矛盾や対立という形態でしか現れえない別の時空間との「であい」、これが彼にとって詩作の源泉なのである。清田にとって詩は、そうした平準化の力が働く日常のなかで生きる存在が、現実にはないものを所有しようとする想像力の営為を通して、一瞬、垣間見られるイメージである、とひとまず言えるだろう。彼の詩作活動は、現実生活の中で抱かれる幻影を、解体へと導く新たなイメージを所有する試みなのである。

このように、清田は現実を超え出るイメージを創出するのに、それとは次元の異なる､別の時空間との「であい」を意図的に試みていた。ただし、彼が評論と詩の両方においてその時空間を言い表す際には、少女、母たち、母性などのような、六〇年代後半から湧き上がったウーマン・リブの運動から明確に批判の声が上がっていた言葉が使われていることには注意したい。このことは、シュルレアリスムもまた女性の表象に問題があると指摘されていたことと関連があるだろう。私は清田の批評に惹かれつつも、同時にフェミニズムの観点から見れば批判せざるをえない、こうした彼の女性の表象の仕方にも納得し、身動きが出来ずにいた時期があった。しかし、敢えてその女性表象の中を潜ることで見えてくるものがあるだろうという予感に促されて､現在､清田の六〇年代の詩作品を検討している最中であり、近々、それを軸に､詩における「であい」のモチーフの現れ方を考察する予定である。本稿では､その前段階の作業として､「であい」のモチーフが、日本「復帰」が目前に迫った六〇年代末の沖縄の政治的状況へいかに思想的に介入したのかを、評論を中心に分析を試みる。[2]

## であい

大衆のエネルギーが集結し、一度は大きなうねりとなった島ぐるみ土地闘争の敗北を経験し、頼るべき現実を失った清田とその世代は、既存の組織論を乗り越える新たな詩作の方法論を生み出すことを課題としていた。六〇年前後の清田の文章には、五〇年代の島ぐるみ土地闘争の敗北とその当時の文学の挫折を振り返り、苦悩する様子が多く見られる。だが、次の言葉がありありと想像させるように、敗北をむしろ文学の力に転化させようとする堅固な意志を持って、彼はその状況から新たに歩み出す方法を生み出そうと格闘していた。「足指をそっくり折りとられたカニが甲羅だけ、八月の砂浜に投げ出されたような僕ら。よし甲羅でも、まだできることはある。甲羅の中で、すさまじいビジョンをみることはできるはずだ……」(「詩と体験の流域」一七頁)。

「であい」とは、そのような葛藤の過程の中で発せられた言葉である。一九六二年に発表された評論「であいについての考察」の書き出しの部分を本稿の冒頭に載せたが、そこで考察されている、詩人として「であい」を希求する意志は、それ以後の清田の作品制作の根底に関わっているために重要である。冒頭の引用は以下のように続く。

そこでぼくが筆をおこすのは、詩人たちにとって決定的な意味をもつ、と考えられているそれぞれの〈であい〉に就いて考えた場合、意外にも単純な事柄なのだと確かめ得たからだ。曰く時代とのであい。女性とのであい。

だからといって彼等のであいが平凡陳腐だったというつもりはさらさらない。〈であい〉は単純な事実にすぎないけれども、詩人は、であいを境にして心的生活の連続性を断ち切られ、その偶然性を受け負うことによって自らを投げ入れ、柔軟にして苦しい変貌を生きることにおいて、確かに卑小さを拒んでいる。言いかえると、非連続を持続するという保障なき—つまり現実に証人なきたたかいを試みることは、単純どころか、いまなおぼくらに、その解明されがたい牽引力で光を放っていることになる(二六八〜二六九頁)。

この評論は、ボードレールやエリュアールにおける愛の描写に注目し、彼らの作品が、平凡で日常的な愛を、意識の運動を促す非日常的な新たなイメージにまで高めた良作として読み解くことで、詩人にとっての「であい」の意味を探ることを試みたものである。この評論において、「偶然性」という言葉は、詩人の「受け負う」という強い意志によって、その語が本来持つ、無作為で思いがけないという意味とは対照的な、覚悟を伴った意図のもとに生じうる現象として使用されている。この語の使用が、アンドレ・ブルトンが提起した形容矛盾の印象を与える「客観的偶然」という言葉を連想させるように、六〇年代の初頭、清田は「超現実的」の意を持ったシュルレアリスムの方法論から何らかの着想を得ていた。ブルトンの「客観的偶然」は、「偶然によって現実の中に潜む超現実が露呈し、不可思議が現出する―そんな時と場所の探索を行うこと、あるいは、そんな出来事を待ち構えること」から始まると、藤本恭比古に言い表されているように、偶然を解読する主体の願望のもとに生じる（五頁）。清田は、偶然性を「受け負う」という強い願望のもとに起こる「であい」によって、詩人は「はげしく対象に牽引され、重い存在の暗部にこばまれながら・・・不在の内に立ち現われるイマージュを喚起する」と述べるように、詩人の心をかりたてる働き、すなわち「非現実への衝迫」を生じさせる「であい」の経験に注目している(二八〇頁)。ボードレールやランボーからシュルレアリストに続く作品を通して、日常的なものを、驚きを掻き立てる非日常的なものへと変容させ現実に置き直すシュルレアリスムの基本的な手法に着想を得て、清田は自己を非現実へ連れ出す「であい」の探求に向かうのである。

しかし、清田がシュルレアリスムに注目するのは、現実において超現実を露呈させ、外界を新たな認識のもとに捉えるというその方法論にとどまるのではなかった。「シュール・レアリスムが、いまなおぼくらの存在の根源への問いを問いつづけるからこそ、ぼくらの内部の、いまだ、ことばに呼応しなかった領域をはげしくゆさぶるのだ」と述べるように、彼はその芸術運動の核が既存の存在を問うことであることに関心を向けている（「であいについての考察」二七九頁）。それゆえに、単なる沖縄へのその芸術実践の輸入以上の意義を認めているようである。実際、パトリック・ワルドベルグは、シュルレアリスムは「美学上の一問題として」ではなく―流派とか形式上の問題ではなく―、「精神の方向の問題」として定義されうるものであることを指摘している(九頁)。清田は、新たな驚きをもたらすよう対象を捉え直し、現実に新しいイメージを現出させるシュルレアリストたちの方法論に注目していることに違いないが、しかしそれ以上に、そのようなイメージが、現実の秩序と連続的に繋がっている自己の心的生活を根底から揺るがすことによる創作者自身の変容を重視しているようである。偶然性を「受け負う」という言葉は、「自らを投げ入れ、柔軟にして苦しい変貌を生きる」と述べられるように、既存の存在を問い直す覚悟として発せられているのである。「であいについての考察」において、

「ぼくらは、であいの偶然性を浸食して、想像線の上に表出を必然化しえたか」と繰り返し自問する清田は、自己を根底から問い直す「であい」の偶然性を必然化することが、六〇年代の沖縄の詩人の出発点として考えているようである。

だが、グザヴィエル・ゴーチエが『シュルレアリスムと性』において、シュルレアリストが性的なものを解放しようとした意義をその社会的文脈において評価しながらも、しかし彼らは結局のところ男根神話を根強く抱いていたために、それを効果的に噴出しえなかったとして、その失敗を記述した。彼女が指摘するように、現実を超えようとすべく、自己の中に偶然を迎え入れようとするも、ブルジョワが固守する男根主義の主体に留まってしまったという事態は、現在シュルレアリスムを再検討する際には欠かせない点である。またこのことは、清田が詩と評論どちらにおいても、自己の内部で起こされる「であい」の対象を、女という言葉で表現することと無関係ではない。井上間従文が指摘するように、清田においては、『『女性』は言葉を欠くが多産的であり、『男性』は女性の多産性を領有したうえで、より高度な言語の領域へと上げることのできる存在」として、両者の二項対立が前提されており、詩人はその「男性」の役割を担う存在であると考えられているようである（五〇頁）。

実際、彼の思想を形作る重要なところでは、多くの場合、そのような女性の姿が描かれる。しかしながら、一見のところ男性中心主義的に現実の変革の思想を形成するように見える清田の作品には、その枠組みを内から否定するものがその女性の形象の中にひそかに書き込まれているようなのである。サラ・コフマンは、『女の謎—フロイトの女性論』において、フロイトが、男を特権的な地位に置くことで構築したオイディプスコンプレックスによって、女の性をその理論の中で説明し尽くすことで、それを謎という厚いヴェールで覆い隠した彼の分析をまとめている。しかし他方で、コフマンのテクスト分析は、フロイトがその理論構築途上で、「精神分析を根底からひっくり返しかねない危険」—言い換えれば「まったく他者的なるもの」—をはらむ女の子の前オイディプスコンプレックスに出くわしていることを伝えている（四一頁）。しかし、フロイト自身は、この「まったく他者的なるもの」に「魅了されすぎるのを恐れるかのように」、「あるいは、自分自身の中で克服したと信じていたものが再び現れるのを眼前にして、パニックに陥ったかのように」、その発見を自己の理論で再び埋め合わせ、その「驚き」を克服するのである（七四～七五頁）。しかし、「そもそも精神分析の魅力（Reiz）というのは、それが最も広く流布している見解や偏見に対してもたらす驚きに由来するのではなかろうか」（コフマン、四四頁）。コフマンによるフロイトのテクスト分析は、意識的にせよ無意識的にせよ、彼が自らの理論構築に固守したなかで、不可避的に書き込まざるをえなかった「まったく他者的なるもの」を読み開く作業なのであった。清田はフロイト的というよりも、むしろその「まったく他者的なるもの」の存在、そしてそれが詩に及ぼす価値を深く認識していた。偶然性を「受け負う」という意志のもと追求される「であい」は、偶然を解読する主体のもと生じる「客観的偶然」と、実のところ似て非なるものなのである。むしろ清田は、そうした主体を問いただす「であい」を求め、自己の意識の裂け目から内部に入り込むのである。

**「母たちの原情緒」**

評論「帰還と脱出」は、先行研究で最も多く取り上げられている批評作品の一つであろう。その理由の一つには、それが発表された一九六八年という時期が、前年の一九六七年一一月の日米両首脳の共同声明によって、沖縄の日本「復帰」が現実味を帯び、あたかも復帰か独立かという二者択一においてしか意志を表明しえないような言説空間が広がる中、思想という次元において、人々の内に抱かれる国家(内なる国家)を否定する回路を通じて、日米両国の国家そのものを根底から批判する「反復帰反国家」論が現れ始める時期であるということ、そしてそうした思想と密接に関連のあるテクストとして「帰還と脱出」は読まれうるということが挙げられる。また、こうした政治的状況への鋭い批判の一つであることに加えて、この作品は清田自身の評論の中でも、彼が六〇年代を通して深めた思想の一つの到達であるという点で、主要な位置にある。つまり、先述したように、それは島ぐるみ土地闘争の敗北から、自己の深い層へ下降するという、一見彼の内部世界の中に閉ざされているように見える行為を通じて探り当てられた思想が、この時期の沖縄の政治的状況にアクチュアルに介入する表現として結実しているからである。

「帰還と脱出」は以下のように書き出される：

復帰というからにはどこかに帰ることだ。それがたとえ自ら脱出した故郷や国だとしても、あるいは自らえらぶ行為とかかわりない外的な力による理不尽な分断にしても、現在おかれている情況からの脱出として志向されるかぎり、故郷や国からの脱出とみまがうほどの相貌を呈するとき未来に加担する行為となるだろう。復帰と脱出というさかむきにはじき合う情況につき射さる支点にひきしぼって発動する論理が、母のふところに帰るという「民族感情」を止揚し、変革する視点となるだろう。したがって祖国に帰るのではない。・・・思想はそれを転化してコンミューンの共感域を不可視の情念として開示しうるだろう(三四二頁)。

「帰還と脱出」の第一パラグラフにあたるこの部分は、この評論全体の宣言文という性格を有している。ジュディス・バトラーは、国民国家に基づいて宣言されたフランスの人権宣言が、その中に存する少数民の権利を剝奪することにおいて成り立つと分析するハンナ・アーレントの論考「国民国家の没落と人権の終焉」を紹介した上で、その論考の後半部分が、前半部で批判する人権を「宣言しなおし」ているものと解釈している（バトラー、三三頁、強調はバトラー）。つまり、そのテクストが既存の人権概念への批判であるとともに、政治的に効力のある新たな人権を創出するための宣言の書として読み解いているのである。アーレントは、亡命者の立場から人権宣言そのものを宣言し直すというパフォーマティブな自由の行使を通じて、ある人々の権利の剝奪を基礎にしてのみ存続することのできる国民国家を無効にする別の未来を創出しようとする。「帰還と脱出」の冒頭は、それと類似した、自由の行使をもとにした宣言文としての性格を有しており、日本「復帰」が現実的な未来として認識され始めていた時期において、その未来の内実の質的変化を起こそうとする意志の表明である。国家に心情を擦り寄せる「民族感情」のある種の止揚を遂げることで、国民国家への統合とは質的に異なる別の未来を描こうとするものである。祖国復帰論か独立論かという二者択一に収斂させる地政学的思考において、自らの存在を確認する思考の回路から抜け出し、その先に、いまだ見ぬ「コンミューンの共感域」を見出そうとする評論である。

「帰還と脱出」の中には、清田自身が出身地の久米島で体験した終戦直後の記憶が記述されているのだが、彼はその出来事の中に、そうした「コンミューンの共感域」が喚起される萌芽を感受している。その記憶とは、当時八歳の清田が、終戦直後に村に帰還した青年が、戦中から家族が自宅で匿っていた負傷した日本兵の存在を知る場面に遭遇した時のことである。一九四五年三月二六日に米軍が慶良間諸島に上陸し、米兵が村内を往き来していたのにも関わらず、日本兵は一戦も交えなかったのだ。

> 青年はいきなり「内地人（負傷兵）を殺してやる」といきまいたが、家庭が事前に察知してナイチャーを親せきにかくまわせ、村の人たちの説得で最悪な事態はまぬがれた。日本兵はアメリカ軍が撤去したあと本島に渡って日本に帰ったらしい。
>
> わが少年時の体験だが、そこで殺りく瞬前《ママ》の無音の衝撃をはらんで何かがつきくずされる予感と恐怖で何日かを過ごした記憶は、敵と味方がいりみだれ幾層にも重なる殺りく図の観を呈するわけで今大戦の他の事例をも解明する国家のあり方と、戦争の憎悪の構図を透視できるのではないかと思われる（三四八頁、強調は引用者）。

六〇年代末の時勢を背景にして書かれた評論に、一見のところ時代的におよび主題的に離れた終戦直後の清田の幼い時のこの実体験が挿入されるが、これはテクストの基軸となっており、他のどの部分を読んでいても、繰り返し立ち返らざるをえないような求心力を持っている。

ここで注意を向けたいのは、「帰還と脱出」というテクストには、二人の語り手が存在していることである。「ナイチャー」という言葉が間接的に示すように、清田の実体験の語り手は、先の宣言的として書かれた冒頭文のそれとは異なっている。その語り手は、当時、皇民化教育を徹底的にたたき込まれた幼い少年清田である。「内地人」と「ナイチャー」という、沖縄側の視点を色濃く持ったこれらの言葉は、それ以外のどこにも使用されておらず、他のところではその兵士は、「日本兵」「負傷兵」「脱走兵」という用語で指されている。日本人に対する嫌悪感を含意する「ナイチャー」という言葉は、「内地人を殺してやる」といきまいた復員兵の沖縄の青年に心理的な近さを示しながら、沖縄人の排他的感情を露骨に表している。だが、これが発せられた背景を考慮に入れると、日本国家のために戦わなかった日本兵の裏切り行為への日本人としての告発をも、同時に読み取ることができる。幼い清田の「ナイチャー」という言葉には、日本国家に対する沖縄の人の二重の矛盾した心情的表れが見られるのだ。すなわち、沖縄人にも日本人にもどちらにでも転化しうる民族感情が、「ナイチャー」という告発の一語の中に表れているのである。言うまでもなく、この民族感情が、六〇年代後半においては、独立か復帰かと言う二者択一として表れているのである。

「わが少年時の体験だが」以降は、宣言文の語り手、すなわち六〇年代末の清田の視点に戻り記述される。ここから、六〇年代末の清田は、幼い自身の体験を俯瞰し、そうした民族感情を問い直しうるものとして、負傷した日本兵に手当てを施した母や姉の行為に注目する。当時であれば「国家への拝跪」として容易に説明される彼女たちの行動を考察し直すことで、清田は「コンミューンの共感域」が生成する萌芽をはらむものとして「母たちの原情緒」の分析を試みるのである（三四八頁）。

金城正樹もまた「帰還と脱出」の同じ箇所に注目する。彼は、エドワード・サイードが「始源」（origin）と明確に使い分けながら提唱した「始まり」（beginning; beginnings）という概念を援用して、「帰還と脱出」が「民族感情という『始源』とは質的に異なる根拠をある行為の痕跡を辿りながら付与」しようとした営みであると評価する（三九頁）。そうして、清田が「帰還と脱出」の中に書き留めようとした「ナショナルなものへと結晶化する一歩手前」の生をすくいあげようと、負傷兵に手当を施し彼を匿った母たちや村人の「原情緒」に目を向けるのである（三九頁）。ただ、「原情緒」に注目する意義は認められるが、それを「国家権力の正統性を否定してしまう脱走行為をした兵士を素朴に受け入れる人々の行為や生の営み」として捉えてしまう評価には注意が必要であろう（四〇頁、強調は引用者）。金城は、おそらく、脱走兵を看病した母たちの行為を女の気質として理想化することを回避するために、「母たちの原情緒」の「原情緒」に力的を置き、そのような行為を国家に回収される以前の「村における『原情緒』」と捉え直し注意深く扱っているようである（四〇頁）。しかし、結局のところそのような捉え方は村人の優しさとして懐古的に近代以前の民衆像を措定することに繋がるだろう。

また、そもそも清田自身が、「母たちの原情緒」という言葉を繰返していることから目を背けるわけにはいかない。ただ、清田は「母たちの原情緒」が即自的に「反国家の情念」になるとは考えてはいない（三四九頁）。「帰還と脱出」の冒頭の宣言文では、「母のふところに帰るという『民族感情』」は止揚されるべきものと明言されており、単純な母の意味は否定されている。清田は「母たちの原情緒」という表現を使用するにしても、それを「内なる情況として対自化するとき国家を告発する論理がみちびきだせる」と述べており、その言葉は字義的な意味に還元されるべきではなく、「反国家の情念」が紡がれる可能性の所在を仮設的に言い当てたものとして解釈されるべきであろう（三四九頁、強調は引用者）。

ここで、阿部小涼が、「集団自決」の「真実」をめぐる法廷闘争で用いられる言語からは残余としてしか現れえない証言を「女の証言の領域」と仮設し、議論を展開することから得るものは大きい。「集団自決」の生き残りである宮城初枝の発話やそれを書き留めるその娘・宮城晴美の書『母の遺したもの』は、日本国家、そしてそれに対抗的に立ち上げられようとした「沖縄」というヘゲモニーの言説の援護法として聞き取られることを免れず、それらの証言は常に国家的言説の中に沈殿している。しかし、阿部はそうした証言を発話不可能なものと解釈するのではなく、それらが国家的言説に沿って証言されるまさにその証言のなかで、完全に国家の言語に同化されない行為遂行的な語りで語られていることを浮かび上がらせるのである。彼女はそうした「女の証言の領域」は、「いまだ想像力と詩学によってのみ補填されるしかない領域」であると述べた上で、「共同性を拒絶する契機としての女という存在を、詩学の領域で例外的に捉えたと思われる」文章として、清田政信の評論「波打際の論理─情念の国家論」を引くのである（五九頁）。法廷闘争とは異なる水準における証言の言語をすくい出そうとする阿部の論文の趣旨からは脱線してしまうが、清田の作品における女性の表象に、その表面よりもより深い意味層を感受しようとする読解は、彼の評論および詩を読み拓く上で不可欠な視点であるため、そこを入口にその思想を追ってみたい。「母たちの原情緒」は、遡及的に探し当てられる、ナショナルなものへと結晶化する以前の生の営みというよりは、むしろ常にナショナルなものと分かちがたく結ばれて解釈される生の捉え直しが賭けられた言葉として読まれなければならないのである。

### 不可視の内部をみる

一九七〇年に発表された「波打際の論理—情念の国家論」（以下「波打際の論理」）は、波打際にひざまづいている狂気と化した女の姿が村の人々の「眼」にみられるようになったという挿話の中に、「反国家の情念」を探り当てようとする評論である。その挿話に入る前に、清田は、「情念の組織者」を生もうとする谷川雁の工作者の思想をある面において自らの思想と共鳴するものとして捉え、それへの言及から始める（一四八頁）[3]。清田は、知識人と大衆を分離し得ざるものとして止揚した言葉を探り、その過程で見出される「情念」を基盤とする新たな共同体の到来を求める谷川の思想の原理に一定の共感を抱いていた。しかし、当評論が書かれた当時の沖縄においては、「大衆も知識人も国家像をめぐって、実は混迷している現状」、つまり、大雑把に言ってしまえば、大衆運動が再び国家を求める心情を強めていたことを憂慮していた（一四八頁）。「現在の沖縄はまがうかたなく、反体制が現実の体制と化した状況であり、情念の内なる幻想の国家像が解体癒着する現象だ」（一四八頁）。だが、上記二つの引用文の「国家像」という言葉に注目した時、そこにはそうした危惧の表れのみならず、「情念の内なる幻想の国家像」の中にこそ未発の「情念」を生む可能性が宿っていることを信じる清田の態度が見られる。「国家像」が国家に癒着する現象が論じられていて、それとの間にあるズレが想定されて使われているのである。すなわち、「国家像」は、国家としてしか現れえない何か—その中に沈殿している何か—を密かに孕んだ言葉として用いられており、それらの引用文は、国家像が国家へと癒着することとは別にあり得たかもしれない可能性を微かに予見する思考が刻印された文として読み取ることができるのではないだろうか。清田は谷川の「情念の組織者」を経由しつつ、さらにその「情念」の深みへと潜入するべく、「国家像」の検討を試みるのである。

「帰還と脱出」と「波打際の論理」はどちらも、未発の「共感域」を形成する「情念」を探る試みであるが、「国家像」の表象の違いに注意すると、両者が定める焦点の違いが浮き上がる。一言でいえば、「帰還と脱出」が、「反国家の情念」の所在を、「国家像」と言う形態をなした「母たちの原情緒」という言葉で仮設的に言い当てた評論だとすれば、「波打際の論理」はさらに「国家像」の内実に触れるべく、女の形象に迫る試みである。沖縄のある村における狂気と化した女の逸話は、谷川の工作者の思想への言及の直後に、やや唐突に以下のように切り出される。

ぼくらの父祖たちにとって国家はどうだったか？　それは幻想としての国家像の暗闇であればある程、顕在化する形として女たちの狂気の挿話をとりあげることができる。昭和の十年代、素封家に育った女が、その夫は都市に就職したけれども、女が海を渡るのは当時村では禁忌だったので、年月が立つうちに、ついに思いあまって磯の波打際にひざまづいている姿が村の誰それの眼にも頻繁にみえるようになった。いわば古いしきたりと禁忌によって素封家に生まれた女なのだが、「時間」の推移によって対幻想が危機にさらされるとき素封家の女は美しくしかも近よりがたい狂気と化したのだ。狂気によって孤島の波打際は都市につながる幻想であり、幻想としての村共同体が解体してあと、一種の可能性として思いみられる共同体である。その女には自覚されざる、しかも情念の内にいだかれている国家像だといえる。また可能性として思いみられた共同体は一度解体したので、それは一つの共同体の影であり、それは幻想である限り、未来の階級を女の自覚しない形で、地つづきの境域として思想者に思いみられるものだといえまいか（一四九頁、強調は引用者）。

国家像には深い層がある。「ぼくらの父祖たち」にとっての「国家」が「幻想としての国家像の暗闇であればある程」、それが顕在化する形として狂気の女の姿が現れるという記述から示唆されるように、最初の一、二文からは、「ぼくらの父祖たち」の国家はどこまで国家像の暗闇まで入っていけただろうか？という問いを読み取ることができる。先述したように、阿部は、国家の言説内部に沈殿する「女の証言の領域」に照明をあてた作品としてこの部分を引いているが、しかし同時に、そのような領域が狂気のものとしてしか分節化されなかった点については問題として指摘している。その指摘は重要だが、ただ、現実に現れていない幻想をみるという意味で狂気を解釈し、もう少しテクストの中に入り込んでみたい。狂気は、自己の心的生活に揺らぎを与える「であい」へ至るために、一度は直面しなければいけない像として、テクストに表現されているのである。

「素封家に育った女［の］・・・姿が村の誰それの眼にも頻繁にみえるようになった」という言い回しは奇妙である。論を先取りすれば、状況を説明するかのようにみえるこの一文は、「みられる」ではなく、「みえる」という表現によって、静的な説明文であるよりも、常に新たな解釈の可能性を待った物語となっている。ただし、この挿話は単純に清田が生きる現在を捉え直すために、回顧的に取り出された過去の物語―いわば一つの思考のための素材―ではない。清田の挿話の表象の仕方は、過去を完全に過ぎ去ったものとして紹介するような説明的なものではなく、まさに今、自分がその時空間に参与しているかのような語りの形式をとっているのである。

「みえる」という表現が使われることによって、その文には以下の三つの効果が生じている。まず、女が単にみられる存在ではなく、現れうるものになっているということ。二つ目に、村人みなが彼女をみることができるようになったということ。「みえる」という動詞が、「現れうる」と「できる」という二つ可能態の意味を帯びる時、「みえるようになった」という述語の意味にも変容が生じる。「みえる」という語が単純に「みられる」という意味で捉えられる時、「みえるようになった」という述語の「なる」は単線的な時間の推移が想定される。つまり、それは狂気の女が現れる前から現れた後の変化を描写する文として読まれる。しかし、「みえる」という語が可能態の意味を持つ時、「なる」という述語は、同時間において別の物事が出来する状態を表す。つまり、現実においてはみえない狂気の女の姿を見ることができる次元が出現するということである。その意味で、「みえるように」なる女は、日々の生活の次元でみられる存在ではなく、現れうるのであって、状況説明的な描写では捉えられない彼女を、村人はみることができるようになるのである。

そして、三つ目の効果に関わるのだが、彼女の存在がみえるようになるのは、村人の「眼」を通してであることも見逃せない点である。清田の第一詩集のタイトルが『遠い朝・眼の歩み』であるように、「眼」は、清田にとって重要なモチーフの一つである。松田潤が、清田の「眼の歩みは肉眼から剥離して盲いることで『不可視の内部をみる』行為」であると言い表したように、眼を通してみることは、日常を生きる自己をそこから引き離し、内部へ潜入する行為である（八六〜八七頁）。村人は、村共同体のしきたりと禁忌を表す波打際に座り込む女の姿を目にしたとき、言い換えれば、共同体の裂け目を目の当たりにした時、自己の内部の不可視の部分に触れる契機を得ている。すなわち、その共同体の日常性と自己の間にも生じている違和に出くわし、自身の「眼」を覚醒させる契機を得た村人たちにとって、「女たちの狂気」は、彼女たちだけの狂気ではなくなる。その覚醒は、外の世界に対する知覚の異様な変化に留まらず、村人を自己の内部の不可視の部分へ連れ出しているのである。外と内の境を持たないこの移行は、先の挿話が書かれる形式にも直結している。女の姿を見ていたはずの村人の「眼」には、「孤島の波打際」は「都市につながる幻想」に変容し、そしてそれは「一種の可能性として思いみられる共同体」として、唐突に成り代わっている。肉眼を拒否し自己を内視する「眼」は、村共同体の古いしきたりと禁忌の目線に立つ時には見えない狂気の女の姿、ひいては自己の不可視の内部を現すのである。

「みえる」という表現の三つ目の効果は、その挿話に臨場感が付与されていることである。みているのは村人の「眼」だが、その「眼」を通じてその場に参与する清田の行為も、こうした効果を通じてこの作品の中に書き込まれる。清田は、自らの作品の中にこの挿話を再構成することによって―単に清田が生きる現在に過去の話を挿入するのではなく―、狂気の女を、そして自己の不可視の内部をみるべく、「眼」を通じて時空を超えてその世界に参入するのである。

## 内なる情況を体現する―みるから視るへ

「帰還と脱出」と「波打際の論理」には、ある共通性がある。どちらもある時空間―清田自身の幼い時の体験と昭和十年代のある村の話―をそれら評論の文脈に埋め込むことで、過去を現在の中に再構成しているということである。それだけではなく、埋め込まれたそれぞれの話の時代、場所、状況はあまりにも異なるのにも関わらず、両者の構造は非常に似通っている。その構造とは、女たちをみる「眼」を通して、視る作者である清田がいるということである。「帰還と脱出」の幼い清田は、「ナイチャー」と発しながらも、しかしその場面に遭遇した時のことを、「殺りく瞬前《ママ》の無音の衝撃をはらんで何かがつきくずされる予感と恐怖で何日かを過ごした」として記憶している。その出来事を前にして、自己のある部分がつきくずされる予感と恐怖を感受しており、「眼」の覚醒の契機を得ていた。

清田が、五〇年代終わり頃から、かなり意識的に探求し続けた不可視の内部へ潜入するというテーマを現実の政治へと接続させる本格的な考察は、一九六六年の東北出身のある詩人との出会いに促され、進められたようである。「六六年に黒田喜夫に会ったのが、自らの詩の方法をあらためて考える機縁となった」(『光と風の対話』一三五頁)。黒田喜夫が入院していた東京の病室を訪れた翌年の一九六七年、清田は彼の最初の黒田喜夫論を執筆している。評論「黒田喜夫論I―破局を超える視点」(以下「黒田喜夫論I」)は、一九六四年に発表された黒田の評論「死にいたる飢餓―あんにや考」(以下「死にいたる飢餓」)における「見えざる男」を入口にして、彼の詩作品における幻想の意味を解きほぐすものになっているが、それは作品論の性格に留まってはいない。「この文章はわが五〇年~六〇年の体験が黒田喜夫の詩作品にいかに拮抗し得るかという試みのエッセーだが、結果はあまりに個人的な論になったようだ」と締めくくられているように、黒田の諸作品が、清田自身の体験―これは五〇~六〇年代の沖縄の青年たちのそれと不可分だが―に深いところで通じているという認識のもとに書かれている(五一頁)。東北特有の卑称で呼ばれる「あんにや」達の経験の中に、ある形で五〇~六〇年代の沖縄の青年たちの体験の重なりを見出す清田は、それを黒田の作品と「拮抗」させる作業を通して、彼の後の作品に決定的に重要となる「視る」という視点を引き出している。

「あんにゃ」という卑称には、「不治の飢餓病にとり憑かれた男」の意が人々の間で共有されている(黒田、一四八頁)。人々が「あんにゃ」と呼ぶ時、それは単にその卑称によってある者を卑しめるだけではなく、彼の全生涯を、そしてその内部までをも、彼らにとって了解できないものは何もないとして、彼を見る行為である。その意味で、その男は人々から「見える男」なのだ。「あんにゃ」にとって、飢えとは、単に飢えるということだけでなく、飢えることに恐怖し、その観念に憑かれることでもある。

黒田自身も自分のことを「あんにゃ」と呼ぶ声から逃れ難くもがくが、その飢えに憑かれた執念から立ちのぼってくる思想を求め、「煙のように未造型な想いに囚えられるとき、ふと煙のかげに浮かんでくる或るひとつの場景を」見ることがあったという(一五二頁)。それは、ある二人の「あんにゃ」が、生涯をかけて、ひとびとの目に「見える男」から「見えざる男」になろうとたたかい、実際に「見えざる男」に変身したというエピソードである。このエピソードの中身を詳述する余裕はないが、ここでの「見えざる」とは、単に社会的に上昇し、飢えるということから抜け出したということではなく、「自分が見える男、見られている男であるのをみずから徹底的に意識」することで、「『あんにゃ』としての透いて見える体皮をぬぎすて」たことを意味する(一五六頁、強調は黒田)。その姿は、「ひとびとが永く了解し合っているどんな『あんにゃ』の生涯のヴィジョンとも、決して相容れ」ず、彼らを見る人々の目は「他のどんな生き方をしている『あんにゃ』たちをかこむ目とも異質なもので、たしかに見えない者を見るような奇態な断絶の気配を含んだ視線をはなって」いた(一五七頁、強調は引用者)。二人の「あんにゃ」は、それ以前の人々の目には了解不能の姿をその前に現したのである。

しかし、黒田は理念的には解放されたかにみえる「あんにゃ」の、戦後の本質的問題はここから始まると指摘する。「見える男」から「見えざる男」へ変身し、人々の目から解放されたかのようにみえた二人の「あんにゃ」の一人は、より「見えざる男」になりえるという執念に導かれて、当時スターリニズムを否定しえずに展開された党の革命目的に追従し、その組織の持つ歪みに結びつき、囚われてしまったということである。

二人の「あんにゃ」の変身によって遂げられた解放に可能性を見出しつつ、しかしその変身した姿が戦後史の中に再び収奪されていく様子を、自身の内なる情況のように捉える黒田は、二人の「あんにゃ」の解放の帰結を一撃に嘲笑うことはせずに、じっと自身の問題として見続ける。
私は、・・・Kのいままでの行路を見て痛く可笑しい泣き笑いを笑うほかはないだろうと思う。いや、そればかりではなく、事実は私こそ二人の「あんにゃ」そのもののように見えざる男になるためにたたかいつづけてきた者であり、二人の「あんにゃ」は私が見るより私の深いところにいて、そこから絶え間なく身を起こそうとしているものなのである」（一六二頁）。

外界の目に対して否定として現れる（不）可能性を、内なる情況としてみるというこの行為は、黒田と清田がそれぞれ異なる現実に直面しながらも、不可避的に探求しなければならなかった両者の共通する思想的課題を表している。二人の「あんにゃ」の行路を、まるで自身の痛苦として捉える黒田の姿に、ある部分においては、清田も、自身の体験をオーバーラップさせていた。「沖縄の五〇～六〇年代の青年たちが、スターリニズムの体験から自己否定の契機をみいだせずに、思想の変革と切り離された組織論を万能にして、現在までの錯誤の連環を断ち切れないのは、胃袋の飢えが観念として体験されず、現実の動乱のすべてに要因としてはたらく執念が受感されなかったからだ」（四八頁）。この組織の問題を、先の六〇年代末の文脈に置き直せば、清田が、谷川雁の「情念の組織者」に理念的には共感しつつも、「情念」を即自的に解放してしまうことで、「情念の内なる幻想の国家像が解体癒着する現象」を危惧していたことと言い換えることができるだろう。

このように見た時に、黒田と清田の思想の類似が見出されるのだが、他方で、黒田が「帰還と脱出」を書く前の清田に強く影響を与えている点が見られる。それは、黒田が飢えへの執念を観念の領域に容易には解放せず、「胃袋の飢え」に「憑かれた執念」に踏みとどまり、あくまでも思想をそこから創出させようとしたことである。この黒田の「憑かれた執念」にとどまるという試みを、清田が自身の状況の中で応用したのが、「帰還と脱出」と「波打際の論理」として読めるだろう。「帰還と脱出」の「母たちの原情緒」や「波打際の論理」の女たちの行動を容易に既存の思考の枠の中に解放せず、じっと踏みとどまり、内なる情況と捉え向き合おうとする清田の行為は、黒田のその試みに促されたようである。この行為は、「母たちの原情緒」を、沖縄人および日本人という主体に沿うように取り込む戦後直後の幼い清田の目線、もしくは六〇年代後半に、国家に何らかの解放を求め、母のふところに帰るといった民族感情をもとに独立か祖国復帰かを唱える人々の心情への鋭い問いかけであった。さらに言えば、現在もなお国家の地政学的思考から抜け出せないがゆえに、そのテクストの「母たちの原情緒」をその枠において解釈することを免れ得ない私たち読者にも通底している問いである。

「憑かれた意識」―「憑依」と「意識」という相反する二つの運動が並置され、その両者のどちらの意味にも還元されることを許さない言葉。意識そのものが、何かに憑かれ、容易に概念へと結晶化することができないという、ほとんど定位不能な力学がその言葉の中に見られる。この言葉は、解放を求めつつも、「胃袋の飢え」の執念にとどまる黒田の行為を、清田が言い表したものと思われる。「憑かれる執念」を概念化するとき、意図せず、その概念そのものを揺るがしかねないものを内包せずにはいられない。清田の言葉で言えば、「論理自体の中にはらんでいる反論理の磁場」が、論理の破綻を突きつけてくるのである。

> 日常の眼でみれば狂気というほかない苛酷な論理は言うまでもなく、憑かれた意識のなせるわざだし、その執着の破局の果てに甦える視点が、飢えを即自の地点から共有の深みへ導くのだ。換言すれば論理の確認を収斂しながら、それを否定しつつ展開する核を、論理自体の中にはらんでいる反論理（無論理ではない）の磁場をつくり、どんづまりを反転していく、（生きることに「憑かれた意識」であり破局をつきぬけて対象のない）次元に意識自体の鋭くなる果ての放心を呼び入れることこそが透明な鏡となり、現実の秩序に拮抗する映像となって襲いかかるのだ。期せずして意図を超える転化はおこっているのだ（「黒田喜夫論Ⅰ」三四〜三五頁、強調は引用者）。

黒田が行った、徹底的に「胃袋の飢え」に「憑かれた執念」に踏みとどまることとは、部分的には、二人の「あんにゃ」達が遂げたような解放可能性を自身の中にも認め、思考を深めることであるだろう。だが、その過程で、その思考の論理を裏切るように現れる「反論理の磁場」に引きずられ、いや、むしろその磁場へ身を任せ、「対象のない次元に意識自体の鋭くなる果ての放心を呼び入れる」とき、その思考をもつ自己を照らし返す鏡と向き合うことを強いられる。社会的意識が強く働くときには、鏡はそれにとって都合の良い像として表れるだろう。しかし、「意識自体の鋭くなる果ての放心」において、その像が「透明な鏡」となるとき、「現実の秩序に拮抗する映像となって襲いかかる」。その像は、自己を鋭く映し出す鏡となり、それを直視するとき、「期せずして意図を超える転化」が自身の中で起こるのである。「視る」とは、そうした反論理の磁場に身を任せ、既存の意識自体の「果て」に見出される別の次元を感受することなのである。[4]

「帰還と脱出」における「母たちの原情緒」も、「波打際の論理」における「女たちの狂気」も、地政学的思考のもとにある目線のままでは、その思考にとって都合の良い像として表れる。「視る」とは、そうした像に本来的に「であう」ことである。それは「自らを投げ入れ、柔軟にして苦しい変貌を生きること」なくしては起こりえないことである。

## 時空間を超えた「であい」

何でも視るのではなく、この一点だけを視つめていればすべてが視えてくる。だがそれは事物を概念化してことたれりというものではなく概念の有効性が終息する地点で幻覚のみが視うるのだ。またもや概念が破産されると知性などというが、知性をも破産させる現実でなおも生きつづけるのはイマジネールだ。ここで〈視る〉というとき、情報の先取りとは何のかかわりもなく、内なる情況を体現し、存在の根源から発する不安によって未来を予見しているはずなのだ。・・・言葉に表象されるとき、回想はすでに過去の時制を否定して、現在性の現前として、あるいは時間のない表象の持続としてあるばかりだ（四五頁）。

「であい」は「意外にも単純な事柄なの」だと、清田は評論「であいについての考察」で述べていた。すでに「であい」は始まっているのにも関わらず、私たちは、つねにそれを既存の視野の中で説明し尽くし、「であい」の生を硬化させてしまっている。単に視野を広めるのではなく、現実にいながら「オクターブの違う部分」を感受する地点を幻視する自身の「眼」を甦らせること（「オブジェへの転身」二五七頁）。清田の「であい」は、偶然性を待ち構えるのではなく、偶然性を平凡な偶然として表象し続ける「自らを投げ入れ、柔軟にして苦しい変貌」を賭けることで生じるうる出来事なのである。

「黒田喜夫論Ⅰ」は、黒田喜夫の詩と沖縄の経験との「であい」を表現した評論作品といえるだろう。清田は、こうした「であい」の実践を、それ以来、自身の生きる場所でその過去との出会い直しを通じて試みる。それを評論のレベルで考察したのが、「帰還と脱出」と「波打際の論理」であった。「帰還と脱出」には、自身の幼い時の戦争の体験が、そして「波打際の論理」には、昭和十年代の沖縄のある村の話が、それぞれの地の文の中に埋め込められていたが、清田はそれらの話をある過去のこととして持ち出すのではなく、まるでその中に参与するように、あるいは自身の内なる情況をみるように、自らの作品の中に再構成した。ここで使う構成という言葉は、作者が小道具を配置するという通常使われる意味においてではなく、作者自身がその中に自己を織り込む操作として用いたい。それは、過去として説明される静止画に生を与える試みであった。過去が実際に自分の眼前に広がっているように、そしてそれをそのまま自身の内なる情況として捉え、まだ視ぬ「であい」を開始させようとしていたのである。五〇年代末から自己の内部へ潜入し新たなイメージを探求し続けた試みは、六〇年代後半の、沖縄の日本「復帰」前に、未発の「情念」を求める思想へと行き着いた。清田は、「復帰」前の沖縄の現実の面前で、日本復帰あるいは独立の論理の中に収奪されている反論理の磁場を喚起させながら、その論理の「果て」の次元との「であい」によって、いまだ見ぬ「コンミューンの共感域」を視ようとしていたのである。

(1) より詳細には、中野好夫、新崎盛暉『沖縄戦後史』（岩波書店、一九七六年）の四章および金城正樹の論文「成熟の夢―清田政信の叙述より共同性を再考する」を参照されたい。

(2) 本稿は、評論から清田の「であい」のモチーフを分析するものとなっているが、今後その問いを詩作品の中で深めることは必須の課題である。詩人にとって、詩と評論には明確に違いがあり、後者の形式では言葉に尽くせないものの表現の形態として前者があると思われるからである。

(3) この論考を執筆する段階では解明することはできなかったが、狂気の女の逸話に入る前に、谷川雁と吉本隆明の知識人論に言及する構成をより仔細に分析する必要があると思われる。というのは、清田に描かれる女の形象は、文脈においては、大衆のそれと直接的に結びつくからである。女の形象を即自的に肯定することなく、ある形で止揚させようとするように、清田は、大衆も同様に捉えているように思われる。この点については、詩作品とともに「であい」の思想を検討する際に取り組むべき問いである。

(4) 黒田の詩作品の中に「であい」を読み取る清田の分析も興味深い。清田は黒田の詩に登場する奇怪な存在と、そしてそれが引き起こす幻想に目を向けている。虫を食べる植物だと信じ自宅にチューリップに似た花を持ち込む「婦」が、終いには、その植物そのものに変現するのを「おれ」が見るというナラティブを持った詩「食虫植物譚」。この作品から、「ひたすら疎外を深めていって、深みを受感する限界点で生命力そのものと化する」「婦」と、そのような狂気の「婦」の姿をみることで、「自らの内なる狂気を喚起」し、「幻覚をみる」

「おれ」の両方の「狂気」を読み取っている（「黒田喜夫論Ⅰ」四一～四二頁）。その詩の最終部、「食虫植物」そのものになった「婦」が、「これが捕った虫よなんていいながら／首をつきだしてくるのをおれは見た」という部分に関して、清田は次のように述べている（黒田、八八）。「自らを『捕った虫』と言い得たとき、情念は破局の様相を呈しながら、確かな表象力をはらんでいる」（清田、四四頁）。「食虫植物」そのものになった「婦」は「狂気」の像を呈しているが、しかし清田はその像を超えた「生命力そのものとなる」「婦」を「視る」、「おれ」の姿を描いた作品として読んでいる。つまり現実に根源から違和を表す「映像」そのものが息づくのを「おれ」は感受しているのである。

なお、鵜飼哲は、黒田の詩作品における動物の諸形象が、各作品の物語の第一義的な意味を、ひそかに転移させていることに注目し、作者の自己解釈をも含む同時代の解釈の共同体から抜け出させる、詩における「反詩」の作用がもたらす「辺境のエロス」について論じている。鵜飼はその論文において、「黒田喜夫の作品における動物の諸形象、それが引き起こす特異な情動の質に注意を向けた論者」として清田政信を挙げている（二五六頁）。ただし、黒田の諸作品における動物は、もはや人間中心主義的な知の領域には属さない情動を伴った形象として現れるゆえに奇怪な姿を呈しているが、鵜飼は清田がそれを「最終的には人間的意味に還元されうる隠喩の糸として解釈する立場を示している」ことに批判的に言及している（二六〇頁）。この点についても、清田の詩作品の読解を通じて、今度検討すべき課題である。

【引用文献】


清田政信「オブジェへの転身」『抒情の浮域』沖積舎、一九八一年（初出は、『琉大文学』三巻一号、一九六一年一二月）。

――「帰還と脱出」『情念の力学』新星図書出版、一九八〇年（初出は、「発想」三号、一九六九年一二月）。

――「黒田喜夫論Ⅰ――破局を超える視点」『抒情の浮域』（初出は、『琉大文学』三巻八号、一九六七年一二月）。

――「詩と体験の流域」『情念の力学』（初出は、『琉大文学』二巻一〇号、一九六〇年一一月）。

――「であいについての考察」『抒情の浮域』（初出は、『琉大文学』三巻三号、一九六二年一二月）。

――「波打際の論理――情念の国家論」『流離と不可能性：清田政信詩論集』沖大文学研究会発想編集部、一九七〇年一〇月。

――「変革のイメージ」『情念の力学』（初出は、『琉大文学』二巻八号、一九五九年十二月）。

――『光と風の対話』思潮社、一九七〇年。

阿部小涼「集団自決」をめぐる証言の領域と行為遂行」『沖縄・問いを立てる3：撹乱する島――ジェンダー的視点』社会評論社、二〇〇八年。

井上間従文「石たちの「共感域」――一九六〇年代の清田政信における「オブジェ」たちの共同性」『las barcas 2』、二〇一二年。

金城正樹「成熟の夢――清田政信の叙述より共同性を再考する」『Nihongakuho』

二四号、二〇〇五年三月、二五～四四頁。

藤本恭比古「アンドレブルトンの《客観的偶然》について」『フランス文学論集』一四巻、一九七九年。

鵜飼哲『応答する力：来るべき言葉たちへ』青土社、二〇〇三年一二月三〇年。

グザヴィエル・ゴーチエ『シュルレアリスムと性』三好郁朗訳、平凡社、二〇〇五年。

黒田喜夫『詩と反詩〈黒田喜夫全詩集・全評論集〉』勁草書房、一九七五年（初出は、『春秋社版日本人のエネルギー』一一巻、一九六四年一二月）。

サラ・コフマン『女の謎――フロイトの女性論』鈴木晶訳、せりか書房、二〇〇〇年。

ジュディス・バトラー、ガヤトリ・スピヴァク『国家を歌うのは誰か？――グローバル・ステイトにおける言語・政治・帰属』竹村和子訳、岩波書店、二〇〇八年。

パトリック・ワルドベルグ『シュルレアリスム』巖谷國士訳、河出書房新社、一九九八年。

松田潤「清田政信の詩的言語における非在のイメージ」『日本近代文学第九五集』日本近代文学会、八一～九六頁。

# 「であい」のマテリアリズム
## ──清田政信におけるオブジェの落差

井上 間従文

Mayumo Inoue

事実のこの成就は、偶然性の純然たる効果にほかならない。実際、事実は成し遂げられるか否かは原子の偶然の出会いに依存しており、この出会いはクリナメンという偏りにかかっているのだから。

（ルイ・アルチュセール、「出会いの唯物論の地下水脈」）

激戦地の軍団から脱落し、生活をなかば停止した村で、時間は偶然の事象の深みにありうべき要因として傾く必然を顕在化するのだといえる。

（清田政信、「帰還と脱出」）

## 1

詩人清田政信が「不可視のコミューン」と名付けた共同性とはなにか。[1]「村」と「都市」という表象を横断しながら、これらの空間を生産する支配的な構想力の枠組にあらがう「個人」たちの連鎖はいかにして発生するのか。この「個人」たちのあいだに生ずる共感と共有は、「個人」を「個」という閉ざされた表象に留め置くものなのだろうか。もし留め置かないとするならば、これ以上分割されえない存在であるはずの「個」(in-dividual) はいかにして自らにとって実は根源的な亀裂を露呈し、この根源的亀裂の縁において物質に触れられ、それをさらなる他者へと割き (divide)、分有 (share, divide) するのだろうか。

私は以前の清田論において、こうしてラディカルでありながらも「不可視」なままであるはずの「コミューン」という人々の間に生起する様態に近付こうとした。今回は、この「不可視」の「コミューン」についてさらに理論的かつ思想史的な接近を行うことで、詩人の詩学におけるコミューンとコミュニズムの特異な姿形に私なりの照明を与えてみたい。

おそらく清田が「不可視のコミューン」と記すときの「不可視」性とは、単に何ものかが見えないという否定性の段階に留まるものではない。詩人はこの「不可視」性を、自らが「オブジェ」と読んだ複数の変貌する喩的イメージのはざまにて、あるいはそれらの間の落差を滑り落ちる、ある種の力学的な運動として感じていた。「不可視」でありながらも、詩人が触れ、詩人に触れるこの力はイメージの震える力でもあるだろう。「不可視のコミューン」とは、この力にさらされた諸身体の変貌と変貌における関係性の持続を意味するのではないか。

## 2

清田が一貫して主張した「不可視のコミューン」とは、「沖縄」なる「ナショナリティのおらび」ではない。またそれは「アジア」なる文化的空想の所産への寄りかかりでもない。[2]清田の詩と評論は、文化主義的想像・空想が措定し、また同時に自然化する支配的主体と従属的主体が相互構成を行う網状空間を大きく超え出てしまう。つまり清田にとって共感や共有が起こりうる時間と空間は、帝国的な権力の諸様態によって既に構成され閉じられたかに見える共同体から幾重にも逃れ出る線の出会いの交差の軌跡としてある。

これは近年の「沖縄」をめぐる思想・思考において、特に基地移設論への根源的批判の中から深められた「沖縄」なる主体の生産をめぐる批判的議論とも視座をある程度共有している。ここでは、その代表的な例である仲里効による「構成的権力」としての民衆論と清田における「であい」におけるコミューンの発生論とを比較する。なぜなら仲里氏の論考は「開口部」としての「沖縄」という形象を読者に提供することで、「沖縄」なる空間的措定を限りなく外部へと押し拡げ、また予期せぬ未来の構成へと開きつづける重要な議論だからである。

仲里は川満信一の「琉球共和社会憲法C私（試）案」を考察する論考「ノモスの消失点、到来する共同体―「死者的視点」から「異場の思想」まで」にて、「近代を定礎したノモス」としての国家法の体系を超出するとともに、「近代が生んだ怪物であるリヴァイアサン（国民-国家）の限界で考える」ことを読者に促す川満の憲法私(試)案が、「〝国家に抗する〟社会」をめぐる構想であると論ずる（一二八、一二三頁）。つまり、ある社会そのものを一から根源的に「構成する力能」をめぐる思想を川満は提示したと仲里は的確にまとめる（一一九頁）。これは「沖縄」や「日本」をネーション（国民・民族）という構成「された」権力体として思考することで、それら諸ナショナリティ間で軍事暴力の再配分―つまりは強いられる死の再配分―を行うことを是認する一連の「移設論」が依拠するナショナルな発話から袂を分かつ重要な思考である。

だが、仲里の繊細な議論において未解決となっている点が幾つかあるのではないだろうか。ここでは仲里氏の議論が喚起する四つの問いを提起することで、同氏と清田との間にありうるかも知れない「であい」の接点を模索したい。

まず第一の疑問として、仲里は国家の主権権力を批判する際に、帝国的「ネーション」と非帝国的「ネシア」を種的に異質なものとして峻別するがゆえに、帝国的編成そのものが実は「ネシア」（島、あるいは島という比喩的形象をまとう領土的飛び地など）の世界規模でのネットワークとして構成された過程を看過していないか、というものが挙げられる。

国家主権を「ノモス」、「リヴァイアサン」として理解することからも明らかなように、仲里の論考はこれらの概念イメージをカール・シュミットの『大地のノモス』や『陸と海と』における帝国的主権権力の系譜学から引用していると思われる。だが、仲里の「リヴァイアサン」理解はシュミットの「リヴァイアサン」理解とは異なる。前者は一つの「ネーション」が他の場所あるいは人々に向けて行使する剥き出しの暴力の主体であり、またその暴力はこの主体に根源的に備わる「リビドー」という暴力的衝動として理解されるからである。仲里はたとえば「尖閣諸島の領有権を『琉球共和社会憲法』において問うこと、問うことによって引き出される国家と主権の陥穽に注意深くあること――まさに海獣にたとえられた国家としてのリヴァイアサンのリビドーが根本から問い糺されることになるだろう」と論ずる（一二九頁）。また先立つ箇所では、「リヴァイアサンにとって主権の及ばない〈無人―島〉は許されるものではない。島は先占され領有されねばならない。主権のリビドーは法のかたちをとって表出され、ネシアはネーションによって陵辱される」とも記す（一二九頁）。これらを整理すると「国家」、「ネーション」、「主権」は根源的暴力衝動としての「リビドー」を備えた「リヴァイアサン」という構成権力体である、との理解が成り立つであろう。

だがシュミットにとって「リヴァイアサン」という海獣は近代資本と軍事のプロトコル（諸取り決め）をローカルなスケールで媒介するにすぎないネーション・ステートという主権権力の形態に縮減され得ない。シュミットにとって「リヴァイアサン」とは、メルヴィルの『白鯨』に登場するピークォッド号のような軍事的機能も兼ね備えた捕鯨船が島々を「発見」する過程で、最終的にはアメリカ合衆国というそれ自体二つの大洋に両岸を接する「島的帝国」が、各地の島々や飛び地を「リベリア」、「コンゴ」、「パナマ」などという国家として「承認」し、そのことを通して「領土的併合を断念」しながら覇権を確保する新たな空間編成（「ラウム高権」）そのものを意味した。それは海洋における「帝国」という運動体が各地にローカルなネーション形態を構成しながらも、それらにおいてローカルなコード化を施されるグローバルな要求を実現させようとする運動であった（二九九、三二一―三二三頁）。

換言するならば帝国的編成としての「リヴァイアサン」とは「ネーション」から「ネシア」への暴力を意味するのではなく、宗主国的「ネシア」と従属的「ネシア」の双方を同時に諸「ネーション」として相互構成する資本と軍事の権力のグローバルな循環をその原因かつ効果とする暴力的構造である。それはある宗主国的ネシア（イギリス島、アメリカ島、日本列島など）と従属的ネシア（インド、琉球列島、沖縄島など）の双方が、シュミットにとってはヨーロッパ公法を拡張し、また同時に破壊したと批判をするところの「国際法的」空間にネーションとして登記されることで、あたかも対を成すかのように構成され、自然化されることで準安定的な状態を維持するヒエラルキカルな諸関係性のネットワークのことであった。シュミット曰く帝国とは船としての脱中心化された運動を通して、島々を表象し、構成し、それらを連動させる兵站的《ロジスティカルな》・物流的ネットワークとしてのみその権力を現働化させた。たとえばイギリスという島としての世界帝国は「船のように、あるいは魚のように地球の他の部分へと泳いでゆくことができる」ため、根源的には中心を持たず、またそれゆえに「全大陸になんの関連もなく散らばっている世界帝国の輸送可能な中心地なのである」（『陸と海と』、一〇八頁）。帝国とはつまり「輸送可能」な兵站《ロジスティックス》・物流の網状空間であり、その効果かつ要因として、島としてのネーションが各地に表象され、構成されるのである。[3]

すると第二に、仲里の議論ではこれまで見たように宗主国「ネーション」に本質的かつ根源的な「リビドー」という暴力衝動を局地化するがゆえに、その「陵辱」の対象としておそらくはこちらも同様に本質的かつ根源的な「ネシア」像を措定しまうことで、フーコーが『性の歴史』第一巻で「抑圧仮説」として批判した前言説的な本質なるものへの無批判な措定が残存しているのではないだろうか、という疑問がうまれる。つまりはミシェル・フーコーが述べたように「リビドー」（性的衝動）を「抑圧」以前の時間に常に既に存在するものとの措定をすることで—それを卑下するのであれ、その解放を目指すのであれ—この原初的衝動を告白可能とし、表象可能とし、介入可能とする権力装置の布置が宗主国「ネーション」と植民地「ネーション」を横断する空間的広がりにおいてより強固なものとはなってしまわないか、という問いである。[4]

第三の問いは、こうした素朴なリビドー概念の措定に起因するものである。それは「リヴァイアサン」という帝国的権力の網状に相互規定される諸「ネーション」の生産を十分に問うていないと思われる仲里の議論では、その結論の核心である「ネーション」の「開口部」という「主権的リビドーも還元されない」ような「非—場」へと至るそれ自体は大変重要な議論の端緒に「自己同一性」なるものが、言説にも権力にも先立つなにものかとして措定されてはいないか、という問いである。氏の議論をまずは引用させていただきたい。

> そもそも憲法が「国家」の基本法だとすると、「社会」において構成することははじめから自己同一性を傷つけられるジレンマを抱えることを意味している。だが、そのジレンマが国家と国民の境界を書き換えられ、取り込まれながら排除されてきた沖縄の歴史と経験からくるものであるならば、〈異—場〉は可能なる中心となるだろう。「琉球共和社会憲法」は近代が定礎したノモスを普段に問い糾し、国家と主権の〈外〉を開門する。
>
> 私たちはもういちど耳を鋭くして聴いてみなければならない。「アホウドリのものはアホウドリに返せ」—主権権力や国民人間主義の領土に開口部を穿つこと。国家主権と領土を自発的に放棄するところに到来する共同体とは、ほかならぬ「琉球共和社会憲

法」の構成する力を基礎づけている、〈非‐場〉ないしは〈場‐の‐外〉として、いかなる主権的リビドーにも還元されない、ただ来るべきものとして出来事のうちに分かち合われていると言えないだろうか。(一三二頁)

まずはこの議論が提示する深い倫理的含意に私は耳を傾けるべきだろう。傷つけられたものたちが、他者を傷つける主体にはならないとの決意に至るその思考の過程に私という一読者の眼と耳を隣接させたいと思う。

そしてその上で私が一読者による応答としてさらに問うことは、「傷」の経験の直前にある特定の「ネーション」や「ネシア」といった措定可能な「自己同一性」を想像することで、まさに宗主国と植民地との「対形象の図式」(酒井直樹)を強化していまいか、という疑問である。より明確に言うならば、傷の経験に先立つどこかの時点で「沖縄」なる「自己同一性」がいくらかでも措定されているならば、それは構成する力能そのものを削いでしまいかねない構成権力体として表象され、機能してしまわないか。この傷を負う「自己同一性」は、続く文章においては「沖縄の歴史と経験」と換言されるため、「沖縄の」という所有の主格が含意する同一性の基体は、「沖縄」という構成された主体を逃れるがゆえに、その表象やフィギュールから決定的に逸脱していく情動、感受性、いわば傷の経験や、さらにはこれらから発生するやもしれぬ「ピープル」のあり方などを取り逃してしまうのではないか。

最後の問いは、仲里氏の議論には留まらずに、「構成する力能」という概念そのものについて向けられる。

政治哲学者アンドレアス・カリヴァスは「構成する力」(constituent power) をめぐる思想の系譜をハンナ・アレントの革命論やアントニオ・ネグリらのマルチチュード論から、中世イタリアの哲学者・神学者パドゥヴァのマルシリウスや、十六世紀フランスにおいて抵抗権の思想を先鋭化させたモナクロマキの思想家たちにおける人民主権論へと遡る。そして、ある社会空間を人々が「共に」(con-)「創る、立てる、構成する」(statùere) というラテン語の語源をもつこの「構成」という言葉が、人々がそれぞれの「生きる労働」の力を複合させることにおいて、王権や国権という上からの権力に依らずに、「物質」を「形式」化する潜勢力を民主的な討議と創造的な実験を通して暫定的に組織化しうる、という含意を持つことを教えてくれる。またカリヴァスによれば、この「生きる労働」の断続的かつ実験的な組織化を行う構成する力能は、その構成という実践以前に、当の構成を行う既知の集団的主体性があるとの措定をおこなわない。逆に「共に」「創る」という実践の只中で予期せぬかたちで共同性が発生する。つまり構成する力能をめぐる諸理論は本来、既存の自己同一性概念やそれが再生産する文化主義の境界概念に批判と抵抗を行うものである。

だがこうした社会を構成あるいは形成「する」力能をめぐる議論は、この「する」という自発性―これは仲里の言葉でもある―の時間に先立って、私（たち）にこの「する」ことを要請する他者の時間により根源的かつ不可避なかたちで依存してはいまいか。たとえば、こうした他者性への関心は、仲里が「傷」をめぐる議論を展開する際に非常に印象的なかたちで引用する、ジャン＝リュック・ナンシーの「傷痕」についての思考にあらわれていないだろうか。

> 「ユートピアはこの世界の中に非‐場を開く、そしてこの非‐場は、任意の［与えられた］意味の不在化［意味からの離脱］の傷痕のようなものを形成する」。
>
> （仲里による引用、一二四頁）

所与の意味からの離脱という出来事は、構成された世界の只中で「傷痕のようなものを形成する」。つまり、これは「構成する力能」論が依拠する「生きる労働」概念における「形成能力」（マルクスが言うところの form-giving fire、物に形式をあたえる炎としての人間の活動力）の発生に先立ち、またその発生の可能性の条件として「傷痕」が主体性から離脱しつづける特異性を形成「する」力を行使していることを教えてはいないか。

ひとは自己同一性を副次的に傷つけられるのではなく、暴力的な言説、表現、行為などを通して自己同一性として傷つけられるのではないか。だが、この帝国的編成という傷のエコノミーの只中で人々は、このエコノミーを逆撫でし、その意味体系から離脱する別様の意味・感覚作用 (sense, sens) の刻印としての痕跡や痕傷にも触れられているのではないか。自己同一性という傷のエコノミーに取り憑き、その諸境界線を二重に縁取ることで、それを震わせて、無効とさせてしまう傷の感覚と意味（センス）は構成する力能に先行し、その形成能力そのものを形成する根源的な他者性の時間を贈与する。人々が構成するところの集団性は、それがいかにラディカルかつ広範なものであっても、常にこの傷の感覚・意味によってその「私たち」の限界を問いただされる危険と可能性に開かれているのではないか。

## 3

清田において詩とは既存の言説における同一性の形象に依拠することを拒む欲望と情熱の在り処を、暫定的に「自律的」(autonomous) なフォーム（形式）として形成する像と音の在り処であった。だが、この詩の「フォーム」形成における「自律性」は、構成する力能論が依拠する「自発性」への信頼とは異なる。それは、詩作品が自らに向けておこなう律法的行為としての自発性ならざる自律性である。

この自発性ならざる自律性は、社会で制度化され、自然化されて抵抗そのものが困難となってしまう苦しみへの応答として要求されている律法の行為である限りにおいて、根源的かつ逆説的に他律的なものである。根源的に他律的な時間にて目撃した苦しみの経験に応答するために、芸術作品は暫定的に社会から「自律」したフォーム形成という律法行為において、この社会の法体系に抗うのである。

私は前回の清田論にて、詩人における根源的に他律的であるほかないフォームの自律性に近付こうとした。常に他者や他物の接触の効果として内破あるいは裂開の状態にあるがゆえに、触れられた際のシルエットとしてしか現れることのない清田における「オブジェ」の様態を、第一詩集『遠い朝　眼の歩み』に収録された「静かな崩壊」の精読を介して次のように記述した。

> 清田が記述する「ふるさと」とは、実体として既にそこにあるものではなく、「植物」、「砂」、「風」、「ぼく」などが互いを触れ、貫き、踏みしめることで変形し共震する諸事物のアンサンブルである。従って「ものたち」の一部としての「ぼく」も当初から自己の確固たる輪郭を持つものではなく、彼の姿はこうした事物の到来が効果として感性と悟性のあわいに位置する構想力に残していく「欲情のシルエット」としてのみ刻まれている。　（四〇頁）

第二詩集『光と風の対話』でも、他律的な時間の只中で裂開という空間的フォームをあらわにしながら、「オブジェ」たちは詩人によるイメージ化という技術を通して社会に対して一時的に「自律的」なものとして生を得る。

木橋が濡れる朝
石を開けると波が這う
陽に染まった雲を腰に巻いて

野天に横たわるきみを噛む
櫂の痛みは指すようだ
優しい欲情を砕いて
風の音は河を裂く
そこに火は流浪の華やかな羽毛を灼き
はたして銀河はおぼれ落ちる。

（「始源の朝」）

母たちの遠い原野に
めまいがきたのは　完璧な夏の日没
風にいたむ乾いた欲情の気遠い空に
ふと　みえないりんかくにくるしみ
唇がふるえたら　何かが割れた
それが　きみの最初のことば
かくれても
身をひそめるところはないのだから
いっそのこと　めかくしの少女のなかに
身をひそめればよかった
もうみんな帰ったというのに
何処かに見をひそめようとして
きみは　少女に捕まりたかったのか？

（「かくれんぼ」）

これら『光と風の対話』の第一部「辺境」に収録された詩篇を通読するだけでも、「橋」、「石」、「河」といった空間的形象、「きみ」「くちびる」といった人間のイメージ、さらには「流浪」、「欲情」といったより経験的・感情的な事象にいたるまでが、外来のなにものかによって砕かれ、引き裂かれる過程のうつろいの中でのみ、その「みえないりんかく」というひらがな独特の丸みをおびたシルエットを震えさせるのである。

もちろん「女性的」な形象に対してあくまでサディスティックでありながら、同時に自らがそうして客体化する「女性的」形象に向けて自身のマゾヒスティックな「欲情」を投影するという清田におけるジェンダー化された主体と客体のあり方は、根源的な他律性を陳腐なかたちで倒錯させているように考えられる。つまり、多かれ少なかれヘテロセクシズムのステレオタイプに沿って客体と主体、無意識と意識、経験と文学といった諸カテゴリーをジェンダー化し、前者を「女性」的とし、それに破壊作用を加えることで、その中核を対自化し、我有化しうる「男性」的な詩人の像を定着させている。だが、こうしたジェンダー化の不毛かつ暴力的なバイナリーはもうやめにしなくてはならない。

**4**

この問題に十分に留意し、議論の俎上から外すことなく論を続ける必要がある。

『光と風の対話』の第一部の題名でもある「辺境」はすると、ある「中央」にとっての「辺境」などではなく、人やものとの出会いにおいて「ふるえ」そのものとして発生する開口としての縁や辺のことを指している。だからこそ清田における「辺境」は、詩人自身が好んで記すように逆説的に「無辺」であり、際限なき広がりの中で暫定的に震えや明滅を経験する辺や縁という内面なき限界なのである。

そして、この無辺の辺境という「りんかく」のフォームは、国家と村のくびきから逃れようと欲したがそれを十分にはなし得なかった死者たちの残像にもよっても触れられて揺れ動いているかのようだ。清田にとっては、特に沖縄戦末期の「村」という国家の末端におかれながら、それを支えもする組織体の力学の下で生きざるを得なかった人々の死者としての不可視の姿は、もしそれらが詩においてイメージ化されうるならば「国家」と「村」を相互に構成する権力の「構図」を焼き尽くしかねない「火」でもあった。

第一部「辺境」の末尾に収録された四篇の詩（「やさしい拒絶」「絵のかけない少年」、「細民の深い眠り」、「家郷への逆説」）は、沖縄戦末期の久米島における鹿山隊長らによる住民虐殺とそれに巻き込まれていく「村」の体制に向けて押し寄せる、死者の骨のフォームをその腐食と変容のままにイメージ化する。

ぬけあがる空にめしいて
青い欲情は　無始の渚を噛んで
おだやかすぎる山原の昼に

遠い幼年の日の　記憶の風車を鳴らし
やさしい狂気の韻律をふんで
風化した骨を洗えば
極地の炎がはじける

（「やさしい拒絶」）

無辺の風景に過剰な光を浴び
少年は招かれたのだ
打ち返す波の絶ゆることなき視野を
緑の欲情はかすかに
かすかに死の習癖にしたしむ
山の赫土に夢なかの色彩を汲み
海の無辺に　こころの内壁をひらかない

（「絵の描けない少年」）

母たちは水葬をきらった
潮がひどく澄んでいたからだ
死者の骨を洗うのは陽と風だ
またたくまの腐食圏の蝕む
水脈の行方が所属の境域をこえて
細民らの内乱きざす首都を嘲って
遺恨の死にたえる岩場に

脈うつ泉の牙は死水だ
記憶の海溝からめざめても
樹間の涼しい岩場と
陽に洗われた死者の骨ときみらにみわけがつくか
・・・ずり落ちては遥かに甦る
断念の肩先に無傷のやさしい眼
村の遺恨は遠く
波の壁にきらめく死
無音の昼には深い眠りのごとく
死のごとく　またもや花びらの群がる
幻の組織を夢みる　無垢な殺意を夜陰の首都にとげるべく

（「細民の深い眠り」）

水葬に付されるこれら死者の「骨」という形象は、澄んだ潮の中で過去の遺恨を開示し、また時間において腐食の危機と変形の機会に同時に晒され、さらには「所属の境域」が管理できないかたちでその時々の水脈を流れて行く。

　また一概に死者には同定できないが「花」や「魚」といった暗喩の一群は、感性と知性とを媒介する「構図」というイメージ空間にて、これまで習慣化された像と意味との連関を断ち切り、それらを「燃え尽くす」ような力をもつとされる。

花に対座して
みぎわにずり落ちる村があり
叫喚の疼きの底を一気に
のぼる高みに　遺恨を超え
追放を超えて死者のそだてた
苔の湿りに　死のまどろみを思わせて
花は火の構図で燃える　夜の頭蓋に

（「家郷への逆説」）

帰ろう　とつぶやくきみは
渚の流木ほどの　輪郭のたしかさをもてない
家畜のいる家の夕餉へいそぐ足どりは重く
放心の床に置かれたまま
今日描けなかった
燃える魚が　頭蓋のなかで
ひときわ鮮烈に海を蹴った

（「絵の描けない少年」）

死者たちの「骨」の時間における腐食と変形への開かれは、「花」や「魚」という燃えるイメージの形象へと流れることで、燃えるという過程そのものとして開花する「幻の組織」の可能性として暗示する意味において、シュルレアリストたちが作り出した「百パーセントのイメージ空間」（ベンヤミン）に接近する。それはベンヤミンがエッセイ「シュルレアリズム」の冒頭で述べるように、イメージとイメージの落差をすべり落ちることで感覚可能となるある動態的な力のあり方であり、またこの力との接触を介して開かれる新たな思考のあり方のことである。この教条的比喩を排した「イメージ空間」は「首都」と「村」を循環することで「中央」と「周縁」そのものを構成するヒエラキカルな空間秩序を無化する力を不可視なままに、感性と思考において経験可能とする。

## 5

清田の「不可視のコミューン」をめぐる思想については黒田喜夫における「不可視の村」との共鳴関係が議論されるだろう。だが本稿では、清田における「不可視」の共同性が詩におけるイメージとして不可視なままに見られている、という逆説性に着目したい。それは清田がいかにしてシュルレアリストの「世俗的啓示」という方法論から、未だ不可視の「共感域」をイメージの群れとそこにおける力学的運動の現れとして表現する術を学んだのか、という問いでもある。

　東風平恵典に依れば、清田が愛読した著作の一つに大岡信の『芸術マイナス1』（一九六〇年）がある。大岡はこの著作で一貫して探求するのは、まさに内部や領土という内面的な形象に先行し、それらに抵抗する「表面」の存在や、その表面に顕著な運動エネルギーの痕跡としての線の生起と明滅についてであり、また詩はそれらをいかに描くのかという問いである。

　大岡はこの書の中で、シュルレアリズムの影響のもとに、線的因果律として表象される原因と結果の予測可能性から逸脱する偶然性のエネルギーについて表現を行った戦後フランスとアメリカの小説家と画家の作品を批評する。たとえばロブ・グリエの創作は「表面の小説を築くのを目的にしている。つまり、内部性は括弧に入れられ、事物、空間、人間相互間の交流が主役の位置にまで進級させられる」（十一頁）[6]。また「ポロックの画面は、その極小の部分がすべて原因であり同時に結果であるような、涯てのない原因即結果の、同一性の連鎖によって成立っている」と論ずる（一八頁）。

　大岡はこうして諸「原因」と諸「効果」が入れ替え可能な状態において、重層的な決定を相互に行使する諸物たちが構成する準安定状態から逸脱へと動くものたちに「不定形なもののもつ一種独特な牽引力」を見て取る（一頁）。この「牽引力」は「すべてが表面に溢れ出ようとしてせめぎ合い、しかもその表面は、すでに見分けがつかないほど深層的なものに覆われている」とも描かれるような、表面(surface)

と開口部 (orifice) が連続しながら断続的に互いを折り込むような空間において自らの動態的なフォームをその痕跡として時折可視化させ感覚可能とするのであった（二頁）。

大岡はジャクソン・ポロックの絵画を構成する「おびただしい交差する線」を、「あれらの線の保有している自由」と言い換える。さらにはこれらの線は「細い、圧力に耐えている、本当に細い線の中に確保される自由。ぼくらの自由」であり、「ものの表面を描くことではない、ものの表面に「なる」こと」という動作あるいは出来事そのものであるとした（十八―十九頁）。「もの」の表面に、その「もの」を幾重にも規定する諸「要因・結果」の網状の絡み合いからの逸脱としての「自由」を発見し、またそれを描くことで自らの形態をもこのエネルギーの効果として変形させることを望む大岡にとって、シュルレアリズム以降の戦後芸術の営為とは因果律の準安定状態という表象および思考の体系の只中に、「疑問符を存在させる試み」として肯定されるべきものだった。

それはまたジャン・フォートリエなど画家による「デッサン」という実験や問いかけが、油彩画を完成するための手段ではなく、「究極目標になっている」ことにも顕著である。大岡曰く、フォートリエにとっては「絵画用語のデッサンというカテゴリーから、語源的意味での「描く」dessiner という行為を洗い出し救出し、描く行為だけで絵画をつくりあげようという不断の試みが、かれの線によって成立っている面を支えるすべての情熱の根源」である。因果律から逸脱する諸物間の「牽引力」の流れを線描するデッサンの実験は不断かつ未完でありつづけるのであれば、それには「当然、終わりはない。終わりにはまた初めがあるだけだ」（二〇頁）。

「疑問符を存在させる試み」としての芸術表現という実験がその作り手と受け手にもたらす「感動」は、大岡にとって狭義の言説的効果として知性が把握する「意味」にではなく、「意味を成立させるものからくる」ものであった。つまり知性・悟性が自らに向けて再認する「意味」に先立って、それを構成し、それを変形もするマチエールの力が意味体系から逃れる意味としてである。「この区別は重要だ。といってもこれは全く単純な具体的事実にすぎない。これを認めるのには、フロイト理論もゲシュタルト心理学も必要ではない。音楽や絵や詩から、心の関節がはずれるような衝撃をうけたことがあるという事実だけで十分である」（二十三頁）。

「心の関節」を外してしまう運動エネルギーは、大岡の「自由」をめぐる思想から、清田による「無辺」の縁をめぐる詩作へと落下するであろう。

6

清田は一九六八年に発表されたエッセイ「帰還と脱出」において、大岡が「すべてが原因であり即結果」である諸項の相互的かつ重層的な決定という準安定的な支配的構造からの「自由」の痕跡として論じた線的イメージの明滅と類似する状況を、沖縄戦末期の久米島における「敵と味方がいりみだれ幾層にも重なる殺りく図」、あるいは「戦争の憎悪の構図」と自らが記す構造の中断において見出していた。

終戦直後、村に帰った青年がよろこんで迎えてくれた家族の顔が日一日とうちとけてゆくよりは息ぐるしい異様な雰囲気にとざされぎこちなくなってるのに疑惑を覚える。何かがあったのだ。たまらなくなって青年が詰問すると裏座敷に負傷した日本兵が臥しているのがその理由だ。日ごろ親たちにやさしい青年の目がにわかに殺気だつ。一九四五年三月二六日、アメリカ軍の慶良間列島上陸のどさくさに離島の村に潜入した。だがこの島もすでにアメリカ軍は部隊を設営して銃をもった米兵が村の要所をかため、ジープが門の前をゆききする。青年の姉の手あつい治療にもかかわらず日本兵は米軍と一戦もまじえずに、沖縄島壊滅、無条件降伏と事態はすみやかに変わった。そこへくたびれた復員服の家長が帰ってきたのでおさまりがつかなくなった。青年はいきなり「内地人（負傷兵）」を殺してやる」といきまいたが、家庭が事前に察知してナイチャーを親せきにかくまわせ、村の人たちの説得で最悪な事態はまぬがれた。日本兵はアメリカ軍が撤去したあと本島に渡って日本に帰ったらしい。（一六頁）

ここでは「日本兵」、「米兵」、「青年」（「復員服の家長」）、「姉」といった役割を支配的な体制において既にあてがわれた諸「個人」たちの存在と布置そのものが「憎悪の構図」の諸効果であり、諸原因でもある。しかし同時に、この構図を変形し、またそこから逸脱可能性へとこれらの諸「個人」たちは開かれてもいた。この開かれについて、清田は以下のように記す。

たとえば村の母たちが日本兵を看病したのは、国家への拝跪として説明さるべきではなく、息子が仮託された虚像によって共同体にかかわっていると感じられるとき、意識するとせざるとにかかわらず、国家そのものではなく、その理念をなりたたせる原情緒とでもいえるものによるのだとはいえまいか。

また息子の殺意は軍隊という機構にたいしてなのだ、といったところで、その機構は人間によって機能するのだし、個人の感情にかかわりない非情さが働くという強調がいくぶんの正しさをもつなら個人の感情や資質からおこる誤りすら機構大に作用することが同時に強調されるべきだ。そうだとすれば、激戦地の軍団から脱落し、生活をなかば停止した村で、時間は偶然の事象の深みにありうべき要因として傾く必然を顕在化するのだといえる。一方が帰還であり、他方が、脱走兵としてひとつの場所で逢着する。いうなれば歴史の皮肉であり、国家の矛盾が憎悪となって同国人である民衆を殺しあわせるようにしくまれているのをまのあたりにするわけだ。帰還兵が殺そうとしたのは国家であるがそれが元兇を遡及する論理をもつとき、脱走兵と同じ「村」の出身であるかも知れないし、そうでなくとも母たちの原情緒を内なる情況として対自化するとき国家を告発する論理がみちびきだせたのではないか。（一六―一七頁）

ここでは「青年」、「息子」、「復員服の家長」、さらには「姉」「村の母」「母たち」と社会的に表象され得る立場一般の束として把握される諸「個人」像から突如それに収斂しれない特異な存在へと変容しうる人々の不可視なままの人々の像がある。これらは、偶然のもとに出会い、社会という全体を構成する諸「個人」という特殊化された形象からの逸脱において清田によって想起される。

こうして偶然性のもとで諸「個人」たちの間に出会いが生起し、相互を重層的に決定する図式そのものの不安的化と崩壊の可能性が芽吹くとき、それを記述する清田の筆致そのものが極めてシュルレアリスト的なものとなる。

激戦地の軍団から脱落し、生活をなかば停止した村で、時間は偶然の事象の深みにありうべき要因として傾く必然を顕在化するのだといえる。

安定するかに思われる因果の傾向性からの逸脱や傾斜は沖縄戦末期という「機能しなくなった国家権力」から逃れ出ようとする複数の欲求の出会いにて、「偶然の事象の深み」という「時間」のなかでその可能性を痕跡としていっとき表す。そして沖縄戦末期の久米島という空間にて国家によって殺されてしまうことからの脱出を願う欲求の連関として、清田はシュルレアリスムにおける出会いの偶発性の思考をも援用しながら、「国家」と「村」に生きる人々が「個々」の人々のはざまに生起する牽引力のもとでコミューンへと傾斜するその傾向への思考を行った。

## 7

「時間は偶然の事象の深みにありうべき要因として傾く必然を顕在化

する。」この清田の表現は、アンドレ・ブルトンが原因と結果の「絡み合い」をフロイトとエンゲルスそれぞれの無意識と社会構造における因果律表象の安定と崩壊を結びながら描く表現と驚くほど近しい。

「夢が、二者択一あるいは二者間の矛盾を表現するいかなる言葉をも有していないことは明らかであるし（「無意識の領域においてさえ、いっさいの思考はその対立物として結びあわされている」とフロイトは指摘している）原因と結果の概念は、その渦中にあっては原因と結果とが絶えまなく立場を変えつづけるあの普遍的な相互依存の概念のなかに、ともに集中され互いにからみあう」（エンゲルス）こともまた明らかである。・・・あとはただ、唯物論哲学によって、諸現象の単純な形式としてではなく、実在する存在の基本的な条件と見なされている空間と時間が、はたして夢の過程である特殊な危機を、つまり必要とあらば、この唯物論哲学を犠牲にしてでも開拓される可能性のある或る危険を、こうむるかどうかを知りさえすれば良いのである」

（『通底器』［一九三二年］、六四頁、訳文を一部変更）

ブルトンにとってあらゆる事物が互いにとっての原因であり効果であることで持続する構造は、「生理的な生活が継続して営まれ得るように・・・さして目につくほどの衝突もなく、かなりゆっくりとして受け止められ」るのが通常であるならば、シュルレアリスムのオブジェはこの連関から逸脱する力の痕跡を最も劇的に圧縮し暗示する諸物の緊張関係を「オブジェ」として表現しようとした（『通底器』、六五、七五）。

偶然性と出会いはこのようなオブジェにおいて激化する。ブルトンが好んだロートレアモンの詩句「解剖台の上での、ミシンと雨傘との偶然の出会いのように・・・美しい」は、ブルトン自身がそれをジェンダー化されたステレオタイプ（男根的な傘、女性が自慰に用いるミシン、など）を排して再読するならば、雨音が滑る表面としての雨傘と、機械音の振動が伝わるミシンの諸表面とを連続させる解剖台という第三の表面の描写として読むこともできる（七一―七二、七五頁）。

また『ナジャ』（一九二八年）にてブルトンは蚤の市で見られる「時代おくれのもの、部分だけ切りはなされたもの、使い途のないもの、ほとんどわけのわからないもの、そして最後に私の考える意味で、私の好む意味で逸脱したもの」に商品の交換価値にとうてい収まらない「自分自身の生活の意味の啓示を権利として期待できる出来事」の在り処を感じ取り、これらを「オブジェ」と名付けた（六〇、六九頁）。

だがブルトンは作家たちが恣意的に嗜好するにすぎない「潜在内容」を作品の「顕在内容」に「意識的に編入」することで、オブジェが所与とされる因果律構造を越え出るある種の力学的運動を暗示する力を弱めてしまうことを懸念していた。すなわち「あまりにも特殊な、またあまりにも個性的な概念によって作られるこうしたオブジェにはおそらくどんな場合でも、ほとんど常識的なものになってしまった或る種のオブジェが偶然そなえている、あのおどろくべき暗示の力が欠けているのであろう。」（七五頁）

この「常識的なもの」における「暗示の力」とは、日々の社会を形作る社会構造の中に抑圧以前の本質への期待などなきままに構造変形への傾向を察知させる。『通底器』でブルトンが記すように、「現実世界」とは「与件の急流」から汲み取った水の流れであるならば、この「与件」あるいは所与とされる人間と事物の連関の構造に先立ってシュルレアリストの欲望があるのではない。「与件」は事物の連鎖としての社会構造の効果であり、また要因でもあるならば、それを変形するための新たな「急流」を組織するイメージ群をブルトンは「ほとんど常識的なもの」たちの狭間に浮上させる。このブルトンの試みは、諸物を所与としてつなぐ構造以前に本質主義的に措定される欲望を求めないもの、と解釈することができる。この「与件」の布置を変えてしまう「急流」という表現は、翌年発表されたヴァルター・ベンヤミンのエッセイ「シュルレアリスム」（一九二九年）の冒頭にて、「精神の水の流れがときとして急激な落差に達すると、批評家はそこに発電所を築くことができる場合がある」という文章にもその響きを残す（訳文を一部変更、十一頁）。水に先行する水圧がないのと同様に、構造に先行する構造変形の可能性もない。オブジェはこの可能性を凝縮し激化する「もの」である。

**8**

私は清田のエッセイ「オブジェへの転身」（一九六一年）についても、前回の論考である程度の議論を行った。ここでは、このエッセイ以降の清田における「オブジェ」と「であい」という概念の関係性を考えたい。

同エッセイで清田は「分業化された機構の裂け目に氾濫する〈物〉」が、「オブジェ」として客体性から逸脱する可能性と必然性について論じた。これは以降のエッセイにおいては「であい」の可能性として論じられる。一九六二年末の『琉大文学』に掲載された「であいについての考察」では、大岡信の影響をも感じさせる「牽引力」という言葉のもとに、日常の偶然性において「柔軟にして苦しい変貌」の領域を広げていく必要性が語られる。

詩人は、であいを境にして心的生活の連続性を断ち切られ、その偶然性を請け負うことによって自らを投げ入れ、柔軟にして苦しい変貌を生きることにおいて、確かに卑小さを拒んでいる。言いかえると、非連続を持続するという保障なき―つまり現実に承認なきたたかいを試みることは、単純どころか、いまなおぼくらに、その解明されがたい牽引力を放っていることになる。（二六九頁）

また、ほぼ同時期に、フランスのマルクス主義哲学者ルイ・アルチュセールは論考「矛盾と重層的決定―探求のためのノート」（一九六二年）にて、マルクスが自らの唯物論をヘーゲルの思弁哲学の「転倒」であると記す際に、実際に起こるのは「概念」と「現実」の関係の転倒ではなく、両者が関係づけられる構造を「変形」されるための問題の「暗示」であると述べた（一五三―一五四頁）。つまりは概念と現実のどちらかに時間的先行性と因果的決定力を仮託するのではなく、両者が不可分なまま絡み合い社会野を構成する際の諸項や諸主体の重層的な相互決定の構造そのものを暗示する比喩群をマルクスの著作に求めたのである。

一九六二年のアルチュセール自身においても構造の崩壊を描く筆致は実はシュルレアリスト的である。彼は宗主国と植民地を横断する主体構成の枠組みの崩壊の様子を、カメラのフィルムに影を残すイメージの現像と、その定着という暗喩を用いて記述する。[7] つまりアルチュセールにとって社会構造を変形する過程そのものが、フィルムに押印され、印画紙上にて残像として浮上し、現像液の中で一時の変容を遂げ、その後いつしか暗闇へと消えてしまう不定形のイメージの暫定的な連なりであった。

［一九〇五年の第一次ロシア］革命はロシアを越えた理由によって、ロシアで可能であった。なぜなら、帝国主義戦争の開始とともに、人類は客観的に革命的な情況に突入したからである。・・・産業独占の集中、産業独占の金融独占への隷属は、労働者と植民地に対する搾取を増大した。独占資本の競争が戦争を不可避とした。しかしこの同じ戦争は、膨大な民衆を、さらには軍隊に駆り出された植民地の諸民族までをも、際限のない苦しみにまきこみ、無数の兵卒たちを死地に追いやっただけでなく、また歴史のなかにも投げ入れたのである。戦争の体験と恐怖は、資本主義的搾取に反対する、世紀全体を通じた抗議行動にとって、それをつなぐ連結点として、またそれを浮びあがらせるとして役立つこととなり、ついては抗議運動に強烈な明証性と行動への有効な手段をあたえることによって、それをさせる決定的な役割をはたそうとしていた。（一五七頁、傍点は引用者）

ブルトン同様に諸要因と諸効果の連鎖からの逸脱の可能性を模索した

アルチュセールにとって、彼の「結果における構造の現前」という概念こそが、ドイツ語で本質と現象とを区別するニュアンスを持つVorstellung（現象の背後に潜む本質を再演すること）ではなく、演劇の「上演」という比喩的意味合いを持つDarstellung（Vorstellungのように再演的でなく、常にそこ［"Da"］に存在することでのみ提示されうること）という単語を必要とした。「上演」の過程においてのみ存在する演劇という「構造」は、演技、舞台、観客、照明、その他からなる演劇装置総体としてのみあるため、それに先立つ本質やそれと別個の基体をもたない。この上演という構造をなす演技等の構成要素を可視化しうるのは、それらを一度に「照明」する言語の働きであった。たとえばアルチュセール曰く、生産関係と再生産の諸関係は「一般的な照明であって、そのなかにすべての色彩が浸されており、この色調はそこで変容させられる。これは特殊なエーテルで」ある（二五四、二五二頁）。ならば言語は社会構造における「色調」の「変容」にいかにして照明を与えられるのか。

一九〇五年の第一次ロシア革命を構成した諸アクター（行為体であり演技者）を記述するアルチュセールの記述そのものが、これら諸アクター間を重層的に決定する規定の像から逸脱する人々の姿形に「照明」を提供している。封建制的搾取に苦しむ「農民」、大都市周辺の工場や鉱山等で異なる搾取の様態を生きる「労働者」、ツァーの圧迫のために亡命を余儀なくされた「革命的エリート」、等さまざまに相互決定された諸主体が互いに出会い、絡み合うなかで、「階級的な諸関係に強い光を投げかけ、それを結晶させ、さらには、大衆の政治組織の新しい形態であるソヴィエトの「発見」をも可能に」する「革命の『総稽古』」。現像の定着、色調の変容、光を浴びた像の結晶。アルチュセールにおける世俗的啓示もブルトンさらには清田における同様の啓示とその根幹を成す記述法を共有している（百五十八―百五十九頁）。

## 9

清田は、一九六八年の前掲エッセイ「帰還と脱出」で、ベトナム戦争という複数の国民国家とその軍隊との連携を通して可能となる「戦争の枠組み」そのものの中断する可能性を「であい」の只中に見出す。[8]

> 長田弘が「共同体の不在」へ、自らを試みつづける意味は二次大戦における復員と脱走が、かいまみさせる国家権力の構図からもっと自由に、共同体の「崩壊」ではなく、その「不在」から出発する。それは沖縄問題についても既存の共同体の規定関係からアプローチするとき、さけがたい体制からの疎外としての範型を拘束力としてこうむる先験性を可能な限り排除し、日本も沖縄も同様に問題の困難な出発点にあるのだ、という根源的な視点か

ら発言している。戦争世代が現実を廃墟として受感する位相は終点であるのにたいして「不安」がまぶしい実存の喚起として廃墟を出発点にしている。いうなれば、爽快な責任の論理を内在化する位相だといえよう。したがって連帯への志向が従来の差別感による沖縄問題の検討からは思いもかけない、個人性の「発見」となるのだ。つまりは「不在」の共有から連帯を組織する地点なのだ。そこから「樺美智子の死はわたしたちの誰にでもおこりえた死」・・・だという非英雄的な、それゆえに青春にしかありえないたたかいの意味を、その欠落ゆえに喚起してやまない。それは一九六五年沖縄で「ヴェトナム戦争は一将兵の生命に如かない」と発言して、ヴェトナム生きを拒否した米軍中尉がとった行為は安保体制とたたかった青年たちに共感されたのは当然だし、ぎこちなくしかもきっぱりと「軍法会議」の権威を形骸化してみせたのだ。また同年、沖縄人が組織する「全軍労」が南ヴェトナム行きの乗船拒否をした事実は、「共同体の不在」をばねにして国家権力が形骸化され、未来に創出される情念のボルシェビズム形成の予兆だといえまいか。それは国家と敵の概念が思想によって否定されているのだし、むざむざ死ぬことへの抗議なのだ。

（一八―一九頁）

まるでアルチュセールの偶発性における「出会い」の議論そのものと邂逅を遂げるかのように、清田にとっても「であい」とは差異を抹消するのではなく、差異における結合という一見パラドキシカルな過程をその要因かつ効果として出来させる出来事であった。それはつまりは「愛するもの同志が充足した世界をつくりだすことにあるのではなく、満たされないという魂の上を共有することによって、生活をえぐる非在の現前するリアリティとしてぼくらを結びつける」ような出来事の不意の到来であり、と同時にこの到来が「結びつける」ひとびとの関係性を突発的なものに留めずに持続させるための努力の双方を意味したであろう。

## 10

「帰還と脱出」にて、「生活圏」を生きる諸主体の関係性の中で共同体の感覚の「不在」を感じることで逆説的に感覚される「さわやかな欠如」、「まぶしい実存を喚起」する「不安」、さらには「爽快な責任の論理」といった印象的だが容易な理解を拒む一連の否定性に満ちた表現がある。清田において「不可視のコミューン」を支えるはずの感性あるいは感受性のあり方は、こうした否定性の様相を色濃く帯びている。だがこの否定の名詞（「欠如」「不安」「不在」など）は、実はその様態―あるいはアルチュセールであれば「色調」とも言う―を体現する形容詞・形容動詞において、完全な実体化を拒み続ける運動のあり方としてその力学的実態を暗に開示しているとはいえないか。[9]

「樺美智子」、「米軍中尉」（リチャード・スタインキ）、「全軍労」の組合員などと社会野において演技・行為する主体として呼びかけられ、登記される身体たちは、同時に各々のはざまに起こりうる「であい」において発生する形容詞・形容動詞的な力学の運動にさらされ、その渦中に投げ込まれることで「オブジェへの転身」をも経験しているのではないか。

清田における「オブジェ」たちの「不可視のコミューン」とは、「であい」において触発しあう主体／オブジェたちの「さわやか」な既存共同性の欠如、「まぶしい」ばかりの「不安」への開かれ、「爽快」な「責任」というケアのありかた、などの運動の軌跡そして痕跡として浮かんでは消える線を描くであろう。これは偶発性における「であい」という出来事において可能となる、所与とされる社会政治的カテゴリーの中断であり、この中断を要求する他者と自己の双方にやどる他者性への配慮の様態であると言っても良い。そして、繰り返すがこれは「出来事」の「偶発性」といった表現が喚起しがちな一回性を、しかし社会的空間を実質的に変形させる力の発露を持続可能とする水流の生産あるいは構成という方向へ必然化することでもある。

ブルトンとベンヤミンを結びつける「急流」や「水圧」といった水流のイメージ群に、清田が用いる「流域」や「浮域」という空間イメージが連なる。諸「個人」という形象に還元できない「オブジェ」としての人々の特異なあり方のイメージがたとえば読者としての私のもとへと流れ落ちてくる。その時、オブジェたちによるわたしへの触発をとおして、概念としてはいまだ不在のままであるほかない共同体なき共感と経済的計算なき責任への欲求が発生する。「オブジェ」と「オブジェ」の「であい」という触れ合いのなかで、「構成的な力能」(con-stituent power)―「共に創る能力」―という言葉に内在する「共に」が含意しながらも、「力能／能力」という言葉がかき消しかねない受動性の痕跡を見出すことができないか。この「力能／能力」という言葉の前提であり、それが回収できない受動性とは他者や自己の中で他者像や自己像を逃れ続ける受苦の経験に触れられることであり、ならばこの受苦の受容において「私」の情熱、「私」において「わたしたち」であろうとする情熱がうまれるのではないか[10]

清田における「概念の形式では実在しない概念の生産」（アルチュセール）がある。それはオブジェたちの「であい」というイメージの連なりにおいて暗示される主体像や個人像の動態と色調としての変容である。清田のイメージをこれらオブジェ間での差異や落差を要因であり効果とする「であい」のマテリアリズムの現れとして読む作業は始められたばかりである。

(1) これは正確には「思想は・・・コンミューンの共感域を不可視の情念として開示しうるだろう」として清田によってテーゼ化される（『帰還と脱出』、十一頁）。

(2) 清田における竹内好らによるアジア主義への批判については「オブジェへの転身」（二五八頁）などを参照。また「村」および「ナショナリティ」概念および「土着主義」と「素材主義」への強靭な批判は清田の生涯を貫くものであるが、特に「詩における死者と行為」での伊礼孝と森秀人双方への批判（二二二―二二四頁）なども参照。

(3) 海を中心をする軍事と物流の循環空間としての帝国と、その効果であり媒介であるネーションについてシュミットはさらに続けて強調する。「この島は外に向って出発し、海洋世界帝国のメトロポールとして自分の居場所を自由に変えることができた。船は錨を揚げ、地球の他の場所に停泊することができた。巨大な魚リヴァイアサンは動き出すことができ、他の大洋を探訪することができたのである。（『陸と海と』、一一〇頁）。島としての陸地とはこうした海洋空間を中心とする構成する権力の循環によって構成される従属主体にすぎない。「あの特定の意味ではいかに大きな大陸といえどもすべて大陸は島にすぎないのであって、すでにギリシア人たちが知っていたように人の住む陸地全部は大洋に囲まれているのだ」（前掲書、一〇四頁）。したがって「大洋から、また海洋的存在から見ると、陸地全体ですらもただの漂流物、海の排泄物であることになる」（前掲書、一〇七頁）。

(4) フーコーにおける「抑圧仮説」批判を、しかしフーコーにも残存する西洋中心主義の地平をも問に付すかたちで再展開したものにアン・ローラ・ストーラー（Ann Laura Stoler）による帝国的編成論がある。またジョアン・コプチェクらによるフロイトの「リビドー」論の再読は、「リビドー」なるものが、完全に到達することが出来ない他者に触れられた後に発生する自己差異的な欲望としてのセクシュアリティであることを教えてくれる。ストーラーによるフーコー再読と、コプチェクらによるフロイト再読をとおして、わたしたちはセクシュアリティの「発生」という地平から、帝国的編成を解体するための性的倫理の実践へと議論を進めることはできないか。もちろん、これは新城郁夫がすでにその著書『沖縄を聞く』にて、強制的異性愛に縮減されえないクィアな触れ合いにおける倫理的関係の発生としての根源としてすでに展開していた議論ではないか。

(5) 自発性に還元されえない芸術の暫定的な「自律性」におけるフォーム形成としての律法行為と、それによる社会化された法体系への抵抗に関する理解は、テオドール・アドルノがヴァルター・ベンヤミンの複製芸術論に批判的応答を行った書簡での記述に多くを負うている。

(6) これはバルトをパラフレーズする三輪秀明の大岡による引用である。

(7) ブルトンとアルチュセールの因果律をめぐる思考の共通点については一九九〇年代中盤にマーガレット・コーヘンが著書 Profane Illuminations: Walter Benjamin and the Paris of Surrealist Revolution で既に考察の対象とした。またアルチュセールの「出会いの唯物論の地下水脈」におけるブルトンへのさりげない言及にも留意する必要があるだろう。

(8) 「戦争の枠組み」(frames of war) とはジュディス・バトラーが同名の書物で提示した概念である。

(9) 「血液のメタフィジック」(一九六六年十二月) では「爽快な飢え」という表現も見られる (二三八頁)。

(10) 以前、私は新城兵一論にて氏の詩作品における眼の受苦と情熱という受動性と主体性との重なり合いについて論じた。

《参考文献》

清田政信「帰還と脱出」『沖縄解放への視角』、田畑出版、一九七一年
――『清田政信詩集』永井出版企画、一九七五年
――『抒情の浮域』沖積舎、一九八一年
テオドール・アドルノ、ヴァルター・ベンヤミン『ベンヤミン、アドルノ往復書簡 一九二八-一九四〇』野村修訳、晶文社、一九九六年
ルイ・アルチュセール「矛盾と重層決定―探求のノート」、『マルクスのために』河野健二、西川長夫、田村俶訳、平凡社、一九九四年
――「出会いの唯物論の地下水脈」、『ルイ・アルチュセール哲学・政治著作集I』、市田良彦、福井和美訳、藤原書店、一九九九年
井上間従文「石たちの「共感域」―一九六〇年代の清田政信における「オブジェ」たちの共同性」、『las barcas』2巻、二〇一二年
――「鼓膜における受苦と情熱―新城兵一の詩作と「言語的共感域」」、『宮古島文学』12巻、二〇一七年
大岡信『芸術マイナス1―戦後芸術論』、弘文堂、一九六〇年
東風平恵典、比嘉加津夫「ネット対談」、『LUNAクリティーク』1号、二〇一一年
カール・シュミット『大地のノモス』、新田邦夫訳、慈学社、二〇〇七年
――『陸と海と―世界史的一考察』、生松敬三、前野光弘訳、慈学社、二〇一〇年
新城郁夫『沖縄を聞く』、みすず書房、二〇一〇年
仲里効「ノモスの消失点、到来する共同体―「死者的視点」から「異場の思想」まで」、『琉球共和社会憲法の潜勢力―群島・アジア・越境の思想』川満信一、仲里効編、未来社、二〇一四年

# 詩集『南溟』に顕れる生の内的風景

松原 敏夫
Toshio Matsubara

詩人や作家にとって、本の書名を決めるというのは作品を決めるようなものである。そのためいろいろ思案し、あれこれふさわしい題名、内容を如実に表す言葉をつけることに相当気をつかう。清田政信の場合の詩集名も、そういう感じを抱かせる。『遠い朝・眼の歩み』、『光と風の対話』、『眠りの刑苦』、『疼きの橋』という名称をみると喩法が効いていて「かっこいいな、うまいな」という感じを抱かせる。タイトルそのものからすぐに詩が匂ってくるのだ。

ところで一九八二年九月に出した五冊目の詩集『南溟』という書名は、これまでの詩集名に比べて「すがしい」イメージがあるものの喩をさけたような気がする。この書名には「いやはて」という題名が小さく付けられている。辞書では「いやはて」とは「最後」という意味になっている。タイトルの『南溟』は「南にある大海」という意味であるから、海にかかわる意味とイメージの作品の多い清田政信にしては頷けるが、それにしてもなぜ「いやはて」なのか。清田は「南溟」の意味をもって「いやはて」と読ましたいのか。うっかり南溟を「いやはや」と読むのかな、と一瞬ぼんくら頭で誤読していた私であるのだ。

「いやはて」という作品が『清田政信詩集』のなかに収録された詩篇「眠りの刑苦」のなかにもあるが、これは村での体験と記憶をもとに仕上げた作品である。

ほとんどが意味的に書かれた清田政信の詩作品からすると、いやはて＝最後、という意味の取り方、どう解釈するかであるが、言えることは、この頃の清田政信という詩人の在処を暗示したもの、自己の状態、時間的なこの先への生と精神の状態を表示したのであろう、とおもう。

詩集『南溟』は、後期三部作である『瞳詩篇』『渚詩篇』『碧詩篇』を集中的に書き出している頃に出している。三部作は対幻想＝恋歌をしきりに書いていたものをまとめたものである。『南溟』の「覚え書き」でこう書いている。

「一人は相対するものをすべて失って、どこまで精神の劇を生きれるか、ひとまずこれらの言葉たちを提出してその答えとしたい。…（略）……六十年代からつづいた他者への異和の意識はもうこれで造型しつくしたと思っている。あとは不明として私を存立させる現在の空無、これが精神の現象として力をはらむのを待つばかりだ。」

「相対するものをすべて失う」「現在の空無」という背景には詩人の生活や関係や私的な事情があって、読者にはみえないが、なにかを失い、追い込まれ、次第にでる失意、喪失感、痛み、関係の壊れ、再生、祈りが「精神の劇」を生み出していることがわかる。おそらく、ここには個という存在＝一人の立ち方、生き方を強く意識せざるを得ない心的状態にあったと思われる。とすれば、流れからして清田政信にとっての「近代」への対峙がことばに表れているとみることもできるだろう。「近代」は人が個の意識に目覚め、既存や慣習の支配する共同体（村）と対立するように働いてきた。いまも近代は人を個人に解体し押しやったままである。村の閉鎖的風景や慣習的な関係の濃密さから解かれ、離脱、流浪、快楽、希薄、誘惑としての逃亡、欲望、ルサンチマン、ノスタルジー、回帰と同化、虚無、といった近代から発生する言辞が生まれたりする。近代のまだ届かなかった村のなかで目覚めた意識者には批判と抑圧、確執、憎悪、苦悩やズレが起こり破綻の劇が村社会や血脈の間で行われる。それは外部で必ずおこなわれるというものではない。まず個の内面に刺激をあたえ、生きる方向性を選択させ、村での確執や葛藤を与える。前近代の村は近代にさらされ隠微なものが露出し貧しくなって変貌してばらけていくが、久米島生まれの清田政信にとっての村は「自己の原質」をつくったものとして意識されていた。かつて出自の村で体験し感じていた民衆の実存の姿と関係から思想的な思考を抽出していた。だが復帰後の本土資本のすさまじい流入、民の生活や風景の変貌、沖縄の都市化、近代の言葉と風景、変貌という時代を受けて、相対するもの＝対象との関係が希薄になって、詩の成り立ちのアポリアを感じたことを「覚え書き」は告白していると思われる。

沖縄の近代はホンモノであるかどうかは議論のあるところである。かつて柳田国男や折口信夫が日本の古代が沖縄に残存していると言い出してから、のちに日本の様々な学者や知識人どもが、復帰前後の沖縄ブームにのって頻繁にやってきた。沖縄に失われた日本の古層があると信じて祭儀や習俗やウタキやらを探し回る民俗学者や言語学者、国語学者などが跋扈していたし、その結果の言説や論が多数産出された。そして沖縄の書き手もその影響を受けているものが多かった。だが、もう一方ではこういう問いをかける必要がある。沖縄の民は本当の近代を体験し身体化し、前近代の強い土着から近代人への変貌を遂げたか。つまり沖縄の村を出自にもつものは自らの村体験、村意識＝共同体意識と近代を対峙させ、超克したかという問いである。こういう視点で沖縄の文学言語、思想言語の産出をみていくことも必要である。

『南溟』の前に出した『疼きの橋』の、あとがきに当たる「ノート」ではこういう文章がある。

「詩を書くということは、自らの遠い出自を現在に現出するという行為と深くかかわっているかもしれない。地方の都市にいてなにか自らの生が希薄になり、生の根拠がくずされるという感情にみたされる時、いつでも遠い出自を喚起した。」

こうして『疼きの橋』の詩群が生まれた。この「ノート」の内容には清田政信の詩を読解するために重要なことが書いている。「遠い出自」と「那覇の街」に生存する自己を相対化あるいは対峙させて、ときに屈折させながら内面の苦悩とイメージを詩的世界に内閉し、かつ開示していく方法をとっている。ここには村への愛憎を図りながら「近代」を病む個の位置、いわば近代の宿命と悲惨を体現し、越えようとする境域が書かれている、とみたい。ときどき使う「共感域」という言葉は「近代を病んでいる」と自覚したものにこそ訪れるものだ。

清田政信を読むとき、言語表現の強靭さをいつも感じる。状況や外部を語る時にも「思考する個としての自ら」を内在させて語るその手法は一貫しているし、そこにはつねに「生の内的風景」がある。その生の内的風景には詩人としての位置がきっぱりと顕れている。だから思想を語る場合にもその詩的風景に裏打ちされた思考が出てきて納得させせられ、共感する気分になる。一方その重々しい語句や詩句やメタファで紡ぎ上げた詩に対面するが、生成されていく言葉を追っているのに、像と意味が途中で結べなくなったりする。暗喩やイメージは技法としてあるが、それが目的ではなく、生の在所と在所の状態と状態の内面が語句を結びながら表出される。自己表出が先んじている文体というのか。「きみ」と「僕」「私」という関係のつくる出会いと場所の内面化がひとつの劇性を創造して書かれている。

詩集『南溟』のなかでは「南溟」という作品がいちばん好みである。この作品も対幻想＝性愛＝エロスの暗喩的表現として読むことができる。清田の詩法はシュルレアリスムの詩法である自動記述が身についているのだが、しかし無意識や夢を吐き出すのが目的ではない。自動記述は作者の自由連想に依拠するだけに読者には罪な技法である。自動記述には読者は入っていないからだ。しかし、そこには文学の、詩の、言語表現の誕生の謎を考えると、書くことの発端とかかわってくるところとみる。なぜなら、いまや詩という形式はひとりの祭り、ひとりの舞台、冒険、実験、ひとりの語り、強いられた自己沈黙の解放だからだ。世界のなかに存在する自己を鋭敏に自覚したものには、表現の本質的な自由が果たされるのは詩の形式である。個が本質的な自由を求めるには詩を書くしかない。

詩の書き出しは瞬間に訪れる。たとえばこうだ。

杳い痛みに押し出されて
ここまで来るには　うれいの
消えるところまで　言葉を

さけて歩かねばならなかった

　これはまさしく内的風景の出だしである。一行を書き付けると次の詩句が内面を改行してさらに一行を呼び込む。行は行を刺激してでてくる。その歩みには思念や情念が待っていなければならない。それが持続的に書く力になる。詩にとっては、その改行は詩的言語の熱気であるからして、詩には情念が必要だ。精神のある状態、詩のことばでしか言い得ない瞬間。つまりポエジーの噴出である。会話ではなく説明ではなく、散文と異なる言語。さらにこの詩的な心的導入は

杳く鋭い痛みにしたがって
私らは噴泉の高みまで
息つめて急いだのに
夜はみどりのいたみに
ふるえながら　青淵を充たした

ああ　花粉にまみれて
命澄む悲の頂点で
私はひりひりと刺し込む
痛みと快楽の拮抗する
夜の神域を支配する
繁みがもえる　いちばん
寒い場所を通過しつつ

　という詩句まで導き出す。これは夢の記述ではない。いや現実にそういう関係のある異性がいたかはどうでもいい。噴泉、夜、青淵、花粉、刺す、快楽、繁みがもえる、という性愛の交叉するエロスからうまれる現象を内的に深くイメージすることで新たな関係の見出しや内実や内面の姿や形を浮上させる。内的風景の出現とは、すなわち詩の深化、新しいイメージや意味を作り出すことなのだ。

　この作品のなかで不意に「ヴォルス　ヴォルス」という言葉がでてくる。二十世紀前半に活躍したヴォルスというドイツのアンフォルメル、抽象表現主義の画家がいるが、これを指しているのか、わからない。詩集『光と風の対話』にある「不在の女」に「夜の河をまたいで／あんやんばまん　ぼくはきみに会いにいった」の「あんやんばまん」はどういう意味なのかという疑問と等しく「ヴォルス」が出てきたのかもしれない。自動記述は、はじめは意味を無視して無脈絡に言葉を紡いでいく方法であるから、ま、これは詩に許される、詩に呪文のように使われる、詩の非論理性の勝利といっていい。不意にひょいとでてきて作品の流れをリズムや引用や語彙で引き締め豊かにすることだ

ってあるからだ。

とにかく空虚とのあいだを繋いで「なにかを求めている」、その詩的世界の空気感が読者によってくる。緊張感と交流する重たく暗く、しかし魂の苦悩の美を紡いだ詩篇とみる。

苦悩を詠った詩は危険でつねに美しい。

清田政信の詩にはよく「きみ」という人称が多様多彩にでてくる。「きみ」とは誰か。「私」は「きみ」との関係でしか存在しない。対象がなければ詩はうまれない。詩人にとってこの対象が詩や自分を存立させるものである。対象を失ったとき、詩はうまれるか。清田政信という詩人を想うとき、「きみ」をみつめ、思念をこめ、語ることで、詩をふるわせ、自分の生と存在を開示させているということだ。この「きみ」との濃密な関わり方はおいそれと誰にも真似はできない。清田政信の詩的言語の生成、詩的表現、比喩の強い自己表出、語句の転換、が生み出す詩的情景―村、愛、海、波、風、存在、関係、劇、夢、他者、近代、孤独、共感、街、病い、無償、光、水、眠り、覚醒、沈黙……読めば読むほど、清田政信は沖縄の詩的感受性、詩的思想、詩的精神をもっとも先鋭かつ深く表現した詩人であることを確信する。

# 裂けた言語、不在の音楽
## ー清田政信におけるシュールレアル

阿部 小涼
Kosuzu Abe

## はじめに

清田政信は、自他ともに、そして同時代的に、「六〇年代世代の詩人」を任じ、その名を代表した詩人のひとりである。『琉大文学』同人時代から、後には自ら発表の場とした『詩・現実』、『詩・批評』などを舞台に精力的に発表された詩は八冊の詩集となり、清田本人の手により編まれた批評論集は四冊の本として出版されてきた。その最後の『造形の彼方』（一九八四）出版の後、精神疾患のため著作の発表が途絶して現在に至っている。ただしその後も、彼を良く知ると思われる同世代と後発の詩人らを中心に解説や再読の契機も断続的にあり、多くの批評に採り上げられてきた。[1]そのような要請の声が、これまでの論集に未収録の文章を中心に再編した書として、ごく最近になって新たに結実したところである。[2]

ただ、清田を論じるために必要な、俯瞰性の高いバイオグラフィーは、管見の限りであるが、まとめられていないようだ。同人誌『脈』は二〇一四年八月号で「沖縄の詩人清田政信」という特集を組んでおり、ここに収められた「清田政信関連初出誌年表（簡易版）」は、極めて重要な年譜であるが、琉大入学以前、そして卒業以後の清田のライフヒストリーを辿ることは出来ない。出生、職歴、経験に照らして、清田の詩作、その喩法、言語の骨格や変化を検証することの難しさの一因になっている。

なかでも精神障がいとの闘病の詳細は不明な部分が多い。『造形の彼方』では、一九六九年の発病から八〇年代まで長期に及ぶ安定剤の服薬があり、詩作を離れたことが「わが病理」と題した清田自身の文章で述べられている。[3]この『造形の彼方』自体も詩作の中断の時期に取り組んだ、絵画批評と映画批評を核とした構成である。重要な時代を共有した人々にのみ知りうる事実は、各々の書き手の文章中に散見されるものの、その多くは極めて婉曲的な表現に留まり、清田の闘病については今もなおブラックボックスのなかにある。

このことが、清田の精神疾患と創造性との関係について捉える機会を逸することにつながっている。一九七〇年代の沖縄における精神医療には、ブント全学連書記長から転身した島成郎《しましげお》や、自身も文筆家である玉木一兵《たまきいっぺい》らの新しい気運も萌芽していたのだが、清田の治療はどのような経過を辿ったのか。精神治療薬の影響を不可避に受けてしまうことが多かったであろう時代、清田においてそれはどのように影響を及ぼしたのか。[4]

このほか、例えば清田には、「家郷」と呼ぶべき久米島とは別に、おそらく沖縄島北部東海岸で教職を得て赴任した経験を持つ。その際に、同僚教師との諍いから酒瓶で殴打されるという酷い経験をしたと思しき記述がある。[5]清田が〈村〉と呼んで眼差す先には、出生地であり休養地ともなった郷里の久米島とは異なる、苛烈な体験を強いた村もあるということだ。このことは、抽象と抒情を駆使しつつ、彼が、批判的にだが否定はし難かった愛郷心とは一線を画して、冷徹に〈村〉を再考しようとしたことに、強く関連しているだろう。家郷への情では相殺されえない、排他主義と暴力の掟が支配する抑圧的な村の姿である。

さらに、作家と家族との関係は、文学者を解釈する上で避けるべきではない重要性を持つものだ。清田が「係累」と書く人々には父、娘、息子、そして交際した連れ合いと思われる存在が登場する。清田も重視した詩人エリュアールを、ダリのもとに走ったガラとの愛の交感と喪失によって語ることにやぶさかでない人々が、詩人清田については口ごもるという論壇の情況があるのではないか。清田政信、というよりも、清田を論じるホモソーシャルなサークルが、清田の読みを限定的にしているのだろうか。精神疾患の入院療養のため詩壇から離れた清田の詩の途絶ではない。そこに至る姿を目撃してきた係累・友人らの受苦・共苦が、いまなお清田の自由な読みを途絶させているのだろうか。

本稿は、詩人・清田政信を自由に読む、思考の入り口のようなものとして執筆している。自由というのは、言葉通りの意味である。詩論の門外漢として、粗暴なふるまいとの誹りを恐れず、インプロヴィゼーションのように読みたい詩人が、清田政信なのだ。例えば、筆者の研究フィールドであるニューヨークとプエルトリコと沖縄、これらの世界を取り持っている、ジャズ、詩、運動。沖縄で、それらをつなぐ回路になっているのが清田政信なのだ。この回路は、ただし、ときどきショートする。

## 裂けた言語

「抽象という意識のムーブマンを媒介する以外ない」[6]。これは安谷屋正義の絵画作品を「荒地」派詩人に重ねつつ論じる中で発されたものだが、自分にとっての戦後とは何かとの問いに対峙し、自然発生的な具象に対する批判に覚醒していた一九七九年の清田のマニフェストのような文章である。清田が、社会主義リアリズムを超克して、シュルレアリスムを取り入れながら、それを超える新しい技法を求めたことは、清田自身以外にも多くの論者の認めるところだ。

その独特の語法、用いる語へのこだわりにも挑戦的な変革を志す姿勢は表出している。「明晰」、「家郷」、「内言語」、「辺民」、「係累」、「うべなう」、など詩語の創出され選択される過程には、先達たち、すなわち谷川雁や吉本隆明、黒田喜夫など清田がリスペクトした書き手たちから受けた影響も垣間見える。抒情が国家や組織を祝ぐ詩《うた》に雪崩込むのを拒否すべく慎重に選ばれたのではないだろうか。また清田が詩のなかで呼びかけるとき、その宛てられる先に出現する「きみ」、「瞳」、

「渚」、「未知」、これらはいずれも、現実に生活を共にした連れ合いを想起させることがあったとしても、詩語のなかでは、自己を分析的に解体した自分自身への呼びかけとして読むことが出来るものだ。故郷の情景に重ね合わされる「少年」と「少女」も、いずれもが清田自身の回顧に出現する姿であるかぎり、全き他者とは読みがたい存在ではないだろうか。

すでに言い尽くされた観もあるこれらの重要語句以外にも、「地酒」とあれば、透明で強く芳香する泡盛の一杯から、痛飲が引き起こしたトラブルの苦々しさまでが豊かにイメージされる。「韻律」は、音韻に関連した詩の規則性で、転じて、時代を貫通する規律のようなものとして、清田が批判的に用いる語でもあるが、打破すべき村の掟や運動組織が押しつけて来る行動規範だけではない。詩を、直裁にそうとは呼ばないことで変革の可能性を志しているようにも読める。このように抽象性を重視した清田の詩語には、清田ならではの命名があり、その語が別の表現を触発する共起表現として、秘密の鍵が埋め込まれているように読み解きたくなるものが多い。「ひとたち」「ものたち」も、そのような別の事例と言える。複数で人間を示す「人々」ではなく、清田の詩において頻出するのは、形容詞句を伴わない「人たち」である。不特定多数の人間ということではなく、固有の土地に暮らす人を意図しているのかも知れないが、同じく頻出する「ものたち」との共在から別の意味が開かれるのではないか。すなわち、人間を徹底的に対象化することによって、ついには物質と等しく眼差そうと透徹する詩人の眼である。清田の本棚には、「物体《オブジェ》主義」やアヴァンギャルドを大らかに論じた花田清輝の書が並んでいただろうか。

埋め込まれた秘密は、奇妙な改行にも現れている。関係性の暗黙のルール（まさに韻律！）によって執行されるのが改行という行為であるならば、これを無視する、異様に行うことで破戒は達成されるだろう。いっさいの改行を排して描かれる次のような形式がある。

ひとつの村が罪を匿して眠りに落ちるとき起き上がる男は不眠の空に吊され痛みは皓い夜の底で共有できない対話圏は肉の段丘をきわだたせ裂けてゆく虹を束ねてうずくまる女の顔はみえない[7]

ひとつのキャンバスに多数のイメージが乱立する、一枚の絵画作品を彷彿させるのではないだろうか。詩における改行は、パンクチュエーション、意味の連なりのひとかたまりを切り出す効果だが、清田の詩には、その分節が壊れているように見えるものがある。

天離《あまざ》かるひなにのがれておし黙る
妹《いも》の眉のようになだらかに

ひとまず傾斜をかけおりて
行方もしらず走っている　それが
私のたまふりの　しかしあらく
しずまらざる初めての
唄だと思いたまえ[8]

万葉集の係り結びの規則を軽妙《ポップ》に破戒するこの詩も、女性の眉が唐突に形としての転がり落ちる坂と化した絵画的技法を発揮している。そして重力に沈み行く観念と、これを断ち切る高揚を、絵画のように詩文に写し取る、そのような効果として、眼で見るように詩が謳われているのである。

この「天離かる」が収録された『瞳詩篇』は一九八二年四月に刊行された詩集である。付録に添えられた、北川透による「恋唄あるいは南方について：『瞳詩篇』覚書」と題した解説文が指摘するとおり、南島をうたうこと、性愛と別離をうたうことに特徴を見いだすことが出来る詩集となっている。しかしこの異様な改行法の頻出によっても特徴づけられている。

書くことはない
と思いながら　それでも
崩れんとして　中心に集まる
悪意のようなもの　いまは
それに推しすすめられ　真昼
のうすい霧を流して　茎の
こわばりをほどいている野草
の向こうへ　細い思いを渡している
枝で歓声をあげて鳥はむつみ　空は
あくまで無意味の上へしりぞき
ながら　返っているとき
悲しみには距離が必要だ
ときには星のように冷却
することもあったけれど[9]

続く同年九月の『南溟《いやはて》』が、同書巻末の清田の「覚え書き」によれば、『瞳詩篇』に先んじた五冊目の詩集であるという。この一九八二年には、後に一一月に『渚詩篇』が刊行され、この三作に共通した傾向として、先に見た異様な改行の事例を多く見いだすことが出来ると言えよう。

『南溟《いやはて》』の最後を結ぶ「出離への記述」は、「きみ」の愛との訣別、父との死別についての散文詩で、「私はすでにきみのかかわり知らぬ単純な日常に処して全く新しい　しかもさけられない　精神の斫断に手をそめているのさ」という語で閉じられる。巻末の初稿掲載誌一覧によれば、これは一九八二年三月の未発表作品である。ここに言われる「斫断《しゃくだん》」の語は、後の『渚詩篇』に、同じタイトルの詩として収録された。

この不器用
このうとましさ
は　まぜあわされて親和にいたる
帰れ　私も帰る　まるで
亡霊のように高まり
ながら　あの界隈へ消えてみるのさ[10]

このたび新たに刊行された『渚に立つ』の再録紹介によって、この詩が「伊波普猷論の入口まで」『新沖縄文学』五〇号（一九八一年一二月三〇日）掲載が初出であると知ることが出来た。「伊波普猷論の入口まで」は、鬱病者として病理を生きる自分自身のこと、九州への旅先から「未知へ」と宛てられた日記のような書簡などが組み合わされた奇妙に興味深い文章であった。

一九八二年三月の「わが病理」で「酔いどれ船」に言及するように、この頃であれば、清田は例えば清岡卓行の翻訳を通して、ランボーに親しんだだろうか。だがそこには「人生斫断」という、よく知られた小林秀雄による解釈が伴われていたのではないかと想像させる。[11]

清田の詩における改行は、まさに斫断として、読むものの意識を堰き止め、慣性や惰性で流れに身を任せて読むことを拒む。意味の切断か、あるいは時間の断絶か。眼に見える形として、そこにある。

「たまを糸にとおしてゆくような文体[12]」。例えば八重洋一郎の詩を評して書いている清田の表現がある。八重の柔らかい詩語の連なりも、清田は、図像のように見ていた。漢語を多く駆使して硬質な形を持つ自分の詩も、同じように形象として見ていたのではないだろうか。文字や連なりにオブジェ、形象への執着を持った清田の詩作の精神を看取したい。

ただし、清田の筆のあらゆる細部に、そうした抽象や技巧が選ばれていると考えるのは早計だろう。清田の詩作と批評の文章はまったく異なる。別の言い方をすれば、清田は、詩と批評の文章において、裂かれている。

批評においては、「ぼくら」という一人称が頻出するが、これは「おれ」と書かない洗練、成熟を表す時代を反映した迂闊な選択のようにも見える。そのようなソフィスティケーションは、清田においては、詩作と切り離して批評は時代的な言語の規則に従って書かれていることの証左のようでもある。

清田がしばしば使う「内言語」とは、外言語と異なる、内省的な思考の言語化だった。これを抽象の力によって文字化しようとしたのが詩であるならば、批評の言葉はまさに外言語の世界に属するだろう。そして、詩作に途絶した時期に、批評の文章は多く書かれている。一九八一年の『抒情の浮域』のあとがきで清田は批評の執筆について「その深域に全身で沈むことによってそれを所有しようとする不可避の衝迫に支えられて果たされる仕事」と説明している。躁鬱病は十数年にわたり快復に向かわず、「ただ精神の破綻にいたらないように、思考に思考をかさねて、病いそのものを手なずける方法をあみだした」と書く[13]。一九八四年の『造形の彼方』は、メンタルにしんどい時期に意識的に取り組んだと思しき絵画批評と映画批評の論集であることが「あとがきにかわる一章」で明かされており、リハビリテーション的な意図も垣間見える。だが精神的な波の振幅は、その文章にも影響を来しているようにも読める。冒頭で挙げた「わが病理」は唐突に詩句が入り込んで来る構成になっている。それらは、詩作において行われていた抽象実験とは異なるものだったはずだ。いくつかの批評には自身の詩作のこれからについて展望する文章も書かれているものの、現実には、その後の入院治療の時代がある。

## 不在の音楽

例えばニューヨークのプエルトリカンにとり、ポエット・リーディングは伝統とも呼ぶべき重要な地位を占めている。だが、清田の詩に朗読はあっただろうか。ふとそのように着想したのは、形象としての詩を極めようとした詩人に起こらなかったこと、欠けていたことを考えたかったからだ。

清田に限らず、沖縄の同世代の詩人たちは、自作の詩の発表方法としてのリーディングを行っていたのだろうか。というのも、「韻律」という語に拘泥し、その語は詩にも繰り返し出てくるのであるが、自問自答するような自己内対話の世界を描く清田のその詩は、書かれた文字で表現する世界に充足しているような印象がある。別の言い方をすれば、音声によって産み出されるリズムからは遠い位置にあると思えることが多い。

アメリカ合州国の黒人文学を日本に紹介した嚆矢である木島始は、「荒地」に属した詩人や現代詩が「肉声を失って久しい」と書いていた。このとき木島が手にしていたのはエリュアールとラングストン・ヒューズの作品を収録したレコード盤であった。後者は、チャールス・ミンガスとレナード・フェザーが楽曲を担当しヒューズが自作の詩を朗読しているもので、ジャズのインプロヴィゼーション（即興演奏）を詩において実践していることを、木島は驚きとともに紹介するのである。[14]

沖縄においてジャズといえば、久志芙佐子である、と書くと唐突で怪訝に思われるだろうか。未完のまま死産されたあの「滅び行く琉球女の手記」の最後部で、久志が描く主人公は、没落する身の上を夕陽の情景に重ねながら、馬車の御者が唱う浜千鳥や、とぅばらーまの「月みりば昔ぬ月やすが」に「山のあなたの空遠く幸住むと人の言う」というヨーロッパ詩人の抒情を連想し、そこからの、ジャズ、なのである。[15]

> 琉球の多くの唄には、人の胸の悲痛をかきむしらずには置かぬ哀調があつた。さも無くば、ナンセンスな歌詞と、やけくそなジヤズにも似た節とが組み合つて出来てゐる。
> 　何百年来の被圧迫民族が、うつ積した感情が、このやうな芸術を、産み出したのかも知れなかつた。妾は此の夕暮れの風景を好む。此の没落の美と呼応する、妾自身の中に潜む何物かに憧れを抱いた。[16]

一九三〇年代の東京暮らしで、久志は、いや久志の描いた主人公は、どんなジャズを聞いていたのだろう。おそらく当時の隆盛だったスウィング・ジャズの、ビッグ・バンドの音だろうか。はたまたラグタイムや、ブルースか。沖縄の民謡との相似を、数百年の抑圧の歴史が共鳴する音として理解したのではなかったか。今となっては、確かめようもない。[17]

　やや遠回りをしたが、沖縄の抒情とジャズを惹き付けて語ることは一九三〇年代からそれなりに故あること、と考える所以だ。時代を下って、六〇年代以降の詩人たちとジャズは、では、どのようであり得たか。清田は詩のなかでジャズということばを、管見の限り二回使っている。

夜の一隅　いまは暗さへ
向う躁を抑制して　ジャズが
せきこむ　むせ返りの沈黙
の不意の噴出へ　一気に
昇りつめる

街のうれいをしきつめる界隈を歩いてきた
そこでジャズは沈黙にはじかれて
そり身に苦しんでいた
乱打する鍵盤は　おし寄せる
〈悲〉の力線を打ちながら

飢渇の砂丘で鳴っている[19]

「ジャズ」の語以外にも、『瞳詩篇』と『南溟』には、「ピアノ」や「鍵盤」の語が、「叩く」「沈黙」という表現と共起して頻出している。

沖縄では、一九七二年の施政権返還で、多くのジャズミュージシャンが基地関連の職を解雇され、これと前後するように、街にライヴを行うバーなどが開店している。レコードを聴かせるジャズ喫茶は六〇年代後半には那覇、普天間などに登場していた[20]。

一九七〇年代末、清田は沖縄で、どのようなジャズに接したのだろう。ライブハウスの一隅で聴く生演奏だったのか。ジャズ喫茶ではどのようなレコードが、かけられていたか。モンクの切り拓いたビバップか、ジョン・コルトレーンやマイルス・ディヴィスのクールの曙光は兆していたか。

それでも闇の　シンバルからほとばしる沈黙に
耳をそばだてると
柔らかい羽根にくるまれて死に絶える声がある[21]

ライブ演奏でしばしば経験されることだが、シンバルを叩く瞬間の爆発的な衝撃音は、全体の空気を支配してそれ以外の音響をかき消す。それが「死」を喚起する瞬間となっている。目を懲らして再読すれば、シンバルと沈黙という共起表現は、それより少し以前の七〇年代中頃には登場している。

歳月を一気にとびこえて
シンバルの沈黙の一瞬に
背のもえる流亡の男の
持たざる者の飢えに打たれ
はげしいめまいをなぎたおし
死ぬことができぬ[22]

「父よわたしは・・・」は、「父よわたしはあなたをふりかえらない」のリフレインが主軸を成す詩で、「深く死んでいたのだ」「眠るごとく死にたいのだ」と、連を重ねるごとに、自身にその死を重ね合わせてはみるものの、死は逸れていく、その最後の連で、シンバルの沈黙は鳴り響いていた。「背の燃える流亡の男」とは、黒田喜夫ならば「燃えるキリンが欲しい」と謡ったダリの抽象画を思わせる。だが清田は流離する自分自身の背が燃える予感に、死の不可能性を強く想念するのである。そのとき、シンバルの音でパンクチュエーションをきかせたのは、「フリーダムナウ!組曲」を世に問うたマックス・ローチだっただろうか。そのように空想することは許されるだろうか。

　清田は自身の詩作について次のように説明している。


日常と肌すりあわせながら日常にそむく途へ歩むのは少しばかりつらい。それに深夜でなければ言葉が呼びいれられない。その時間を手に入れることは極度に困難だ。それで二年前からある古びた喫茶店が私の詩を書く空間になった。まず音楽を聴くという受動を課することによってできるだけ日常の言葉から遠ざかり白紙の状態から言葉をつむぎだす。まず一行が成立すれば、音楽を無視して未分化の感情から生の原質を汲みあげ展開する。音は響りつつそれ自体で音を消し言葉を出立させる。私にとっていまそれが最良の条件だと言ってもよい。それで私は音に邪魔されず、文字どおり言葉以外はもっていない。生活もない。白紙という畏怖とたたかう充全な時間をもてる。[23]

清田の詩が朗読という行為から遠い印象があるからといって、あるいは、清田が音楽を消したところから言葉を出立させたからといって、清田の詩が、音楽でないと、誰が言えるだろう。音楽は抒情のなかの要素というより、詩が、それ自体としてフリージャズのように実践されようとしていたのかもしれない。なぜなら裂けたもういっぽうの言葉で、清田は音楽について語っていたからだ。

　「谷川雁の詩には音楽がある、無意識の音楽がある」、「詩のなかにある音楽、これが無意識に現れてくる」[24]。一九七一年一二月、施政権返還の迫る沖縄で『琉大文学』同人らが、琉大祭の企画として開催した座談会に招かれた清田は、興味深い発言をしていた。時期的にこれは最初の鬱の発症から寛解した頃に当たるだろう。司会には岡本恵徳、パネルの一人に川満信一が顔を揃え、琉大文学同人の期を画する催しであっただけに、清田を抱擁する同人らの温かい交友関係を想起させる企画でもある。

　その空間で「一九六〇年以降の詩人」を代表して発言した清田が、当人たちを目の前にして大いに語った岡本、川満、そして新川明への批判を、同人たちは清田健在の証として受け容れたことだろう。清田はその琉大文学の先達らとの対比として、谷川雁を民衆と共に舞う詩人だと引き合いに出すことで、沖縄の知識人たちは、「民衆と繋がったリズム、大きな韻律」を共有しようとしていないと批判した。「僕自身が一番踊れない人間です」と言い置きつつ、踊れないという表現を極めることは、不在の愛を描くことに等しいと捉えていた。


「谷川雁が、いわば、もう一人の女の革命家である森崎和江のなかに、或る眼をつぶった、即自として充実している素晴らしい女ですね。これと谷川雁の抽象、これを取り換えたわけです。両者取り換えることによって、両方の結びつきによって、谷川雁というのは、存在としては非常に観念的な男だけれども、あれぐらいのエロスを自分の思想に獲得することが出来たということです。」

「いわば、彼等が説得調の、沖縄で、秀れた思想家になっているけれども、いわば、六〇年以後の青年を、本当に組織するような、韻律を持った、無意識を組織するような、そういう高度な意味の音楽は、まだ持ち合わせていないそういう批判とも通じ合って女というのは始めて意味があるんであって。[25]」

清田が直接に着想を得た谷川雁、吉本隆明ら時代の寵児たちは、また、平岡正明や竹中労などの名前とともに、六〇年代日本におけるジャズ理解の風雲児らでもあった。そして何より、このとき清田の隣には、パネリストとして列席した友人、中里友豪の存在があった。

ジャズは、清田に届いていた。そう確信するため、さらにテクストを遡ってみよう。一九六〇年、学生時代の清田が、自覚的に詩論を執筆し始めた頃の文章に「ファンキー族」の語が垣間見える文章がある。

次はファンキー族たちの肉声にふれるとしようか。はばのせまいムギワラ帽に胸をはだけたテトロン・シャツ、ほそいズボンできっちりひきしめた湾曲した肢体。キャバレーへ足をはこべばみあたらないこともないが、あのグロテスクで美しい、破壊と願望の叫びはないと考えていい。私は何もファンキー族の代弁者たろうとする気などさらさらないけれど、ニヒリズムが、枯れはてた生命力の同義語でしかない沖縄の青年たちにとって、大脳肥大の不毛の殻をつき破るセックスの叫びをきかすのも無駄ではなかろう、と思っただけだ。[26]

大学生時代に書かれたこの文章で、清田政信は、書斎で「うれい顔の詩人」になるよりも「夜の街」に出かけることを選ぶという持論を披瀝する。

ぼくが友人たちと語る文学や政治の話にくらべ、ファンキーたちの叫び声は、あまりにも素朴で、しかもエゴイスチックな欲情からほとばしり出るものだといって口をぬぐう知識人ヅラは唾棄すべきものであり、ぼくは唯、ぼくの友人、先輩たちが、政治に絶望し文学に絶望し、はては絶望をたのしんでいる夜、ビートたちが、無意味な騒音の中、青春たちの甘さと感傷の中で感覚をしびれさせたいだけに額に油汗を流している、ということが、たまらなく愉快だなどという野次馬ふうの喝采ではなしに、祈りのように美しく思われると言いかえよう。[27]

一文のなかに精一杯の皮肉とひねくれて迂回した評価ともつかぬ評価を織り交ぜてビートを賞賛した清田である。この後に続けられたのが、エリュアールの詩への傾倒を表明した、言わば琉大生のシュルレアリスト宣言なのであり、最後段で「ただエリュアールの美しい空に匹敵するぼくの空をみるまでは」と独白するように書くのである。

ところで、この文章は「学生運動の指導者たちが、不当な処分を受けた時」の法学、化学科の、批判だけには長けた学生たちをくさしつつ、次のように書く。

> 大学当局は、真綿で首をしめるように、謹慎処分をいい渡した。足指をそっくり折りとられたカニが甲羅だけ、八月の砂浜に投げ出されたような僕ら。よし甲羅でも、まだできることはある。甲羅の中で、すさまじいビジョンをみることはできるはずだ・・・・。[28]

ここに書かれた学生指導者たちが処分を受けた事件とは、『琉大文学』の検閲と発禁処分を招いた、第二次琉大事件を指している。すなわち、後に、『琉大文学』三巻一号で発表することになる、「ザリ蟹といわれる男の詩篇」の、モチーフは、すでにこのエッセイで語られていた。また、ザリ蟹の詩は、第二次琉大事件に関連付けて読まれるべきものだったという示唆を与える、歴史的時間を捉えた文章であることは間違いない。

その同じエッセイで、清田が極めて迂遠なやりかたで言及し、率直とはほど遠い訳のわからなさで、共感を寄せているのが「ファンキー族」の存在であった。ここではそのことのほうをこそ、注目したい。ここに言う「ファンキー」とは、「ダンモ」とも呼ばれた、モダンジャズ、ハードバップの日本における隆盛を画した時期を示す名称である。ダンスミュージックとの曖昧な境界線を共有しつつ、米国で勃興したモダンジャズの隆盛を、彼もまた、大学生のひとりとして、経験していたことが、確認できるのである。[29]奇妙な迂回を取り除いて読めば、「あのグロテスクで美しい、破壊と願望の叫び」、「祈りのように美しく思われる」と、清田は告げている。

清田の、ハードバップ、ジャズへの評価は、当然、シュルレアリスムとの連想につなげて読むべきものである。[30]そうであるならば、抽象の言葉を創発する清田の詩には、意図した韻律の破戒、絵画のように構成された語の錯乱だけではなく、終演のモードがあると読むことも可能ではないだろうか。帰る、地酒をのむ、一人で歩き出すなど、意図せざる結果かもしれないが、清田の詩には、固有の形式といってよいほどの終演のモードが看取できる。詩をひとつのインプロビゼーションのセッションとして読めば、その終りの時間には、ひとつのコーダが添えられる。詩においては、定型的、繰り返しが多いとの悪評にもつながりかねないかもしれないが、こうして着地点があることで、そこにいたるまでの迫り上がる（清田風に言えば衝迫する）喩法の氾濫が強調されるのである。「音は響りつつそれ自体で音を消し言葉を出立させる」という清田の、その詩が、音楽のパフォーマンスそのものと化したのかも知れない。

清田が小気味よいのは、しかし、こうしたジャズへの感覚を饒舌に語るよりもむしろ、別の情景へと脱臼してみせる素気ないそぶりだ。これは当時ならばジャズに代表されるような、洋楽を語る階級性を発散する物知り顔の知識人風情を拒否したからなのだと、想像してみたい。

> 詩人たちよ、音楽喫茶で「囚人の歌」をきくだけではだめだ。屋台で泡盛を飲みながら三橋美智也をきくのも、まんざらすてたものでもあるまい。
>
> 要するにだ、「歌」に耳を覆うては病はなおせやしない。「歌」に耳をかし聞くことによって、病を深め、矛盾がふくらむ時、「歌」をのりこえ、病を克服し得るのだ。そして新しい詩の世界もひらけるのではないだろうか。[31]

アート・ブレイキーとジャズメッセンジャーズの日本公演が一九六一年、セロニアス・モンクは一九六三年に来日を果たした。それらを熱源のひとつとして、十年後には阿部薫が、サクソフォンを手に東京と東北を往来する日々が来る。阿部薫が「アカシアの雨が止むとき」を好んで演奏したようにバップと演歌の抒情は、シュルレアルの交差点で混じり合っていた時代、音楽は、確かに清田の詩に届いていた。詩集の、疾走するイメージの乱立は、シュルレアルの影響を受けたビバップからフリージャズに到るパフォーマンスを、詩において実践した、「韻律」だと、私は見ている。[32]

先の三橋美智也の一文は、詩の源泉はみずみずしい「第一の声」を聞き取ることだと語る最後部での、戯れ言的な箇所である。だが、歌に耳を貸し、聞くことから新しい詩を目指した清田を、精神疾患が襲う。一九八〇年代に入って症状が再発したと思われる清田の回想は、六九年からの発病当時の幻聴のことについて触れている。

> もう十三年も安定剤を服用している。精神はそれ以前とさして変わっているという気がしない。幻聴があり、夢がほとんど生ぐ

さいほど真実味を帯びて、醒めてあとはほとんど打ちのめされて座っている。幻聴はどうしようもないが、正夢という認識は私の固疾とまでなった幻覚の資質によるものだと思われる。[33]

不眠症に悩まされ、「六〇年代の終わりにとうとう発狂した」結果、おそらく幻聴から来る典型的な症状として疑心暗鬼に陥った清田は、「職を奪われ、妻と別居して島に帰った」、「あの三年、ひとことで言えば苦役だった」。

「第一の声」に耳を澄ませる清田であるだけに、幻聴は、詩作を疎外する苦しみだったのではないだろうか。幻聴を聞いてしまうことが、内言語に耳を澄ませこれを言語に昇華しようとした詩人を、大いなる混乱と疲弊のうちに苛んだことは想像に難くない。

(1) 高良勉は「沖縄戦後詩史論」と題した解説で大きな紙幅を割いて清田を解説している。沖縄文学全集編集委員会編『沖縄文学全集第二巻詩Ⅱ』図書刊行会一九九一年。網羅的な先行研究の紹介は、松田潤「清田政信の詩的言語における非在のイメージ」『日本近代文学』第95集（二〇一六）を、六〇年代『琉大文学』同人らが置かれた政治史的な時代背景として松田潤「永続する死／詩：一九六〇年代の琉大学生運動と中屋幸吉」『アジア太平洋研究』NO．41（二〇一六年十一月）を参照されたい。清田政信の絵画評を論じた井上間従文《いのうえまゆも》「石たちの『共感域』：一九六〇年代の清田政信における『オブジェ』たちの共同性」『las barcas』2号（二〇一二年十月）も参照。筆者が清田を論じるのは、その詩世界が沖縄の社会運動を色濃く焼き付けた一九六〇年代から七〇年代を架橋する社会運動史の視点から再読すべき重要な詩人であるとの理由による。

(2) 清田政信『渚に立つ：沖縄・私領域からの衝迫』共和国二〇一八。

(3) 清田政信「わが病理」『造形の彼方』ひるぎ社一九八四年、八五頁。初出によれば一九八二年三月の未発表作。

(4) 例えばロビン・D・G・ケリーが執筆したセロニアス・モンクを論じる際に重視しているのが、精神医療が及ぼした影響であった。稀有のジャズピアニスト、ビバップの創始者として一世を風靡したモンクは、一九五〇年代に「黒人患者や社会適合できないアーティストたちをいっしょくたにして、頻繁に使われていた病名」である「妄想性統合失調症」と診断されていた。後に精神医療の精緻化もあって双極性障害という正確な診断に到るまでに二〇年を要したと指摘している。「友人も、同僚も、批評家も、メディアも、こうした振る舞いのほとんどを、風変わりな人物というモンクのトレードマークを示す実例だと性急に解釈してきた。精神障害の可能性があるということがようやく知られるようになると、今度は同じ友人、同僚、批評家、メディアの一部が、モンクの天才性は頭がおかしかったのが理由のようだ、という見方をふれ回るようになった。モンクが最良の仕事を生み出したのは、〝躁病期〟だったかどうかということより重要なのは、モンクの病気が全体として彼の仕事の能力や、彼と社会との関係にどれだけ大きな影響を与えていたのかということである。［中略］苦悩のアーティストを演じるようなロマンや願望などあるはずがないのである」。Robin D. G. Kelley, Thelonious Monk: The Life and Times of an American Original (New York: Free Press, 2009). ロビン・D・G・ケリー著、小田中裕次訳『セロニアス・モンク：独創のジャズ物語』シンコーミュージック・エンタテイメント二〇一七年、三二〇～三二一頁。

(5) 清田政信「詩的断想IV」『抒情の浮域』沖積舎一九八一年、初出は『詩・現実』四号（一九六七年七月）。一号線［現在の国道58号線、筆者注］を中部まで行き、北部の金武村を後にして山道に入って赴任した経験が物語られている。タクシーの運転手から「昔犯人もその村まで行けば警察も追ってこなかったらしい」という逸話を聞かされつつ、「海岸線を幾曲がりかよじって東海岸のはじの方に、これからぼくが一年間生活しなければならない村」に赴いた。清田は、その村で「ローカル・テロル」と命名する経験をするのである。同じく『抒情の浮域』に所収されている「流離と不可能の定着」の初出となった『琉大文学』三巻四号（一九六三年十一月）には「一九六三年九・川田にて」との付記がある。さらに、清田政信『南瞑』アディン書房一九八二年に所収の「けものみち」（初出は『詩・批評』四号、八一年三月）に、「牛道」の語が出現する。川田、牛道などは、東村内の集落名であり、一九六〇年代琉球政府道の終点だった川田に東小中学校があった。これを北上したところに牛道、新川など現在の高江区がある。北部東海岸の光景は、この頃の詩作に散見される断崖などの表現とも符合する。

(6) 清田政信「安谷屋正義論：造形の彼方へ（1）」『情念の力学：沖縄の詩情況／絵画』新星図書出版一九八〇年、初出は『琉球新報』一九七九年九月十五日。同論考は、後に清田政信『造形の彼方』ひるぎ社一九八四年にも再録された。図版に紹介されている安谷屋正義「塔の群れ」（一九六三）は、琉球大学附属図書館に展示されている。

(7) 清田政信「いやはて」『眠りの刑苦』、『清田政信詩集』永井出版一九七五年。初出は一九七二年十一月。

(8) 「天離かる」『瞳詩篇』沖積舎一九八二年。初出によれば一九八一年五月の未発表作。

(9) 「遡行」『瞳詩篇』沖積舎一九八二年。初出によれば一九八一年四月の未発表作。

(10) 「斫断」『渚詩篇』海風社一九八二年。

(11) 小林秀雄「ランボオⅠ」『小林秀雄全作品1：様々なる意匠』新潮社二〇〇二年、八五—九八頁。

(12) 清田政信「感受性の変容」『情念の力学』。初出は一九七九年六月。

(13) 清田政信「あとがき」『抒情の浮域』一九八一年。

(14) 木島始『詩・黒人・ジャズ』晶文社一九六五年、一四八‐四九頁。

(15) 年代的にいえば久志は、上田敏『海潮音』で翻訳紹介されたものを目にした可能性がある。ただし、カアル・ブッセ（カール・ブッシェ）を、久志はポール・ブシェと書いた。

16) 久志芙佐子「滅びゆく琉球女の手記」『婦人公論』一九三二年六月号。

(17) 久志がこの文章を発表した一九三二年までにはすでに「ジャズソング」と呼ばれるポピュラーソングが好評を博しており、天野喜久代の「月光価千金」（一九二八）、「私の青空」（一九二八、二村定一との共演）「愛の古巣」（一九二九年）などがコロムビアレコードから発売されていた。日系の川畑文子が日本で活動したのは一九三二年より後のことである。「私の青空」は「夕暮れに仰ぎ見る輝く青空／日が暮れて辿るは我が家の細道」、「愛の古巣」は「故郷を離れて遙かな旅路、その冷たさを生きる／けれど寂しさをあとに見つめて今は古巣へ帰るよ」と翻案されて歌われた。望郷の哀切や、夕陽の道を帰途につく抒情と重ね合わされたのは、果たしてどのような楽曲であっただろうか。一九三〇年代の日本におけるジャズ状況については毛利眞人「進駐軍以前のジャズ史：ジャズアレンジの変遷」『ユリイカ』二〇〇七年二月号を参照した。あるいは一九三〇年一二月号の『文藝春秋』に小林秀雄がジャズについて「切ない心を語っている」と評した文章が掲載されており、そのような評価を久志が眼に止め共鳴し触発れた可能性なども想起されて興味が尽きない。小林秀雄「物質への情熱」『小林秀雄全作品2ランボオ詩集』新潮社二〇〇二年一九五—一九七頁。

ところで、「やけくそのジャズ」の語は、後に一九三五年三月『文学界』第二巻四号に掲載された與儀正昌の「顛末」という小説で、沖縄民謡を表現する語として反復的に出現している。與儀は「筆禍事件」に見舞われた久志を激励した在京の小説家であった。このことについては、佐久本佳奈の報告から示唆を得た。與儀正昌「顛末」『沖縄文学全集第六巻小説Ⅰ』国書刊行会一九九三年。佐久本佳奈「郷里からの乖離：與儀正昌「顛末」（一九三五）を読む」日本社会文学会二〇一八年度秋季大会報告（二〇一八年一一月一〇日、沖縄国際大学）。

(18) 清田政信「遠い半身」『瞳詩篇』沖積舎一九八二年、初出は『詩・現実』14号一九八一年六月。

(19) 清田政信「自我処罰」『南溟』アディン書房一九八二年、初出は『詩・現実』13号一九八〇年十月。

(20) 当山全一「沖縄ジャズバンド小史」沖縄JAZZ協会編『沖縄JAZZ協会記念誌』二〇一一年、七四—七五頁。ヴェトナム戦争時代のコザの音楽状況については平井玄「コザの長い影：『歌の戦場』を励起する」DeMusik Inter. 編『音の力〈沖縄〉コザ沸騰篇』インパクト出版会一九九八年がある。コンジャンクチュラルに沸騰するグローバルなジャズ状況を同時期のコザに引きつけて書く魅力的な平井の文章だが、沖縄自体のジャズ状況については意外にも言及していない。

(21) 清田政信「歩行と病巣」『南溟』、初出は『詩・現実』12号一九八〇年三月。

(22) 「父よわたしは・・・」「眠りの刑苦」『清田政信詩集』永井出版一九七五年、初出は一九七三年五月。

(23) 「わが詩法」『抒情の浮域』、初出は『南北』五号（一九七六年八月）。

(24) 「シンポジウム存在と表現」『琉大文学』四巻一号（一九七二年九月）。

(25) 同上。このとき女性性について交わされた議論については、極めて硬直的な理解と、しかしながら、それを突破しようとする覚醒を含むテクストとして、別稿で論じたい。

(26) 「詩と体験の流域」『情念の力学』、初出は『琉大文学』二巻十号（一九六〇年十一月）。

(27) 同上。

(28) 同上。

(29) 日本本土におけるジャズと政治運動の時代風景、詩や映画など文化シーンに表出したジャズの影響については、マイク・モラスキー『戦後日本のジャズ文化：映画・文学・アングラ』青土社二〇〇五年が参考になる。

(30) 日本本土におけるジャズとシュルレアリスムについて論じた極めて重要な著作として Robin D. G. Kelley, Freedom Dreams: The Black Radical Imagination (Boston: Beacon Press, 2002). ロビン・D・G・ケリー著、高廣凡子・篠原雅武訳『フリーダム・ドリームス：アメリカ黒人文化運動の歴史的想像力』人文書院二〇一一年、「第6章（超）現実的に生きる：不可思議なものの夢」を参照されたい。

(31) 「詩人の生理」『情念の力学』、初出は『琉大文学』二巻七号（一九五九年七月）

(32) ただし、同時代のビートやバップへの傾倒は、「感情第一で、束縛を嫌う、強靭な黒人の男たちが、自らの魂を掴み出して純粋なニグロ・サウンドを想像している」と特徴付けられていた側面に、ケリーは注意を喚起する。「当時のミュージシャンや批評家でさえ、モンクの不協和なハーモニー、予想もしないリズムのずらし、スウィンギングなテンポを、〝男らしさ〟を際立たせるものだと捉えていた」。ケリー『セロニアス・モンク』三四八頁。このようなケリーの警鐘は、六〇年代沖縄詩人への評価にも重ねて批評してよいことだろう。

(33) 清田政信「わが病理」『造形の彼方』、初出は一九八二年三月。

# 清田政信～関連初出誌年表（簡易版）

＊（凡例）年月、年齢、タイトル（執筆者名）、初出誌・号

1937（昭和12）年
【1月】12日久米島に生まれる

1956（昭和31）年　19歳
【4月】琉球大学入学

1957（昭和32）年　20歳
【5月】詩「ひからびた風景」『琉球大学学生新聞』27号、詩「豹変（久米山充＝清田政信筆名）」『サチュリコン』1号
【7月】詩「馬の足・しゃぼんだま・橋」（久米山充）『サチュリコン』2号
【9月】詩「雨の降るチマタ街・悪夢」（久米山充）『サチュリコン』3号
【10月】「A君へ」、詩「風景（砂漠・アカギの蹉嘆）」『琉大文学』2巻3号
【12月】詩「黒い胸の底には」『琉大文学』2巻4号

1958（昭和33）年　21歳
【5月】「詩論の試みⅠ」、詩「S野菜市場で」『琉大文学』2巻5号
【11月】「本土旅行から」『琉球大学学生新聞』31号
【12月】「〔座談会〕沖縄の現実と創作方法の諸問題（霜多正次・当間嗣光・新里恵二・中里友豪・清田政信、司会：岡本浩司〔筆名〕）、詩「あるナルシストの閲歴」、「詩論の試みⅡ・暗いエネルギー」『琉大文学』2巻6号

1959（昭和34）年　22歳
【7月】詩「乳房の魅惑」『原点』1号、詩「夜のバラード」、「詩論の試みⅢ・詩人の生理」『琉大文学』2巻7号
【12月】詩「酔いどれの河」、「詩論の試みⅣ・変革へのイメージ」『琉大文学』2巻8号

1960（昭和35）年　23歳
【5月】「詩論の試みⅤ・生活者の幻影を拒む」、詩「嗜虐の時」『琉大文学』2巻9号
【6月】「愛されるということは」『琉大文学』二巻九号、「批判」『琉球大学学生新聞』43号
【11月】詩「鎮魂の唄」、「詩論の試みⅥ・詩と体験の流域」『琉大文学』2巻10号

1961（昭和36）年　24歳
【3月】琉球大学国文科卒業
【12月】「詩論の試みⅦ・オブジェへの転身」、「〔特集座談会〕沖縄における文学と政治の状況（清田政信・伊礼孝・大湾雅常・東風平恵典・嶺井正・松原伸彦）」、詩「ザリ蟹といわれる男の詩篇」『琉大文学』3巻1号

1962（昭和37）年　25歳
【4月】「詩的断想Ⅰ」『詩・現実』1号
【6月】「試論の試みⅨ・空間凝視」、詩「流謫譜序抄」、「〔鼎談〕沖縄に於ける文学者の主体と現実＝環礁批判（清田政信・伊礼孝・東風平恵典）」『琉大文学』3巻2号

【11月】「扼殺の美学」『琉球大学学生新聞』11月1日
【12月】詩「夢遊者」、「詩論の試みⅧ・であいに就いての考察」『琉大文学』3巻3号

1963（昭和38）年　26歳
【11月】「流離と不可能の定着」、詩「追放あるいは不在」、「〔座談会〕文学の自律性について（清田政信・東風平恵典・島成夫・又吉真・川満信一・岡本定勝・田仲有）」『琉大文学』3巻4号、詩集『遠い朝・眼の歩み』（詩学社）刊、詩「溺死・春はまっぴら・眠りの領土へ・解体・晩餐・岬ザリ蟹といわれる男の詩篇・鎮魂の唄・失墜の夜・おだやかなサディスト・遊歩道で・幻覚　あるいは原色の村・静かな崩壊・少年期・醜聞に歪んだ帰還・近親」（詩集『遠い朝・眼の歩み』所収）

1964（昭和39）年　27歳
【2月】「ひずみの視点」『琉球大学学生新聞』2月20日
【7月】「役割でないこと」、「であい＝感動を通して自己へ」『琉球大学学生新聞』7月8日
【11月】詩「春はまっぴら・虚空に彫る・凝視・街・ぼくのねがい・不在の女あるいはエロス・風の唄」、「時間・変貌―清田政信詩集を読んで」（宮平昭）、「詩における死者と行為」『琉大文学』3巻5号

1965（昭和40）年　28歳
【4月】「詩的断想Ⅱ」、詩「祝祭」『詩・現実』2号

1966（昭和41）年　29歳
【2月】「批評と自己表出」、詩「創生記」『琉大文学』3巻6号
【12月】「血液のメタフイジツク」、詩「転生」『琉大文学』3巻7号

1967（昭和42）年　30歳
【1月】「詩的断想Ⅳ―ローカル・テロル」、詩「いたましい序曲」『詩・現実』4号
【5月】「詩的断想Ⅲ」、詩「ことばの宿命」『詩・現実』3号
【12月】詩「南半休」、「黒田喜夫論―破局を超える視点」『琉大文学』3巻8号
※『詩・現実』3号、4号の発表年月日は発行物に依った。

1968（昭和43）年　31歳
【11月】詩「城・祭式・砂時計・細民の深い眠り・夢の記述・家郷への逆説」、「詩的断想Ⅴ」、「谷川雁論」『詩・現実』5号

1969（昭和44）年　32歳
【12月】「帰還と脱出〔特集・沖縄における芸術運動の状況〕」『発想』3号

1970（昭和45）年　33歳
【不詳】「死地への道ゆき」『日本読書新聞』
【2月】「波打ち際の論理――情念の国家論」『流離と不可能性』
【4月】詩「細民の深い眠り」『新沖縄文学』16号
【6月】詩「眠りの淵にめざめる崖」、「ザリ蟹といわれる男の詩篇」論（新城兵一）、「〔対談〕村と転生への欲望」、「清田政信論―覚へ書「緑と暴力のイメージ」」（東風平恵典）、「離反と創出」（岡本定勝）、「清田政信に触れての二・三の断片的感想」（新川明）、「清

田政信特集〈対談〉村と転生への欲望」（清田政信・勝連敏男）、「「村」のイメージ・生のリズム」（宮里安男）『発想』4号
【7月】詩論集『流離と不可能性』（「発想」編集部）刊
【8月】「清田政信の詩―見えざる村と愛詩集『光と風の対話』解説」（黒田喜夫）、詩集『光と風の対話』（思潮社）刊詩集『光と風の対話』、「〈連載〉＊沖縄現代詩入選集②清田政信集」『新沖縄文学』17号

1971（昭和46）年　34歳
【不詳】「勝連敏男特集〔対談〕宮城英定その他（清田政信・宮城英定）」『発想』5号
【3月】「死すべき英雄のために―詩集『光と風の対話』評」（知念栄喜）『沖縄タイムス』、詩「循環する街」『発想』5号
【6月】「情念の変革」『沖縄タイムス』6月13日
【8月】詩「革命伝説」『発想』6号
【9月】「山之口獏論」『青い海』6号

1972（昭和47）年　35歳
【不詳】「黒田喜夫と石原吉郎―風土と沈黙」『琉球新報』
【3月】詩「非望」『発想』7号
【5月】「彷徨と覚醒」『沖縄タイムス』
【6月】詩「内言語」、「〔現地編集特集〕沖縄の思想と文化」『中央公論』6月号
【8月】詩「風韻無惨」、「流浪と中心―田中真人詩集『星の歩み』にふれて」『詩・現実』6号
【9月】「沖縄戦後詩史―動乱の予感と個人性への収斂」『現代詩手帖』

1973（昭和48）年　36歳
【4月】「憎悪を超える仮構」『潮流詩派』73号、詩「幻域」『脈』2号
【5月】詩「父よわたしは」『清田政信詩集』、持「虐殺の夏」『発想』8号
【6月】詩「旅囚」、詩「黙契の儀式」『清田政信詩集』
【10月】「村と愛に関する私記」『辺境』第2次1号、詩「出生」『清田政信詩集』、詩「テルミドールI」「辺境」第2次1号
【12月】「土着の風化」、詩「在所から」『琉球大学学生新聞』12月1日、「眼の受難―大岡信論」、詩「1黄金領・2反母郷・3過渡期」『詩・現実』7号

1974（昭和49）年　37歳
【不詳】「書評・新川明「異族と天皇の国家」」『日本読書新聞』
【6月】「言葉の異次空間へ」『琉球大学学生新聞』
【8月】詩「肉眼の死鳥」『琉大文学』4巻2号、「〈シンポジウム〉存在と表現（清田政信・中里友豪・川満信一・中村清・池宮城秀一・司会：岡本恵徳）『琉大文学』4巻1号
【10月】詩「暗い境域・壊滅期・不眠」『清田政信詩集』、「廃墟の詩神―清田政信論」（松原敏夫）、「吉本隆明論」『群島』4号、詩「1思念の微熱・2双生児・3眠りの刑苦」『詩・現実』8号
【11月】「展評・豊平ヨシオ「個展」」『沖縄タイムス』11月13日
【12月】「脆弱な論理　勝連敏夫批判（1）」『沖縄タイムス』12月4日、「整合論理の虚妄　勝連敏男批判（2）」『沖縄タイムス』12月21日

1975（昭和50）年　38歳

【不詳】「虚無への投身」『詩学』
【2月】「破砕の執念―装飾の論理と争点の矛盾性」（泉見亨）『地底』9号
【4月】「〈論文〉民衆の中の天皇制」『新沖縄文学』28号
【5月】「秩序護持の虚偽―泉見亨批判」『群島』5号
【11月】「原境への意志」『南北』3号
【12月】『清田政信詩集』（永井企画出版）刊、「南島の詩人への手紙『清田政信詩集』解説」（清水昶）『清田政信詩集』

1976（昭和51）年　39歳
【2月】「新城兵一小論」詩集『未決の囚人』
【3月】詩「国原への試みⅠ・Ⅱ」『南北』4号、「肉体と方法――伊良波盛男詩集『幻暈』」『沖縄タイムス』3月20日
【5月】「絶えざる変貌への意志―清田政信全詩集を読んで」（新城兵一）『沖縄読書新聞』7号
【7月】詩「渇水期」『群島』7号
【8月】「わが詩法」、詩「貧血野・失語の領分・再会」『南北』5号、「擬解釈派への批判」、詩「美那美詩篇（1水無月・2憔悴期・3成年論・4渇望の構図・5落下の倫理）」『詩・現実』9号

1977（昭和52）年　40歳
【2月】「黒田喜夫論」『現代詩手帖』
【3月】詩「拮抗・亡命」、「詩人論の試み―清田政信試論（田中真人）」『群島』8号
【8月】詩「微視的な前史」『沖縄にとって天皇制とは何か』
【9月】詩「蘇生の方法（1蘇生の方法・2原生の家・3佇立・4無為の秋・5眠りと疾走）」『詩・現実』10号
【10月】「凝視の方法―みやぎたかお詩集『とらわれの海』解説詩集『とらわれの海』」、「試練としての近代―詩集『那覇午前零時』」詩集『那覇午前零時』
【12月】「流浪とエロス1」「琉球新報」12月6日、流浪とエロス2「琉球新報」12月8日、流浪とエロス3「琉球新報」12月9日

1978（昭和53）年　41歳
【2月】「古謡から詩へ1」『琉球新報』2月4日、「古謡から詩へ2」『琉球新報』2月5日、「古謡から詩へ3」『琉球新報』2月7日、「古謡から詩へ4」『琉球新報』2月8日、「きらめくような肉感の探索―清田政信詩集」（黒田喜夫）『沖縄タイムス』2月15日、「感受性と思想」（「沖縄戦後文学の出発」、琉大教養部主催の講演会）（大城立裕・川満信一・中里友豪・新川明・清田政信ほか）
【3月】詩「無言の現在・異郷から」『群島』9号、「孤独な愉楽―（比嘉加津夫個人展によせて）」『脈』4号
【4月】「書評・比嘉加津夫「記憶の淵」」『琉球新報』4月1日、「風土と肉感―伊良波盛男詩集『幅吐』」『沖縄タイムス』4月1日
【5月】「対話と自己増殖―仲地裕子詩集『カルサイトの筏の上に』」『沖縄タイムス』5月20日
【9月】詩「落下の畏怖・海への発作」、「清水昶論Ⅰ」、詩「落下の畏怖・海への発作」『アザリア』1号、詩「きみの中へ歩み入る・落差・出立前期・島痛み・潮の発作・潮の発作・出立前期・きみの中へ歩み入る・落差・島痛み」『詩・現実』11号
【10月】詩集『疼きの橋（永井企画出版）』刊

【11月】「倫理に支えられた意識―神谷厚輝個人誌『心譜Ⅰ』」『沖縄タイムス』11月11日

【12月】「縦深する喩法の重み『疼きの橋』評（新城兵一）」『琉球新報』12月2日

1979（昭和54）年　42歳

【1月】「意識と感性」『新日本文学』1月号

【6月】「感受性の変容」『情念の力学』

【8月】詩「血縁紀行・海市」『詩・批評』1号

【9月】「安谷屋正義論（上）」『琉球新報』9月12日、「安谷屋正義論（中）」『琉球新報』9月14日、「安谷屋正義論（下）」『琉球新報』9月15日

【10月】「城間喜宏論1」『琉球新報』10月16日、「城間喜宏論2」『琉球新報』10月17日、「精神の地肌　城間喜宏」『琉球新報』10月19日

【11月】「色彩の勝利　安次富長昭」『琉球新報』11月30日

【12月】「文学研究家への批判―仲程昌徳へ」『沖縄タイムス』12月7日

1980（昭和55）年　43歳

【1月】詩「過渡期」『沖縄タイムス』1月23日、「酩酊の深部　南風原朝光」『琉球新報』1月23日

【3月】詩「火種（1火種・2歩行と病巣・3眼をとじると・4意志・5心域）」、「黒田喜夫論」『詩・現実』12号、『情念の力学 沖縄の詩・情況・絵画』（新星図書出版）刊、「体験のアポリア　儀間比呂志」『琉球新報』3月11日、1詩「日常の敵意・流離と方法」『詩・批評』2号、「政治を永久の他者として評論集『情念の力学』評」（宮城英定）『琉球新報』3月29日

【4月】「痩身の微熱」『沖縄アルマナック』別冊2

【9月】「少年論」『沖縄タイムス』9月29日、「〈連載〉沖縄・私領域からの衝迫①世礼国男論」、詩「無の一撃」『新沖縄文学』46号

【10月】「白色に向きあう」『沖縄タイムス』10月5日、詩「言葉はいらない・原像」『詩・批評』3号、詩「自我処罰・単純な位置・薄明の訣別・秋の告知・回復律」、「清水昶論Ⅱ」『詩・現実』13号

【12月】詩「マリン―ブル―」詩集『南溟』

1981（昭和56）年　44歳

【2月】「悪の形而上学」『琉球新報』2月14日

【3月】詩「けものみち」『詩・批評』4号、詩「風の覇権」、〈連載〉沖縄・私領域からの衝迫②金城朝永論『新沖縄文学』47号、「手からたましいへ」『沖縄タイムス』3月31日

【6月】詩「Ⅰ〈透明な苦しみ・遠い半身・熱い海・自在の儀式・注視・汗ばむ宇宙・瞳へ向かう言葉〉『詩・現実』14号、「美と倫理」『沖縄タイムス』6月17日、「〈連載〉沖縄・私領域からの衝迫③仲原善忠にかかわりつつ」『新沖縄文学』48号

【8月】評論集『抒情の浮域』（沖積社）刊、詩「明視（1明視・2渚・3思慕・4身体・5対話・6現身・7抒情・瞳へ向かう自注（2）・明視・渚・思慕・身体・対話・現身・抒情・瞳へ向かう言葉）『詩・現実』15号

【9月】透徹した自で対象に肉薄―評論集『抒情の浮域』評（比嘉加津夫）『沖縄タイムス』9月12日、詩「南溟」『詩・批評』5号、「〈連載〉沖縄・私領域からの衝迫④比嘉春潮にかかわりつつ」『新沖縄文学』49号

【10月】「六〇年代の詩と思想―評論集『抒情の浮域』評」（松原敏夫）『琉球新報』10月3日、「島を周圏する過剰な意識『島酔記―南島詩篇』書評」『日本読書新聞』10月26日

【12月】「〈連載〉沖縄・私領域からの衝迫⑤伊波普猷論の入り口まで」『新沖縄文学』50号

1982（昭和57）年 45歳

【不詳】「海への思索」『詩と思想』、「描くことへの不信―新垣安雄個展に寄せて」『沖縄タイムス』

【1月】「村の原型」『同時代批評』4号

【3月】「〈連載〉沖縄・私領域からの衝迫⑥折口信夫にかかわりつつ」『新沖縄文学』51号

【4月】詩集『瞳詩篇』（沖積舎）刊詩集『瞳詩篇』、「恋唄あるいは南方について―『瞳詩篇』覚え書き」（北川透）『瞳詩篇』

【6月】「裂かれるような覚醒と―『瞳詩篇』評」（田中真人）『沖縄タイムス』6月18日、「閉ざされた精神の解放」（松原敏夫）『琉球新報』6月19日、「〈連載〉沖縄・私領域からの衝迫⑦柳田国男にかかわりつつ」『新沖縄文学』52号

【9月】「詩集『南溟』覚え書き」、詩集『南溟（ルビ：いやはて）』（アディン書房）刊詩集『南溟』

【10月】「あふれる愛情の詩―詩集『南溟』評」（宮城英走）『沖縄タイムス』10月29日

【11月】「南島の岩盤の重み―詩集『南溟』評」（田中真人）『琉球新報』11月6日、詩「眠りに落ちる・悪意・兇器・夏の死点・窓辺・みごもり無秩序・虚無・非美学・枯れる・転位」、詩「批判・抜渉・諧謔・歩行・硝断・相聞・傾く・笑う」、詩「無明・余生・記述・受容・房の上・瞳へむかう言葉・存在・麻酔・炎える・旅―九州から・理由」、詩集『渚詩篇』（海風社）刊

【12月】「現実の清算背景に―詩集『渚詩篇』評」（松原敏夫）『沖縄タイムス』12月10日、「強烈な精神の軌跡―詩集『渚詩篇』評」（伊良波盛男）「琉球新報」12月25日

1983（昭和58）年 46歳

【不詳】「内部が見える―「田中初子個展を見て」」『琉球新報』、「抒情の姿―田中真人『クラゴウの流れまで』」『琉球新報』

1984（昭和59）年 47歳

【不詳】「きわだった直視力―『泉見亨詩集』」『自然と眼力』（勝連敏雄）

【2月】詩集『碧詩篇』（七月堂）刊、詩「平静・日常・剥離・定位・思索・末期・ジエルミナール・希薄・新年」、詩「期待」瞑想・草原・希望・判断・屈従・無枠・快感・分析・修辞・期待・頽唐・言葉」詩集『碧詩篇』

【3月】「関係の揺れを反映―詩集『碧詩篇』評」（松原敏夫）『沖縄タイムス』3月10日、「祈りに近い霊性―詩集『碧詩篇』評」（伊良波盛男）『琉球新報』3月12日

【4月】「無謬化の終焉のために―清田政信批判」（勝連敏男）『自然と眼力』

【7月】詩「パークマン（いくつかの映画から・気狂いピエロ・トロイアの女）、詩「記述批評宣言2 枯渇の集積・精神の死滅・現象批判」、詩「気品・ダンディズムまたは独身・密通・軽蔑・大晦日・茜・徒党」『詩・現実』20号

【9月】『造型の彼方 沖縄の絵画・詩・映画』（ひるぎ社）刊

【12月】「辛棟な批評の魅力―評論集『造型の彼方』評」（松原敏夫）『沖縄タイムス』12月3日

1986（昭和61）年　49歳

【8月】「心境の冥暗―清田政信『抒情の浮域』」（比嘉加津夫）『喩の水源』

1987（昭和62）年　50歳

【10月】「「否」の文学―『琉大文学』の軌跡」（鹿野政直）『戦後沖縄の思想像』

1989（平成1）年　52歳

【11月】「清田政信論―夢の惨劇」（大城貞俊）『沖縄戦後詩人論』

1991（平成3）年　54歳

【1月】『沖縄文学全集第2巻詩Ⅱ』（国書刊行会）刊

1992（平成4）年　55歳

【6月】「変革のイメージ・沖縄戦後詩史」『沖縄文学金集第17巻評論Ⅰ』

1994（平成6）年　57歳

【6月】〔小特集・清田政信〕「イカロスの業火」（宮城英定）、「清田雑感」（喜納正信）、「抵抗」（名嘉勝）、「単独者の時空・闇の中の秘儀」（鳩問森）『脈』49号

1995（平成7）年　58歳

【10月】「絶えざる変貌への意志―「清田政信詩集」に触れて」（新城兵一）『負荷と転位』

2000（平成12）年　63歳

【6月】「清田政信と中屋幸吉にふれて」（石川為丸）『パーマネント・プレス』No.28

2005（平成17）年　68歳

【3月】「成熟の夢―清田政信の叙述より共同性を再考する」（金城正樹）『Nihongakuho』24号

2007（平成19）年　70歳

【11月】「同定と離脱　清田政信の叙述を中心にして」（第Ⅲ部　抵抗の記述にむけて）（金城正樹）『植民者へ』、「抵抗の領域における邂逅―出会い損ねる主体の詩学から」（阿部小涼）『立命館言語文化研究』19巻2号

2008（平成20）年　71歳

【9月】「読まれる清田政信と書かれる清田政信」（松原敏夫）『アブ』4号

2009（平成21）年　72歳

【11月】「清田政信の詩」（比嘉加津夫）『ネットMyaku』No.307

2010（平成22）年　73歳

【2月】「否定の弁証―清田政信と六十年代」（浜川仁）『宮古島文学』4号

【12月】ネット対談「清田政信のこと―『情念の力学』を中心に」（比嘉加津夫・樹乃タルオ）、ネット対談「清田政信のこと―『光と風の対話』を中心に」（比嘉加津夫・松原敏夫）『Myaku』5号、「2010年・年末回顧（詩壇）」（松原敏夫）『沖縄タイムス』

12月27日

2011（平成23）年　74歳

【1月】23日：「清田政信のこと（上）」（比嘉加津夫）ネット

【2月】11日：「清田政信のこと（下）」（比嘉加津夫）ネット

【3月】「清田政信を追う（上）」（比嘉加津夫）『ブログMyaku』3月2日、「清田政信を追う（中）」（比嘉加津夫）『ブログMyaku』3月4日、「清田政信を追う（下）」（比嘉加津夫）『ブログMyaku』3月5日

【5月】ネット対談「詩人・清田政信」（比嘉加津夫・田中眞人）『Myaku』7号、「初日―清田政信論ノート」（比嘉加津夫）『脈』73号

【11月】「清田政信の初期の詩ノート」（松島浄）『Myaku』9号

【12月】「2011年末回顧・沖縄・詩壇」（松原敏夫）『沖縄タイムス』12月21日

2012（平成24）年　75歳

「石たちの共感域―一九六〇年代の清田政信における「オブジェ」たちの共同性」（井上間従文）『las barcas』2巻

2013（平成25）年　76歳

【7月】「清田政信の現代詩を読む」（松島浄）、「情念とエロス清田政信―比嘉加津夫と検証する」（松島浄・比嘉加津夫）『沖縄の文学を読む』

2014（平成26）年　77歳

【5月】「2010年・年末回顧（詩壇）」（松原敏夫）ネット・南風北風、「2011年・年末回顧（詩壇）」（松原敏夫）ネット・南風北風

【8月】［特集：沖縄の詩人　清田政信］「清田政信「内言語」」（松島浄）、「清田政信の美術批評」（松島浄）、「詩人あるいは辺民―『清田政信詩集』再読」（鈴木智之）、「初期の作品から」（中里友豪）、「詩と批評の自立へ―清田政信詩・小論―」（高良勉）、「清田政信と映画「モンパルナスの灯」（樹乃タルオ）、「聖なるエロスよ」（西銘郁和）、「清田政信さんが眺める星月夜」（田中眞人）、「詩集『遠い朝・眼の歩み』論」（新城兵一）、「清田政信についてのランダム・ノート」（松原敏夫）『脈』81号

2016（平成28）年　79歳

【11月】「清田政信の詩的言語における非在のイメージ」（松田潤）『日本近代文学』第95集

2018（平成30）年　81歳

【8月】『渚に立つ　沖縄・私領域からの衝迫』（共和国）刊

# 執筆者紹介

**阿部小涼（あべ・こすず）** 1967年北九州市生まれ。プエルトリコと沖縄のカルチュラル・スタディーズ。論文に「占領と非戦の交錯/脱臼するところ：帝国のヴェトナム反戦兵士と沖縄」『政策科学・国際関係論集』第18号（2018年3月）、「人々による査察の権利宣言」『越境広場』4号（2017年）、「それはまだストリートには届いていなかった：シカゴ・ヤングローズの誕生とコミュニティのユートピア的ラディカリズム」『琉球大学法文学部政策科学・国際関係論集』17号（2016年3月）など。

**井上間従文（いのうえ・まゆも）** ポストコロニアル研究、美学・感性論。共編著 *Beyond Imperial Aesthetics: Theories of Art and Politics in East Asia* (2019)、論文 「「パレルゴン」の横断：安谷屋正義と沖縄の風景の「創造」」(2011) など。

**佐喜真彩（さきま・あや）** 1987年那覇市生まれ。近現代沖縄文学・思想。一橋大学大学院言語社会研究科博士課程在籍。論文に「「他者」を聞きとるということ —— 崎山多美における音の考察をとおして」『言語社会』9号（2014年）、Encounter Between a Sex Worker and a Solider in Postwar Okinawa in Sueko Yoshida's *Love Suicide at Kamaara. Correspondence* #3 (2018) など。

**新城兵一（しんじょう・たけかず）** 1943年宮古島市生まれ。詩誌「イリプス」・「ERA」・「宮古島文学」同人。詩と批評の執筆に関わる、「上野英信の方へ」（「脈」100号）など。

**仲本瑩（なかもと・あきら）** 1949年玉城村（現南城市玉城）生まれ。主な職歴は時事出版、ＮＴＴ、沖縄建設新聞。同人誌『脈』中心に詩・小説・俳句・評論等の作品を発表。「平敷屋朝敏」研究会員、「清田政信研究会」会員。第七回詩と思想新人賞受賞。詩集『おでかけ上手に』『ｈ部落、中道あたり』、句集『風を買う街』『地獄めぐり』『複製の舞台』、評論『平敷屋朝敏』など。沖縄タイムス「詩時評」担当。

**松田潤（まつだ・じゅん）** 1987年名護市生まれ。近現代日本文学・沖縄文学、思想史研究。一橋大学大学院言語社会研究科博士課程在籍。論文に「非国民になる思想：新川明の反復帰・反国家論を読む」（2017）、「清田政信の詩的言語における非在のイメージ」（2016）など。

**松原敏夫（まつばら・としお）** 1948年沖縄宮古島生まれ。個人詩誌『アブ』を発行。詩集『那覇午前零時』、『アンナ幻想』、『ゆがいなブザのパリヤー』など。


清田政信研究会　あんやんばまん　anyanbaman
◇編集　佐喜真彩　松田潤
◇制作　仲宗根香織
◇デザイン　親川哲


【「清田政信研究会」会員一覧】



| | | | |
|---|---|---|---|
| ◇ 代表者 | 新城兵一 | 〒902-0072 | 沖縄県那覇市真地 450-1 |
| ◇ 事務局長 | 井上間従文 | | |
| ◇ 副事務局長 | 仲本瑩 | 〒900-0022 | 沖縄県那覇市樋川 1-1-68 302 |
| ◇ 編集委員 | 佐喜真彩 | 松田潤 | |
| ◇ 会員 | 安里昌夫 | 〒900-0032 | 沖縄県那覇市松山 1-25-19 |
| | 上高徳弘 | 〒900-0016 | 沖縄県那覇市前島 2-2-7 上原ビル 3-B |
| | 田中眞人 | 〒337-0013 | さいたま市見沼区大字新堤 152-17-301 |
| | 西銘郁和 | 〒904-2223 | 沖縄県うるま市具志川 2758-2 |
| | 松原敏夫 | 〒901-2102 | 沖縄県浦添市前田 494 |

# 編集後記

◇「清田政信研究会」は、二〇一七年三月三〇日（木）に、那覇市牧志（桜坂）「麦」において発足した。新城兵一さんの詩作品に感銘を受けた井上間従文さんが、彼に直接コンタクトを取ったことがきっかけで、一九六〇年代から七〇年代初頭の「復帰」前の沖縄において琉球大学の学生として自己形成を行い、今もなお作品を発表し続ける詩人たちと、沖縄をめぐる紋切り型のイメージと空疎な言論がかつてないほど生産され流通する現在において、清田政信の文学を再考することに意義を見出す世代の交流が始まった。

清田政信に向き合い執筆を行っていた間は、容易に批評の言葉への転化を許さない彼の言語に引き込まれながら、確固たる立脚点を失い、「孤独」の旅を続けたような感覚がある。現実を根底から問う言葉は、おそらく既存の立脚点こそを延々と先送りにするという行為においてしか生み出せえないだろう。機関誌を発行するという作業は、執筆者各人が「孤独」の中で探り当てた言葉を、複数の人々の間の関係性の中に置き直す行為なのだろうかと、編集後記を書きながらこれまでの二年間を振り返っている。散在しているように見える各人の関心が、機関誌という形をとって共有される時、それらの間にうっすらと現れる繋がりと、それをもとに新たに生まれようとする言葉の予感がその中に刻まれるだろう。本誌が、新城さんと井上さんの一つの出会いがきっかけで生まれたように、今後予期せぬ形で見出されるであろう繋がりを生む一つのきっかけとなることを願う。（佐喜真）

◇清田が『琉大文学』の責任編集を中里友豪、岡本定勝、具志和子各氏とつとめたのは一九五八年五月発行の一五号からである。この号から清田の連載「詩論の試み」がスタートしていて、ジャック・プレヴェールの詩集に対する感動を綴る一方で、「沖縄現代詩の貧困をダカイ」する必要性を説いていた。それから六〇年余りが経過しているが、現代詩のみならず沖縄をめぐる言論は、出回っている量とは裏腹にいっそう空疎になり、貧困を極めている気がしてならない。

同時期に清田が責任編集をつとめた詩誌『原点』一号（原点詩人集団、一九五九年九月創刊）に掲載されたエッセイ「ひとつのテーゼ」でも、歎き訴えるだけの沖縄の文学を奴隷的文化伝統であるとして切って捨てる。そして「せめて動物並の反応でも示してはどうだろう」と提案し、トラに化ける猫の民話のエピソードを紹介している。「アフリカのトラは爪とキバが武器だが、こちらは化けるのが武器である。トラに化けて目的が果たせないとなると女に化ける、下男にばけるといつた具合に。ただ石とか、鍋とかの鉱物（？）に化けないのは淋しいことではあるが」。清田らしいユーモアが垣間見える好きなエッセイの一つであるが、言わんとしているところは、「私たちの精神の中に化け猫がうずくまっていはしないか」ということである。この猫は、深く暗い「呪い」を吐き、「襲いかかり喰い破る力」を有しているのだという。私たちは、私たちの化け猫を探り当て、呪詛のような文学の言葉を発明していくことが必要である。（松田）

研究会発足から本誌刊行に漕ぎ着けるまでに、二年を要してしまった。この遅れの原因はもっぱら編集委員にある。記してお詫び申し上げたい。私たち編集委員にとってこのような同人活動に立ち上げの頃から加わるのははじめてのことであり、編集の作業を通して会員の方々から学ぶところも大変多かった。また小舟舎の仲宗根香織さんには編集作業を通して深くご協力いただいた。親川哲さんは、実際に清田の作品を読み、本誌にふさわしいデザインを考案してくださった。お二人のサポートなしには本誌の刊行はさらに遅れていたはずで、お力添えに感謝している。寄稿していただいた阿部小涼さんにも、改めてお礼申し上げたい。（編集委員一同）

清田政信研究会

あんやんばまん

anyanbaman

2019年4月30日　初版第1刷発行

著者：清田政信研究会

発行元：小舟舎

http://kobunesha.com/

info@kobunesha.com

印刷製本：でいご印刷

発行日：4月30日

定価：本体1,000円（税別）